陈应松精品文集 卷三

陈应松 著

狂犬事件

中国言实出版社

图书在版编目（CIP）数据

狂犬事件 / 陈应松著 . -- 北京 : 中国言实出版社，
2020.5

（陈应松精品文集 ; 3）

ISBN 978-7-5171-3458-9

Ⅰ . ①狂… Ⅱ . ①陈… Ⅲ . ①中篇小说 – 中国 – 当代
Ⅳ . ①I247.5

中国版本图书馆 CIP 数据核字（2020）第 069555 号

责任编辑　代青霞　李昌鹏
责任校对　张国旗

出版发行　中国言实出版社

地　址：北京市朝阳区北苑路 180 号加利大厦 5 号楼 105 室
邮　编：100101
编辑部：北京市海淀区北太平庄路甲 1 号
邮　编：100088
电　话：64924853（总编室）　64924716（发行部）
网　址：www.zgyscbs.cn
E-mail：zgyscbs@263.net

经　　销　新华书店
印　　刷　北京中科印刷有限公司
版　　次　2020 年 6 月第 1 版　　2020 年 6 月第 1 次印刷
规　　格　710 毫米 × 1000 毫米　1/16　15 印张
字　　数　229 千字
定　　价　558.00 元（全八卷）　　ISBN 978-7-5171-3458-9

目录

狂犬事件

一

疯狗进村了！

是两条。它们沿着清凉垭子的豁口一路急急而来，清晨进入忘乡村。它们是从郧县的石槽溪进入神农架的。一条是独眼狗，一条是金黄色的长毛狗。无论美与丑，它们都是疯狗，毫无自制，身带毒液。事情的经过是：独眼狗的主人家清理薯窖，其父下去了，没有上来。大儿子急了，下去寻父，也没有上来。其母再下去，又有去无回。儿媳呢，一样的下场。这家还有个上学的小儿子，中午回家吃饭，见家里空无一人，薯窖口一片狼藉，十分惊悚，就顺梯子下去，下了两步，鼻中怪气，胸口刮闷。这读书郎乖了一着，忙爬上来，把自家的狗用绳子兜了，放进窖中，过了一会儿，提起狗，狗双目赤红，突然一跃而起，向外跑去，疯了；那金毛狗呢，是因为吃了有人仇杀后掩埋在山沟的腐烂尸体（据说是采药人内讧——为一株百年人形黄芪），钻进一片油菜花地里，撒了一泡尿出来，登时亢奋难忍，狂奔狂噬，啃人啃树……两条疯狗因气味相投会合后，就向清凉垭出发了。毒气攻心，火土当令，只好找有凉风的地方跑，这样，跑到了忘乡村，并由此拉开了一场疯狂的人狗大战。

最先遭难的是胡老幺的牛。胡老幺住在村口的半坡上，他的老婆本香早晨起来给牛喝水，把牛牵出来了，把水管上的木橛抽开了一点，让水慢慢渗

1

漏，牛就舔水。女人勤快，长得也还不错，是山下一个茶场的，嫁到这山中峡谷里后，辛苦得要死。但辛苦归辛苦，脸上的颜色没褪，因此胡老幺才没去山外打工，他觉得家里安逸，还有个听话的儿子，七八岁了。胡老幺喂几箱蜂子，几头猪，加上牛，加上几亩挂坡田，够了。有蜂蜜酒喝，够了。山中的日子安稳。可哪知道这年的春上，他家的牛会被疯狗袭击哪！

他老婆本香让牛舔水后，就在屋山头的茅厕里撒尿，听见路上有细碎的声音，抬头一看，两条怪模怪样的狗，还以为是狼或是豺呢。分明是狗，可尾巴拖地，急走无定，嘴里嘶嘶啦啦。牛正在道边，那狗就顺势咬上了牛腿，俩狗各咬一口，再下口时，牛就发怒了，牛被咬时就在退下路坡，头一甩过来，两只巨大的角就寻对手复仇了，俩疯狗吓得呜呜大叫，快速退去，见没有多大油水，又调整步伐，向村中奔去。

本香感觉到是疯狗，至少是野狗、恶狗。她怕狗，没敢出来，拉住了茅厕的门。等狗一走，冲出来，跑进屋，又关上门，大喊尚在梦中的胡老幺：

"狗咬牛了！"

胡老幺一个鲤鱼打挺，跳下床来。他对自己的财产听得非常清楚，不要多问。他光着膀子，在门旮旯操起一把斧头，迈出门外，找狗，狗已无影无踪。再寻牛，牛呢，牛跑下路坡，到竹林子里，狂暴地摆着大头与犄角，疼得哞哞大叫，疼得受不了啦，它跳牛脚。

"等我穿了衣裳把那狗杀了，哪家的狗！"

他的儿子也睁着通红的眼睛爬起来了。

村子里开始大乱！

狗把张克贞的妮子小凤咬了。

狗把一头羊的脖子凿穿了个大洞，羊死在路上，脖子还在咕噜噜地冒血。

狗把蹲茅坑的汪家老头的鸡娃子咬掉了。

狗咬死了两只鸡，鸡头咬下来了，鸡身却在满村跑。

狗还咬狗——村民汤六福最钟爱的一匹狗，黑子，乌黑发亮得像一块焦炭，高大，威猛，忠于主人，并且目空一切。有什么样的人就有什么样的狗。汤六福这人也是如此。汤六福那年去四川背盐，他的膝盖摔破了，他就用斧头割开自己的膝盖，掏出破了的半月板，又放进去自己用牛骨头雕的一个半月板，然后用缝衣针缝合。后来，虽然他走路还是瘸，穷得鸡娃子打得板凳响，但这样的人，天下有几个？

两条疯狗碰到了汤六福豢养的一条走狗，活该是一场鏖战。黑子早晨起来，总是要爬到坡顶的路上面，对着日出东方狠狠地撒一泡尿并且狂吠几声的。那儿有棵百年漆树，是他的泄处。泄了，伸一个长长的懒腰，用阳光濯濯猩红的舌头，便开始叫了，有生人，无生人，也要叫，向东边一扇巨崖的峡谷。可这时候，它一下子看见了两条生狗。哪儿来的狗呀，毛色这么可恶？到哪儿去呀？那两条狗像没见到它似的，垂着眼帘，只顾看自己的脚下，还呼呼啦啦地吐涎。想就这么从我的地盘过去，连个招呼都不打，这么牛逼！于是，黑子先是捏势地从喉咙深处咆哮了一声，很低沉，是提醒，是警告。然而，那两个家伙依然不理，视而不见。黑子再不想跟它们啰唆了，候到后扑上去就是一口，咬住了前面的那独眼。那独眼狗已眼中起雾，肚里白炭焚烧，心想谁还敢有这么大的胆子惹它呀，于是以牙还牙。另一条金毛狗也赶快助战，两匹疯狗咬一匹恶狗。三条狗咬成一团，黑子虽占着天时地利人和，可对付两条咬红了眼的疯狗，也叫它够受了。它狠狠地咬它们，它们也疯狂地咬它，三条狗咬得日月无光，血肉横飞。终于黑子还是占了上风，把它们咬出了自己的领地，咬到坡路的拐弯处，定住神一看，那两条狗正在狠命地啃一块石头！

两条狗的牙齿不停地往下掉，黑子懵了，它直瞪瞪地看着，看傻了眼。后来，它呜呜地跑回家。

汤六福只听得狗在外头与狗打架，因为春天了，以为黑子又找到了情人，在"走草"呢。听见狗的呜呜的声音，出门一看，狗哪还是狗，一颗眼珠子都掉出来了，浑身血糊汤流。什么东西咬了他家的狗，该不是野牲口吧？他唤自己十二岁的哑巴儿子快去看看。哑巴儿子操起一根木棒，赤着脚就向坡上跑去。这时，他听见村里响起了一阵"疯狗来了"的喊叫。

"什么，疯狗？！"

村长赵子阶来不及想什么，急匆匆抓起村里唯一的一把枪——派出所特批的护秋的枪，就赶往出事的地点。这是他护身的法宝，心里的底气。他快六十啦，后劲儿不足啦，加上村里总有一些混账东西，时常与他过不去。你就是堂堂做人，但万一他们把手中的刀或者斧头砸过来，你总要有个自卫的家伙。谢天谢地，这种事至今还没有发生过。他与村民们还保持着上个世纪残存的互相微笑的美德。他是个爱微笑的人，尖尖的下巴，平坦温和的额头，一双粗大的手，走路的时候看上去像一只野雉。他过去是木匠，村里人所有使用的木器都出自他之手。那时候，他是个细心的人，手拿凿子和斧头，两耳不闻窗外事。在一次选举会上，有人给乡工作组的人说：赵木匠经常耳朵夹一支红蓝铅笔，他有文化。这样就推举他做了这个大山腹中的、一个仅二十家七十来口村子的村长。这个村往东走二十公里才能到公路，往南走二十五公里才能到公路，往西走一百公里还是山和森林，往北走就走到四川去了。

赵子阶走着走着，有人夺走了他的枪，他没看清楚人，那人和另外几个人说是去赶狗的，手上的枪就像一片树叶被风卷走了。一堆人正围着一头咬死的羊看。情况马上就汇总到他这儿来了，哪儿来的狗，往哪儿去了，咬死咬伤了多少人、畜，等等。

"人，赶快送到镇上去诊治，主要是打防疫针。哪家的孩子哪家抱。"他突然顺嘴使用了伍乡长经常说的一句话，他觉得这话用的时候和场合都太好了。然后，他又说了一些治狗咬的土方，他说的是有六神丸的快献出来，老烟屎敷伤也行，最好加点红糖和蓖麻粉。另外有人献出了一个叫狂犬汤的方子，什么斑蝥雄黄、茯苓双沟、防风半夏之类。另外有一些人去追狗了。赵子阶分析了一下形势，形势并不是很严重，咬伤的牲畜杀了吃掉，不想杀就治治。因为狗没有抓住，他也没看见，也说不清究竟是什么狗，不是疯狗，那就算虚惊一场。疯狗怎么会跑到这个闭塞的老山沟来呢？尤其不敢相信的是把汪爹爹的鸡娃子咬掉了，这是个稀奇事，他得去看看。汪爹爹年轻时可是个花爹爹，老了总得在晚上握着自己久经沙场的那东西想点往事，这一下不是断了他的活路吗？正准备去几家看看时，汪爹爹的两个儿子忽然来报，汪爹爹死了，忘乡村的一个花爹爹就此结束了他的一生。想到这儿，赵子阶莫名地鼻头一阵发酸。死了人了，问题就显严重了。他对那些还围在死羊边的迟钝愚顽的村民来了火气，大骂道：

"还不去打狗啊！"

大家一哄而散。

孤身一人的时候，他就想到找枪。这是往年一个人长期走老林时形成的习惯。可是枪不见了，他的记忆力非常糟糕，有人提醒他是胡老幺拿走了，因为胡老幺的牛被咬了。"那你们给我找根棍子。"他有些愠怒。他接过一根别人递给他的不太光溜的棍子，指挥大家按距离排开，沿着疯狗奔去的方向，涉过一条河，进入村子西南的一面大坡，那儿是个灌木丛生的树林。

乱找了一气，已近中午，没有狗吠声，也没有听见枪声，也没有人的吼声，树林、村子都安静极了，似乎什么都没有发生过一样。赵子阶钻出林子，有了一头老汗。他揩着汗，他想去看看张克贞的妮子小凤。那个妮子是一个很标致的妮子，可就是衣衫破烂，头发花白，身材瘦削，是一个严重营养不良的妮子。赵子阶还记得妮子的妈是怎样热热闹闹迎进山里来的，因为她嫁了一个现役军人。但是复员回来的张克贞一直到把最后一套军装穿破，也没有让家庭有什么起色，并且成了一个懒惰的、好酒贪杯的、烟瘾极大的蔫男人。于是小凤的妈丢下小凤，离开了这个山村。现在，这个破破烂烂的屋里留下小凤的爷爷、小凤的爹和小凤。而现在，她被狗咬了。她被咬得可惨了，狗拉去了她脚踝那儿的一块皮。她爷爷和她到山里挖了几天柴胡，卖了给她买了一双心仪已久的白球鞋，刚穿上一天，晚上家里的猫在鞋子里撒了一泡尿，让她心疼得不行，清晨起来到路边水沟里洗，哪想到与那两条狗遇到了。

小凤躺在床上，脚上已被她爷爷用红糖敷好包了。小凤的爹张克贞在火塘边抽烟。

"小凤，你说说那狗看看。"赵子阶说。

小凤已经有十三四岁了，可看上去却是个不到十岁的孩子，没有发育。这孩子就讲了那两条狗是怎么回事，她讲得很清楚，赵子阶总算在心里给这两条狗画出了一个凶恶的形象。

"但是，是不是疯狗呢？"

小凤晃着脑袋，不置可否。小凤的爷爷也说，怕是吧。赵子阶盯着小凤，突然觉得她要死了，他大声说："快去打针。"张克贞不动，没有反应。一头茅草似的头发，一个脏脖子，一圈没有翻下去的破衣领。抽着烟，进入了洪荒。那烟有一股霉味儿，他一定是在镇上供销社买的霉烟，那烟便宜，他时常买这种烟。赵子阶知道他经常在门口翻晒霉烟。牌子本身就很次，谁都不愿接他奉来的烟，渐渐地，他也就知趣一个人吸了，这么，越来越孤僻，越来越呆滞。谁都不会相信，他是个侦察员出身。

让他出钱去给孩子打针（听说要一百多元呢），那不是说洋话，在虱子身上扒皮！

"是疯狗，一定是疯狗！赶快卖猪，给小凤去打。"赵子阶声音发颤，又补了一句，"没听说汪爹爹死了吗！"

张克贞懒洋洋地说："那是咬在了要命处。"

"你就这个妮子啊，我跟你说。"赵子阶走出来，仿佛在地府游了一遍。他为什么有这种奇怪的感觉？他为什么发冷呢？

外面才是人的世界。他想到张克贞。这儿，这个地方真让他没有了一丁点儿生活的动力了吗？他能不能振奋起来？阳光真的很明媚，但风很冷，这个地方，花倒是都偷偷地开了，还有油菜花，与山外世界的一样黄，还有野丁香和秃疮花，有的在石头上开着，有的在牛粪上开着。杜鹃也在打苞，走到哪儿都是打苞的杜鹃、映山红。可是，这么好的风光为什么不能给人以激励呢？村里最好的地方，最好的阳坡地，都给了他，因为他是复员军人嘛，他对咱们国家有功嘛。他这么想的时候脑子里猛然蹦出来一个想法：一定是疯狗。他又想到这个上来了。不是疯狗为什么狂咬乱噬？他要去说服张克贞，救那可怜的妮子一命。

他又踅回去了。

张克贞猪圈里的猪有三头，全是小凤喂的，这个小凤。张克贞看到村长赵子阶又回来了。赵子阶不想和他说别的了，像一墩木头站在大门口：

"克贞，你还不动？你是死的！"

没应声。

赵子阶几乎有些愤怒了，他说："要我动手吗？好，我就不客气了。"他一脚跨进了猪圈，顺手抓到一根麻绳。张克贞的爹出来了。赵子阶不晓得哪儿来这么大的力气，拽住一头猪，先抓猪耳，再扫腿将它扳倒，跪在猪肚上，就开始往猪蹄上缠绳子。张克贞总算出来了，横来一脚，使暗劲儿想撇开赵子阶："你，你不要。"小凤也来拉绳子了，父女俩与赵子阶对抗，拉拉扯扯。赵子阶毕竟是上了年纪，他哪是他们的对手？

"搞什么？！"赵子阶不放手，他不放。他的手上、身上都是臭熏熏的猪屎，他怒吼道："妈劳个逼，歪嘴巴吹火，邪完了！"

他捆好了猪。有张克贞的爹帮忙，他坚持到底了，他有劲儿。"背上。"他说。他的脸上都弄到了猪屎，后来在头顶捋了一把冬青的叶子，手上却突然蜇得生疼。噢，抓到了一只毛虫。他走上坡，回头望去，张克贞的爹已经将猪放到背篓上了，并在呵斥张克贞。

"这才是对的。"赵子阶被一种胜利的喜悦吹拂了。他坐在坡上，很疲惫。没有打狗的人。坡叫卧虎坡，一边是张克贞的地，一边还有汤六福的地。汤六福就住在这儿。

非常肥沃的土地，最好的土地，可是那儿蹲着一个张克贞搭的茅棚，看庄稼也歇牛的。就像一个美女，穿了一双破鞋。

此刻，他看到了汤六福和他的黑子过来了！

我凭什么走到这儿来呢？我现在正在喘气。村长赵子阶手握着棍子冷汗直淌，那狗咬过他，那狗如今被咬了。咬了不也疯了吗？当年咬他，当然是汤六福唆使的。结果，赵子阶腿上留下了一排"光辉"的齿印。

可怜的狗！他现在看到的那狗就是如此，它惨啦，它千疮百孔，失魂落魄，浑身上下裹满了布筋。汤六福把狗往他屋后不远的一个山洞里牵去，那儿是他家的一个天然牛栏。

汤六福直挺挺地迈着腿，身板端直。你别看他胡子拉碴，那胡子长在他嘴上，就是一股威风和杀气，像剽悍的土匪。

"杀了它！"赵子阶说，他在风中大声说。

"又不是你的狗。"汤六福说。

"被疯狗咬了的狗也是疯狗。"

汤六福根本没听他的，还好，汤六福这次没唤狗咬他。唤不了啦，狗快死尿啦。

雾气一阵阵漫上坡来，天似乎要变了。老林子里传来了稀落的赶狗声。狗去了哪儿呢？他的枪又没了，他想先回家去等消息。他回过头猛一下看到了坡顶那张克贞的茅棚子旁，有一条狗，对天吠着。他的心咚咚直跳。又没有人，又没有枪，他喊汤六福吗？他攥紧棍子，铆着胆往那儿靠近。

"嗷！嗷！"他学狗叫，想把狗唤出来，但前后都没有了，估计钻进了茅棚。

他先是用棍抽茅棚，抽了一会儿，拨了条缝，往里看，里面没有什么，就一堆未烧尽的柴薪，几块砖头，几泡牛屎。我该不是眼花了？他想起"老眼昏花"这个词。正在惶然四顾的时候，又似乎在不远的一座山梁上看到了女儿秀妮。

她跑出来干什么？

二

要走出老龙峡得过五次河，其实就是一条河。路在河这边，河那边拐来拐去。

张克贞背着猪牵着自己的妮子前一阵还是很轻松的，过头道河时也顺利，父女俩挽着裤腿就下了水。小凤的脚伤了，可她过河时没要爹背，她自个儿走。她爹张克贞说："这也好，狗咬的地方被这河水一冰，毒性就去了一大半。""您的意思是不要去镇上了吗？"张克贞没有说话。四月的河水的确很冰，就像是从冰窟里流出来的。上了岸继续走时，猪不干了，发狠地叫，不挣断绳索不甘休的样子。张克贞没了主意，他想，赵村长总是好心。对猪没办法了，看看天，太阳在哪儿还看不见呢，峡谷一线天，天色暗得像黄昏。小凤在后头抚摸着猪，哄它，那是自己喂的猪，见捆成这个样子，泪就掉下来了，就喊她爹："爹，回去吧。"

张克贞不回答。他放下猪，松绑，猪下了地，自由了，不吵不闹了，还寻路边的野草吃。张克贞去牵猪，他的意思很明了，走。小凤也没话了，弄了根树枝赶猪。这样过第二次河了。这水有些陡急，河面不宽。张克贞不知道怎么让猪过去，猪不可能游过去，它不是狗。水虽然不深，但淹过猪头是没有问题的。张克贞就去抱猪，也不管猪身上的脏物。张克贞当过兵，要真用力，还有一把力，走了几步，石头一滑，在水里摔了个跟头，猪也离了手。他去抓猪，哪还抓得到，眨眼间猪就顺水流跑啦。

小凤也去抓猪，父女俩都弄得一身湿，栖栖惶惶地爬上岸来，绞着衣服，望着下游。

"唉！"张克贞想到刚才发生的事情，一拳砸在树上。他的一口猪没啦。小凤呢，她在那儿偷偷地哭泣。想奇迹发生是不可能的，追都没法追，下游是茂密的灌木丛，里面刺藤如织。

"走啊，回去啊。"张克贞说。小凤还痴痴地望着那河的下游，水雾腾起的地方。

中午的时候，人都回了，先是老婆牵着戴红呢帽子的秀妮回了家，后来是去乡里送信的转来了。再就是胡老幺还枪来了。

"没有见着。"胡老幺说。

"我见了。狗还没有离开村里。"有一个人说。

"我们一直赶到老龙坪村。"另一个人说。

"算了吧，算了吧。"赵子阶一阵失望地赶他们各自回家去。天已经黑了，他提着枪去村里遛了一圈。汪家爹爹的屋里正是一片哭声。他觉得问题还是严重的。更严重的问题是，老伴儿给他讲，没搞药回来，那个郎中讲，只有给秀妮找个有火罡的人，冲冲阴气。那哪是郎中，一定是巫婆。到汪家爹爹那儿只吃了一支烟就溜了，这样的哭声把村里闹得哪来一点火罡？他当面就小声骂了自己的老伴儿一顿："信这种鬼话！"老伴儿有鼻子有眼地说："秀妮小时候被人退了眉火。"

他胡转悠时，碰见了一个人——胡老幺，正在水沟边刷他的牛。

"它被咬得重吗？"他问。

胡老幺说："它一只腿瘸了。"

赵子阶递给了他一支烟，他们对燃火，村子里无比寂静，云上来了，本来就没有月亮，星星被遮住了，风也来了，橡树和山毛榉发出呜呜的声音。

"它难道去了清凉堡？"赵子阶自言自语地说。

这样他们都在黑暗中把目光投向了村里最高的山峰——清凉堡。它高踞在那儿，那个黑魆魆的古老的寨堡，在灰青色的衬景里，阴森、厚重而威严。

"寨子里吗？"胡老幺说，从他身上被风送过来一股热辣辣的气体。他

9

还算个人，村里已经不多的年轻男人中，他让人有几分好感……赵子阶赶快煞住了这些想法，他有些羞愧，甚至悔恨。"老子不信这个。"他在心底里制止自己说。

"寨子里都说有鬼。"赵子阶这么说。

"那是树吼，哪儿有鬼？"

"树吼不是那样的，有人说是白莲教操练的声音。嘿嘿，也是鬼话，白莲教都两百年了，还能喊个什么，我也不信这个。"

他恶声恶气地发泄着，他一路走一路骂，他要摆脱这个春天的秽气。

再次发现疯狗进村，是那清晨早起去姚家的几个计生办的人，他们上山时，因为保持着安静，只有几双脚板踏地的声音。姚家独一家住在山上的一个小坪上，由忘乡村会计带路，姓柳的会计手握棍子开路，天有些亮了，女贞子树的叶子格外明亮，这天的天气肯定不错，而且鸟叫了起来。这时候，走在后头的人见雾里有两只野物在潜行。"有野物！"他是这样喊的。

大家驻了足，开始聚拢，看是什么野物。

狗叫了，叫得生疼。狗从一条斜路朝山下呼啸而去。

"是疯狗！"柳会计肯定地喊。

于是一伙人就去打狗。狗跑得比人快，乡里的计生干部赶忙阻止大家说："回来回来，不要耽误了咱们的正事。"

疯狗再一次进入了忘乡村肆虐施暴。它们见什么咬什么，穷凶极恶，它们的死期也就快到了。

十几条狗组成了数道防线想把两条疯狗阻截，赶出村外。三四条一队团结作战，前后夹击，却被咬得鲜血淋漓，大败。

疯狗蹿进了一个猪圈，这家的狗为保护十几只刚出生的猪娃，紧紧拖住一条疯狗的腿，可十几只猪娃手无寸铁，娇嫩可口，还是被悉数咬死了。

忘乡村分上村与下村，中间有一大片松树与剥皮树林，里面有许多自由自在的松鼠和社鼠。两只疯狗在穿过松林时，咬死了一只受惊吓掉落树下的松鼠和两只挖洞的社鼠，于是愤怒的鼠们用它们锐利的啮齿展开了一场与疯狗的血战。鼠们跳上疯狗的背，轮番噬咬。鼠们像雨前的蚂蚁一样，它们采取了鼠海战术，前仆后继，疯狗陷入了鼠阵，了无方向，被那些野性的啮齿动物啃得如蜂窝一般，嗷嗷大叫。战斗持续了一个小时，几十具鼠类的尸体横陈，血光闪闪。狗呢，狗，被人紧紧包围啦。

村长赵子阶和他的村民在下村隘口的石崖上狞笑着，复仇的时机来了！大家看着村长先生叼着烟，一只脚踏在石头上，很吊儿郎当地搂响了火，一条狗"噗"地倒地，另一条也"噗"地倒地。枪声许久没在村子里出现过了，这一响，大家看见村长赵子阶又有了一些光辉。是他打死了狗，是他为民除害。村里腥风血雨的两天结束啦，人们松了一口气啦。

狗一倒下，所有的人都手举着大刀、棍子朝狗狂奔而去。"掏心哪！""砍它的脑壳啊！"

那些对疯狗恨之入骨的人除了想把它们剁成肉酱外，还想取狗心和狗脑去敷被咬的伤口，听说一敷就好，不会发疯病。

大事不好，打死的疯狗必须就地掩埋或者焚烧，以免疫情扩散，乡里有批示。并不止清凉垭子一带发现了疯狗，县里许多地方也发现了疯狗。这是怎么啦？这个春天怎么啦？赵子阶又一次朝天扣动了扳机，这枪声喝止住了那些人，他们回过头去看村长，看到了一张比疯狗还凶的脸。

"谁敢动狗？谁动动看，老子崩了他。"

"烧狗吧，烧了吧！"有人知道他的意思，这样说。

烧，好，烧就烧吧。但是有人不甘心，受害者的家属，朝疯狗砍着，踢着，踩着。火就架起来了，在太阳响亮地升起的那一刻，油菜花的浓香从山崖上一阵阵卷过来。一堆烧狗的柴燃起来了，空气登时被狗毛、狗皮和狗骨的骚怪气味取代。

"嗬嗬。"赵子阶在跟他们笑。

烧狗的黑烟弥漫在峡谷里，一只孤独的鸫鸟回应着另一只鸫鸟的叫声。

那个晚上，所有被咬伤的狗沉寂了半夜，到了三更天，便全吠开了。接着，松林里出现了异常的响动，松鼠、社鼠和田鼠，还有一些小动物，烦躁不安，叽叽喳喳，到处乱窜。再就是猪、羊、鸡以及所有的畜禽，都回应着狗的叫声，仿佛兵荒马乱的日子来了。

恐怖的夜晚！

致命的毒素在空气里比风传播得还快。多年的经验告诉赵子阶，必须赶快把那些狗和其他有异常举止的畜禽打死，处理掉，否则后果只会越来越严重，天下大乱，他可担待不起。

一夜起来，全村都是红肿的眼睛。大家围了上来时，赵子阶果断地说："杀，杀死它们，不要手软！"

有的一笼的鸡都是这样，都指望鸡养家糊口的。有的一圈的猪也这样，也要提前操刀吗？

"只有杀，不能手软。"村长就是那句话。

有一条狗已经先行疯了。事情很明显了，是疯狗，狂犬。那条疯了的狗跑进山林，先吃死松鼠，然后——据看到的人说：它与一只不知从哪儿跑来的青鼬对上了阵，青鼬已经被咬伤。

事情不像传说。过了几天，一个两岁小儿在山坡边拉屎，听到哭声，家长即跑去找小儿，小儿的肠子全被掏出来了。这是青鼬干的！青鼬掏人的肠子啦！青鼬疯啦！

青鼬，青鼬！

伍乡长突然来了信，要赵子阶速到乡政府去。赵子阶伤神不已，可还是得立马行动。他背上了背篓和干粮，把事情给柳会计交代了一下，踏上了去乡政府的长途。

走到晚上暮雾轻浮的时候，他到了乡政府。

"我还钱给你呢，赵村长。"第一句话是这样的。

"你给我钱？"

"请你给郭大旺带回去，三十五块钱。"乡长努了努嘴，赵子阶就看到了桌上的确放着一些黑乎乎的钱。

赵子阶的脑袋差一点炸开了，郭大旺又闯了祸，可这钱……

"哈哈。"伍乡长用手指关节敲打着桌子，发出干燥的笑声，"他提去了两只鸡，两瓶酒，趁人不注意，丢到县长办公室了，人家将其折钱寄回来啦！"

"可笑啊，可笑。"伍乡长可能看出了赵子阶的尴尬中透出的那紧紧压抑着的情绪。他的话是指向郭大旺的。

他踏上回程的时候，窝了一肚子的气，一个伤心的沉重的影子在夜路上痛苦不堪。赵子阶后来连走路的力气都没有了，没有了精神的动力来指挥两条腿。在春夜溶溶的月光里他一阵一阵伤心。他又骂郭大旺："你去死！老不死的！"

他干脆在路边的一个山洞里睡了一觉，那里面有几捆喂牛人割的芒草。他想村里的事老子就不管了，躲一夜是一夜。睡梦中听到有人喊"赶青鼬"，醒过来，山岭寂静，冷风如雪。走到村头已破晓了，还没进村，就有人告诉他：郭大旺被疯狗咬断了一根脚趾。

可以想到赵子阶听到这一消息该有多么高兴，这简直是一个喜讯。这天底下的事咋就这么巧呢？这真是善恶有报，苍天尽知。

在去看郭大旺之前，赵子阶从背篓里拿出一叠纸来，全是打狗令，乡政府颁布的，盖着赫赫大印。他站在大青石上，迎着初升的阳光对村民大声念道：

> 四月，本乡境内清凉垭、百草溪、老龙坪及忘乡村发生狂犬咬伤人畜事件。狂犬的发生，危害了人民生命安全，影响了社会安定和农业生产。为了维护社会秩序，保障人民群众生命安全，不使境内蔓延狂犬病，经乡政府研究决定，对境内所有家犬，通过检查，接受当地兽医站免疫注射，取得家犬免疫证和在犬身上做统一挂牌后，方可饲养。家犬免疫费用由犬主负担；凡无家犬登记证的，一律视为野犬，凡被怀疑有狂犬病的，皆要斩尽杀绝……

三

"郭哥，你好呀。"

赵子阶一行人低头迈进孤老郭大旺的垛壁子老屋。透过幽暗的光线，他们看到那个被咬掉脚趾的老头正躺在一把破旧的大躺椅里，那张被狗恐吓过的脸，已经扭曲得非常厉害了，简直像一根拧了两圈的苦瓜。他的皱纹深不

13

见底，又厚又重，口里呼哧呼哧地发出求救的呼声。

"嗬嗬，还是一个活人。"赵子阶说。他先行查看了一下，这个孤老头子有自救能力，生活经验丰富无比，包脚的布里透出一股浓浓的中药气味。

那些人听他的喉咙里在发声。听了半天，他们中有人听到了，老头子说的是："我要打针。"

"那三棵……柿子树……米不够吃……衣服……不够穿。"郭大旺挪了挪身子坐起来说。

赵子阶看着这个独往独来的老头儿，说："想一想你坐车花了多少钱吧？这些钱可以用来买米，买衣，你可以监督我们的工作，你有意见就提。不就那三棵柿子树吗？给！给你，还不行吗，虽然过去是你栽的，你要吃五保，山林归集体，但那三棵柿子树，我今天表态永远属于你，死后砍了给你打棺材。"

郭大旺扭曲的脸正在正过来。他已经没话了。就这屁大点事，不就解决啦！

就在大家叽叽喳喳地议论这很合理了时，郭大旺突然说："现在就搬吗？"

他是指吃五保后，他得搬到村里的房子清凉堡上去，他的房子又得归公了。搬上去之后，等于是守了县的文物保护单位白莲教遗址，每月还可得十元钱的看护费。可赵子阶又表了一个令人十分吃惊的态，他说："你现在被疯狗咬了，你不是说想打针吗？这就给你到镇上打针去。"

"钱，钱呢？"郭大旺问。

"放心，不要你出，有人先垫上。"

"哪个？"柳会计说。

"你。"

"哈，把我的卵子割下来，看能不能垫。"柳会计吐了一口涎水。

"臭，骚，"赵子阶说，"我先拿一百，余下的你解决。"赵子阶翻荷包凑了一百零几块钱，让柳会计拿五十块钱出来。然后他说："哪个陪他去？"

"我来吧。"胡老么站出来了。赵子阶的眼睛也瞄住了他，他是个热心肠的人。

打雷了，有雷声。

送走郭大旺，打狗打青鼬的战斗就开始了。

擒贼先擒王，打蛇打七寸。赵子阶直奔汤六福的家。

轰隆的雷声中，天空出现了大富大贵的紫色，这是什么样的一种预兆？杜鹃花突然在这一天满山开放了，简直是燃烧，是癫狂。这一天的天气异常暖和，花朵们狂欢的身影把人的眼睛都快灼瞎了。赵子阶想抓住内心隐隐的愉悦感，复仇的动力。他终于抓住了一个人，是胡老幺。胡老幺的为人，这种火热的胸怀是不是……火罡？他就是火罡！原来赵子阶在暗暗地观察、权衡、"淘洗"着村里年轻的男人，完成着老伴儿交给他的艰巨的任务——他必须治好他的女儿，这才是大事。

汤六福威风凛凛地在洞口等待他。面对着村长赵子阶的那支枪，他一点儿都不怵，门板一样站在那儿。"我早知道你会来的。"

"你的鼻子好灵。"

"我闻得到你身上的血腥味儿。"

"我杀人了吗？"

"差不多。"

"就为一条疯狗。"

"不行。"

"一切行动听指挥。"

"鸡娃子。"

"狗就是狗。"

"你想公报私仇。"

"说得太对了。"

"今天看谁死。"

"你的狗死。"

"你想死。"

"这么深的仇？"

"就是这么深。"

"乡里乡亲。"

"鸡娃子。你是谁,我是谁!"

"我是村长,忘乡村十八年的村长,捉过猪、罚过款、骂过人的赵木匠。"

"少啰唆,开枪吧,朝这儿打吧。不打是龟儿子。"汤六福手指着正中心的心窝子。

雷声非常大,电光闪闪,要下雨了,风来了。风和云一起来了,云像一群疯子,由西向东奔腾而来。

这是将赵子阶的军,这是一次考验。老子命不要了也要开这一枪。"砰!"赵子阶从汤六福的胯间搂了火。汤六福的双腿不由自主地往上一跳,石洞就爆炸了,黄烟滚滚,石屑纷纷。狗呢,黑子呢,给赵子阶留下过闪光齿印的那个家伙呢?没啦,死啦。

嗡嗡的回声还在山洞里乱窜,汤六福现在去哭他的狗啦。赵子阶大摇大摆地走了。

血腥的黄昏就这么开始了。打狗队的猎钩和木棒扑向村里所有的狗。

雷声中狗叫一片,红色的闪电扯得整个村庄像着了天火一般,好像无数天兵天将要下凡了,好像世界的末日到了。

天色已晚,雨点也砸下来了,赵子阶安排了几个人晚上打青鼬,便收了手。他背着枪,疲惫万端地踏进门槛。

屋里倒很安静,秀妮在唱歌。

"你们为什么不收衣裳?"

雨点稀稀地砸着,他恼怒地问,问老伴儿和女儿。

老伴儿一把把他拉到屋外,说:"你还不找个人来呀!"

"你让我拉皮条?"

"你说什么……"

"你让我当爹的找个人来把自己的女儿给人捅!"

"放屁,治病。"

"治病上医院。"

"胡说。"

"我不信。"

"你是个畜生。"

"你才是个畜生。"

他干脆就淋雨。雨下来了，他在想，胡老幺和郭爹爹走到哪里了呢？

胡老幺牵着一匹牛，他的牛，他让郭大旺坐在牛背上。他想让郭大旺舒服些，可他想到的是让自己的牛也赶快去打针。不知打针还行不行，他想了想，一百三十元对一千三百元，一条牛至少值一千三百元，是划算的，反正他自告奋勇地要陪郭大旺去，也就顺路给牛治治，于是就牵上了牛。

牛被咬了之后表现出一种极大的隐忍，甚至麻木。它对灾难逆来顺受，它的表情从生到死都是一样的，像一棵草，像一块石头。现在它驮着一个人，走在风起云涌的山路上。这让郭大旺过意不去，走了一段郭大旺要下来。"你的脚趾没了。"胡老幺说。郭大旺一个劲儿说胡老幺是个好人、活菩萨。天就变了，飞沙走石，树木乱响，峡谷里的硫黄味儿呛得他们难受，连牛都打喷嚏。天就黑了，雨越下越大，他们只好找到一个岩洞钻进去躲雨。

生起了火之后，雷就贴着洞口打，两个人念避雷咒也赶不走。他们想是不是火引来了雷神，就踏熄了火堆，在黑暗中说着话，两个人的衣裳算是烤干了。就在这时，一个炸雷，把洞顶的几块石头、一棵松树劈了下来，火星溅到他们的身上，两人的耳朵都快震聋了。郭大旺说："这雷是有来头的，这雷追着我们打，一定是我们中哪一个惹恼了他。"

"难道是我惹恼了雷公？"胡老幺说。

"我没说你，我没说你。"郭大旺连忙说。

"你不要怕，"胡老幺对他说，"你站里面去，雷来了先打我。"他站在了郭大旺的面前，像一扇石门。但是雷是一种尖脆的雷，一个接着一个。他何尝不怕，雷经常打死人，这样的天气，早知如此，就不会出来了，可事实上出发时雷就在打了。雨一下，山洪暴发了，谷底一片轰隆声。回去已是不可能了，硬着头皮也要往前走，可现在被隔在了这里，暴露在雷电之下，这如何是好。

雷没有离开的意思，雷打在路上、洞口，贴着他们的身子打，猛烈，凶狠，执拗。在那样逼人的蓝光里你说什么也不能坦然，命被人罩住了，聚了

17

焦，只等电光一把火，瞬间一堆焦肉。郭大旺不住地抖，口中念念有词："老幺啊老幺，你前世该不是恶人吧！"

"哎，您说话吉利点！"胡老幺感到牙齿发冷，"郭爹爹，我可是好心陪您来的呀，您要凭良心哪。"

"老幺，你那年打死一头熊，掏出它的心，放在石头上。你还记得吗，那心还能跳，跳了三天三夜。"

"您郭爹爹也不是没做坏事，有一次您剥娃娃鱼，娃娃鱼就像一个小娃儿叫。"

"娃娃鱼就是这个叫法，难道你没吃过吗？你老幺什么没吃过，你吃过刚生下来的豹儿，你，还有你的爹，你的儿子，你的儿子生吞了一颗豹儿胆，你说以后儿子胆子就会大的，那胆还是热的，你儿子不遭雷劈才怪咧。"

"你咒我儿子，你这个老不死的孤老，你老婆女儿是怎么死的你只怕忘记了。"

"吃毒菌死的。"

"这不是报应是什么？"

"好呀老幺，你剜我的心窝子！"郭大旺一头就朝胡老幺撞过来，胡老幺没防备，后脑壳碰到石壁上，登时眼冒金花。这可惹火了胡老幺，他一手摸后脑勺，一手给郭大旺一拳。郭大旺挨了一下，瘸着腿闪到牛的后面。胡老幺隔着牛还是揪到了郭大旺。一拳一拳地挥过去，有的打到实处，有的打到虚处。郭大旺只有招架之功，没有还手之力。牛在中间哞哞地叫着。郭大旺也是个不服输的家伙，一拳挨老了，拼起老命就回敬过来。只有中间的牛遭了罪，挨拳又挨脚。这当儿，一个惊天炸雷，一串火球骨碌碌地滚进洞来，牛受惊了，牛长哞一声，昂起头就往外冲去。那两个打得正酣的人哪管得了牛，又纠缠在一起了，滚进泥水里。一串火球还在洞里骨碌碌地滚动，撞在石壁上，发出叭叭的响声，闪着瘆人的光。还是胡老幺站起来了，他挣脱了郭大旺，他记起了他的牛。牛呢？牛去了哪里？他找牛。他在洞口左看右看，牛在前面。牛在电光雷霆、大雨哗哗之中，正沿着贴在悬崖上的山路疯狂地奔窜，胡老幺奋起直追，唤牛停下。牛受了惊吓，哪里停得下来，跑着跑着，在一个拐弯处，来不及拐弯，直直地栽进了悬崖，不见了。

"牛啊！牛啊！"

胡老幺在悬崖边喘着气干号。雷声并没有止息，雷雨更猛。

打青鼬的几个村民埋伏在几个路口。

青鼬是从清凉堡下来的，在滚滚的雷声中进了村。许多狗还在叫，有的是因为疼痛，有的是因为嗅到了野物的气味。

青鼬也发出了狗的叫声，因为它疯了。忘乡村的夜晚从来没有像现在这样凄惶过，仿佛危机四伏，过兵跑匪。

有一个人指给赵子阶村长看："来了！"

是青鼬，你看它，翘起的毛茸茸的黑尾，像机敏的旗杆；宝蓝色的小脑袋，东张西望；金色的皮毛，像贵妇人发怒时的披巾；尤其是那尖得像耙齿的嘴，冲锋在前，凶残毕露，所向披靡。它太敏捷了，像一阵风，以至于赵子阶来不及瞄准，它就窜进了卧虎石下的几家人家中。于是，大家鼓起吃奶的力气大喊：

"青鼬来了！"

这声音在雷声的轰隆中太微弱。几个人一字排开，冲过卧虎石，到了那几家人家的后坡上，又大喊："青鼬来了！"

几乎在同一个时刻，哪家的猪发出惨痛的叫声。青鼬找到目标啦——张克贞的猪！唉，这人怎么这么倒霉！

"打青鼬呀！"

赵子阶带领人直奔张克贞的猪圈，张克贞早闻声跑出来了，手里攥着一把板锄。青鼬在那儿！青鼬口里有美餐啦，青鼬叼起了一长串猪肠子，臭腥味儿扑鼻而来。而肠子的另一头，是拉得狂摆头尾的猪。在亮如白昼的闪电中，他们看到那猪被拉得可怜兮兮地乱跑，接着又拉出了猪肚里面的肝或是肺，那猪哪能承受这般蹂躏，看着看着就倒地抽搐。

他们看见张克贞朝青鼬扑去，他挥着板锄，去打青鼬。可他挡住了赵子阶的枪口，赵子阶无论怎样都开不了枪。赵子阶急得跳脚，大喊"走开，走开"。张克贞的妮子小凤也不知从哪儿钻出来了，又哭又叫扑向那受难的猪。青鼬跑了。赵子阶他们去撵青鼬。这时谁又在夺他的枪，他死死抓着不放手。

19

他在闪电中看清是张克贞。"胡搞!"他吼。挣了半天,挣脱了张克贞,青鼬却跑得无影无踪了。赵子阶气得大骂,要人赶快搜寻。

青鼬跳上了卧虎石,大家都看见了那个魔影。魔影差一点跑进了汤六福的牛栏石洞。赵子阶分明听见了狗叫,他完全没有想到是汤六福的黑子,黑子不早呜呼了吗?他当时的反应是青鼬叫的,青鼬成了一条疯狗。

他们一直赶到下村,这一次把青鼬堵在了一个死巷子里。青鼬的末日到了,青鼬蹿上一棵并不高大的桦树尖上,两只眼睛在雷雨中贼亮贼亮。赵子阶的枪一响,青鼬就像一只熟透的瓜果从树上掉下来了。哈哈,真准,它的头已经没啦。赵子阶还有这么准的枪法,反应这么快,简直如神助。雨越下越大,下得四山昏暗,烟雾迷蒙,炸雷如山崩。赵子阶要大家快回去,一伙人便作鸟兽散。赵子阶只好自己拖起那无头的青鼬,沿着泥泞的村路溜溜滑滑往家跑去。

他把青鼬丢进了粪凼里,进了屋,见了火,人就垮,他瑟瑟发抖。雷在外头越来越大,把屋里的东西震得咣当乱响。他赶快擦了身子,换了衣服,上了床。

山垮了,响声怪异,泥石流,那是在峡谷。一个女人突然破门而入,进了他的房,披头散发,上床来了,钻进他与老伴儿的被窝。是女儿秀妮。她害怕了。她说:"有鬼,窗外有鬼!"

哪儿来的鬼呀,赵子阶本来就冷,这下更冷了,可他是男人。他下了床,披衣,操起枪,慢慢地踏进秀妮的房,看那个窗户。窗户是用塑料纸幔着的,很薄,闪电透过窗纸,送来一些树枝晃动的黑影。他还是壮起胆子,大喊了一声:"谁?老子开枪了!"

手已经很酸,包括手臂、手腕、肩胛。他太累啦,可他不能睡在女儿床上,他只好到了堂屋,拨开底火,加柴,点烟,拢着衣服,斜靠在椅子上打盹。

又一个炸雷,好像打在自家屋脊上,瓦灰噗噗往下落,一只老鼠冻萝卜似的掉了下来,又叽叽复活了,跑了。赵子阶过电影一样地想着自己这辈子所做的事,没有做很缺德的事,肚子里有点坏水,不多,就算有,也不够被雷劈死。死就死吧。他就冷静地等雷来劈他。忽然,大门开了,好像一只无形的大手,粗暴地一把掀开他的两扇杉木大门。太突然了,赵子阶没一点防备，三魂吓掉了两魂半；风雨呼地就往里灌，他车过头来，我的老天，风雨中夹带一只野物，冲进了屋子。那野物呈妖蓝色，狗？！狼？！豺？！那野物径直跃上正中的神龛，叼起一尊菩萨，转眼就出了大门。

这是一瞬间的事情，简直像做梦，赵子阶完全没有反应过来。再看神龛，那尊菩萨真的不见了，神龛空了。

这才是怪事哪，疯狗叼的，是疯狗！叼去的是一尊紫檀木菩萨，那菩萨至少有两百年了。哪来的狗？为什么独独叼去他的祖传宝物？为什么不吭声？这怎么回事嘛！

赵子阶死死地关上了大门后，心蹦得老高。他不解，这事太蹊跷。他想进房去喊老伴儿，他把一把砍刀插进门闩里，压邪。正不知如何是好时，我的娘，又听见了恐怖的敲门声。

完了，今晚我要疯掉了。不疯才怪咧！

"哪、哪个？"

"……我。"

"你、你哪个？"

"老幺。"

老幺，是老幺吗，老幺不是陪郭大旺走了吗？老幺不在村里，又来一个老幺？这村里有几个老幺？老幺的魂，装老幺的鬼？七十二化精邪鬼魅？黎山老母木精作怪邪王？

还是无神论战胜了这个老村长，他想肯定是半路他们遇到了什么不测。就抽出砍刀高举头顶，拉开门闩，闪在一旁。一个人就进来了，的确是胡老幺，胡老幺一个泥人，泥巴搓成的，就两只眼睛在泥巴外忽闪忽闪，水一层层往脚下淌。赵子阶关了门忙问："怎么回事呀，老幺？"

胡老幺先是"啊啊啊啊"地说不出一句完整的话来，后来调整了情绪，就说了一路的情况。他说牛栽下悬崖后不久，就碰见了三个县防疫站的人，两男一女，正是到忘乡村来的。他们立马给郭大旺打了针，而且是半价。然后，五个人一起往回走。路上多有泥石流冲垮的地方，好不容易过老龙河了，山洪暴发了，完全不能过，前不沾村，后不靠店，大家在大雨中束手无策。胡老幺就说，找个比较窄比较浅的地方过去，不然大家会冻死的，特别是咬断了脚趾的快七十岁的郭大旺。防疫站的人中有一个中年人就表示他可以与胡老幺一起先探路，他自称是副站长。他们找到一处有几块大石头的地方，好像可以爬过去，他们就脱了鞋，以防青苔溜滑，没想到，那个副站长还是滑下石头，被洪水卷走了。

"老幺呀老幺，死了县里的人，我怎么交差？等着坐牢吧。"赵子阶欲哭无泪，"还不快去找人！"

一人拿了一根棍子，披了一件蓑衣，亮着电筒往峡谷中赶去。

走了一个多小时，雷雨渐渐小了。到了河边，水声惊心动魄，汹涌澎湃，河面宽得令人目眩。往下游看，水汽蒸腾，黑雾漫漫，哪里有人？他们喊，对河的人也没应声。

"你到底是不是老幺，你能过这个河？你是飞过来的？"

"我……"

赵子阶没辙了，一屁股瘫坐在泥水里。"我的老天哪！"

"我的牛啊……"胡老幺也在一边号啕起来。

四

第二天早上，村里发动了二十多个人，沿着老龙河下游寻找那个副站长的尸体，结果一无所获。哪儿找去？哪儿能找？估计已经顺流而下，流进长江去了，或是卡在了哪道石缝里。郭大旺和防疫站其他两个人员，在郭大旺的带领下，连夜朝上游走了十多里路，在一座吊桥上过来了。

赵子阶没有心情接待这两个防疫站的医生，况且家里又有个疯疯癫癫的病人。他把他们安排到柳会计家中去了。他想先睡上一觉。他老了，一夜之间他就瘦得像只猴子了，脸色蜡黄，眼窝深陷，像从地牢里拖出来的一样。天塌下来我也要睡一觉。他就关门睡了。没半个时辰，又来了事。张克贞的爹背着小凤上了门。进来就将小凤丢进椅子里，赌气地说："村长明断。"

赵子阶的瞌睡被人打断了，浑身不舒服，眼睛里像塞了棉絮，哪里看得清人。

"硬是要人死，还要死几个？"他打着深长的哈欠。

"小凤要死了。"

"她打了针的。"

"猪流跑了，村长呀。"

"诈我！"

"流跑了。又咬死了一头猪，村长这怎么办啰？"

这个张爹爹好一副苦相，嘴角扯到下巴底了，白眉毛里一团黑气。终于听清楚了，猪跟那个副站长一样，流下山了。张克贞就不想再牵一头猪？留着干啥，给青鼬掏肠子？张克贞哪张克贞，再打呗，找防疫站的人打呗，可超过了二十四小时，还有鸡娃子用！张克贞被叫来了，赵子阶想说点醋话来酸酸他。他说："张克贞，等医生啊，你真会算，知道医生今日来。"张克贞一跳五丈高："我蚀了两头猪，我等鸡娃子医生！小凤可以作证。"

"那就去打吧，"赵子阶说，"去柳会计家，找医生吧，你找我干什么？"赵子阶拍拍张克贞的肩，摸摸小凤的额。这妮子额头烫得吓人。

瞌睡搅跑了，再想睡睡不着了。赵子阶抽了自己两嘴巴，干脆把自己弄醒了，找了一杯酒，倒进喉咙里，又在门口的缸里捞了一箸酸菜来压酒味，正嚼在兴头上，胡老幺就来了，惺惺忪忪的一双浮肿眼，可怜巴巴地望着他，就那么望着，也不说话。赵子阶马上反应过来了，这家伙心里有话，牛吗，牛又怎么了，老子又没吃你的牛。"嗬荷，你吃吗？"赵子阶说。他没把他让进屋里，他先自己含着酸菜到屋场西头的一块大斜石上坐下来了。石头很光溜，经常用来晒棉被、豆皮和药材。胡老幺只好跟着村长来到石头边。"嗯，总算晴了，人也死了。"赵子阶说。他在石头上搓搓手，递给胡老幺一支烟。也不管老幺的火，自己点燃把火柴甩了。胡老幺捻着烟，他知道村长的规矩，村长是不给别人点烟的。你可以找村长接火，他于是找村长借火。赵子阶就把烟让给了他。赵子阶再接过烟就说："啊，嗯，唔。"同时擤了一腔鼻子，还想打一个喷嚏，可酝酿了半天，没喷出来，半途而废了。

"天气是好了。"胡老幺说。

"可副站长找不到。你去山上看雪化完了吗？"赵子阶不让胡老幺表达，他说别的。他说："啊，肯定雪化完了，你的蜂子怎么样？"他在这时想好了，只要老幺提他的牛，他就说给他抵十个义务工。"你看我的蜂子。"他指着嗡嗡飞行的蜂群。这一刻，村里非常安静，太阳突然加热了。他们拿眼看四周，桃红柳绿。最后一点残雪从山的深褶里消失了，冬天的阴影悄悄溜走了，太阳稳稳当当地占领了天空，一花独放，用它热烘烘的大嘴巴亲吻着每一个活人。油菜花俯首称臣，灿烂地谄媚，同时向春天招摇着淫荡的欲念。到处蜂飞蝶拥，到处鲜花盛开！

赵子阶没有忘记老伴儿说的事，他忽然想跟胡老幺多说点话。这屄人可以，老子赔你一个女儿！一个白白嫩嫩的女儿不值你一头牛吗？他就这么决定了。事情总得有个结果，不能再拖了，谁的鸡娃子都是一个屄样，女儿舍就舍了。

可胡老幺不说话，赵子阶的瞌睡来了，挡不住，在石板上一下就睡着了，胡老幺什么时候走的他完全不知道。

三棵高高的柿子树，青枝绿叶，直刺天空。赵子阶拍打着一头老灰，指着柿子树对郭大旺说："是你的啦。"

这是第二次给郭大旺搬家了。他对郭大旺说："行了吧，郭哥，安安心心地过你的日子，你针也打了，家也搬了，总比防疫站的副站长强些吧。"

清凉堡的寨子真是一览众山小，居高临下。赵子阶亲自动手帮郭大旺修好了窗子和院门。住在这样的地方，应该有一种成就感。整个村子，咱们这些人都在他的脚下啦。他是个孤老，这是最好的生活了。他应该像一棵树那样，站在那儿，变得安静，与流云为伍。

就在如释重负地下山的路上，赵子阶看见了一个小妮子，拼命地往菜花地里跑。她的头发飞散如马鬃，身轻似猿猴。

"好漂亮的头发！"

这么欣赏的赵子阶只愉悦了两秒钟，后头就出现了一个老头，拼命地追那妮子。是张克贞的爹！

接着，又一个人从他的腋下钻过来，把他吓了个半死，以为又是一条疯狗，赵子阶一个趔趄，差一点头撞在一扇石壁上，但他紧紧抱着枪。又是一个抢枪人，这么多人抢他的枪，他妈的。是张克贞。

"村长，把枪给我用一下，我把妮子崩了。"

"张克贞,我日你的老娘!"

赵子阶一是受了惊吓,二是听那话不对味,为什么要崩自己的女儿?

"小凤她疯了,哇嘿嘿!"张克贞边哭边与赵子阶拔河,要那杆枪,那杆猎枪。赵子阶吼他要他放手,可张克贞哪能放手。

菜花田里,张克贞的爹在追抓小凤。路上,赵子阶与张克贞较劲儿。赵子阶说:"张克贞,杀人抵命。"张克贞说:"我这命值个卵的钱。"赵子阶就是不放,倒地上了,也紧紧把枪压在身子底下。张克贞狗咬刺猬下不了口,急得直踢赵子阶。看见小凤又渐渐跑转来了,他放开抢枪的意图就去抓女儿。哪知小凤一个急转弯,奔向另一面油菜坡。

赵子阶喜滋滋地抱着枪傻笑,笑了一会儿,想到不对劲儿,莫不是小凤疯了?灰头土脸的他,口里就嘀出来了:"又疯了一个?又疯了一个?"哪知有一个背背篓出粪的人搭了个白:"村长,你是说六福的狗吗?"

"六福的狗?"

"疯啦,死啦,摔死啦,牛咬坏了,人也咬坏了……"

汤六福的狗的确没有死。

那天,汤六福发现赵子阶那一枪只打断了黑子的一只胯子。他扑上去,见狗还有气,才没跑出去与赵子阶拼命。那时候他抱着那条狗,赶忙找来生甘草,煎了一罐水给它洗伤,包扎。狗跟猫一样,九条命,不要几天,它就自动把腿长好了。不过赵子阶的这一枪打得他的狗是粉碎性骨折,他给狗上了夹板,骂着赵子阶,一连几天都在伺候那狗。他与狗,同病相怜,都坏了腿啦。他对狗说:"有我在,就有你在。"

他对狗的感情太深了,这黑子,在五年前大雪纷飞的腊月里,跟他一起去四川背盐。风雪交加,年关将近,在山里走着走着,一步不稳,踩了个空,连人带货翻进了沟里,膝盖骨摔坏啦。黑子硬是用一张嘴,咬着他的衣角,把他从沟里拖上来,拖进一个山洞,还衔来柴草让他生火。但是,林海雪原,没一户人家,生了火,早晚不是个死吗,他已经站不起来了。于是就对黑子说:"狗啊,你若通人性,你就快回家去叫人来收尸吧。"黑子果然通人性,听懂了他的话,在腊月二十九的晚上,跑了百十里路,引来了汤六福的老父和哑巴儿子，终于救了他一条命……

现在，他要救这条狗的命了，一命换一命。他给它刮烟袋里的烟屎，炒蓖麻籽碾成粉给它敷伤，用甘草水洗伤。狗的腿就好了，前些时被两条恶狗咬的伤也结痂了，还长出新毛来了。他把它深藏在洞里。这是一条比人还聪明的义犬，他要与它相依为命。

这天晚上，汤六福想把狗牵出来遛遛。可那狗一见洞外的光就叫起来，眼露惶恐。汤六福怕叫声又引来了村长的枪，只好把它重新牵回洞里。那洞里是牛栏，潮湿恶臭，里面有许多蜥蜴和蝙蝠，甚至有毒蛇和蜈蚣。每隔几天，汤六福都得要先把牛牵出来用雷公藤加艾草熏，以便把毒虫秽气熏出来。可那狗不让牵，也就熏不成了。但是，牛怎么办呢？牛可是家里的大劳力，哑巴儿子还小，自己的腿不得劲儿，老婆傻乎乎的也不中用，牛要拉犁，要养活这家子。他就想着找一个布套子套上狗头牵出来。然而狗不认人了，连主人也不认了，不让套，汤六福的手一上去就被狗咬住了。汤六福手还利索，抽出来到洞外一看，两个齿印，正冒着血珠。"我这不完了，我的妈也！"他赶快挤血，赶快用泉水冲洗。狗怎么办呢？狗在呜呜地叫。"这可害了我，得要钱打针哪。我三年的合同款还是欠账，我腿没治，我又遭狗咬了。"他坐在洞口只好想卸磨杀驴，兔死狗烹了。"我要用你的心敷我的伤。我死了咋办？哑巴儿子，傻瓜老婆，他们咋办？"他说，"狗啊，我只好成全你了，你虽灵巧，有情有义，可还是一条狗，你怎么朝主人下口呢！"他在酝酿着对狗的仇恨以便拿起屠刀。

"狗啊，说吧，你加害于我，究竟是何居心？"他拿起柴刀，露出凶相。

他望着狗，下不了手。

"你说一句话吧，你只要说你是对的，我就不杀你。"

狗无声，伏在地上，汤六福将柴刀瞄准了狗头。狗知道自己的末日来临了，它嗅到了死亡的气息，它突然疯狂地挣扎，想挣断绳子。它左一跳右一跳，汤六福完全下不了手。他后来闭上眼睛照狗头就是一刀，用的是刀背。狗被打昏了。他蹲下来在狗身上拭拭刀刃，刀飞快。狗的心脏还在跳着，狗身一掣一掣，狗身大，四肢有力，狗嘴扯过他的衣服，还为他衔过柴草，这狗跟人有什么两样！

"狗，我背你到深山里去吧。"他含泪站起来，丢了柴刀，就去找背篓。哪知狗一触到地气，就又活了。汤六福刚准备装狗时，那狗突然一跃而起，又朝他咬了一口。他人蹾在地上，狗就冲出洞口，咬住了在洞口嚼草的牛，那匹牯子。

狗猛咬了牛，牛马上用角回击，去挑狗，就是这样。一匹更英武的牛，四膊四旋的牛，秤杆尾，双飞角的牛，紫蹄缎皮的牛，一声吼，四山惊的牛，能容一条狗逞狂？牛的角一把将狗挑出一丈开外，挑到坡边的卧虎石上，"吧啦"一声，狗摔得贴饼子一样，再想爬起来，只有七窍流血、龇牙咧嘴的份儿了。

五

天黑了。

没有了狗叫，村庄就是死的，这山里的村庄，一到了夜晚，只有一些星星点点的鬼火，或者是灯火。如果没有一些响动，特别是亢奋的狗叫，这个村庄就荒了，就会漫上来一层苍苔，然后森林包围了它，把它淹埋了。

张克贞妮子的叫声，很微弱，因为是在一个破窑里。

可赵子阶要急于办成那件事，老伴儿交代的事。

他蹾在胡老幺的空牛棚里，胡老幺就来了。

"还有狗吗？"他问。

"我不知道。"

"我托付给你了，我累趴了，上了岁数。我要到克贞家去，看看他的妮子。你这段时间……唔，辛苦了。"他在黑暗里说。他没等胡老幺说话，又接着说："汤六福被咬了，谁知好不能好？"

"这些天，闹狗，你帮了我的忙，"他说，"你喝芽茶吗？本香没给你炒芽茶？我老伴儿在炒，给你准备了一包，她说你是村里的好人。今年的芽茶不错。"

胡老幺被他拍着站起来。

他没有去张克贞的家。他漫无目的地在村里走了一圈，无意之中走上清

27

凉堡了。他站在荒凉的古堡上，看脚下的村庄。他抽自己的嘴巴。他不想让寨子里的郭大旺听见，暗暗地，轻声地，狠狠地抽。他说："你都做了些什么啊，赵子阶！"女儿发了疯。女儿退了眉火。女儿要火罴。火罴究竟是什么玩意儿啊，个婊子养的，我操这个世界的妈！

他简直有些绝望地去拍郭大旺的寨门。郭大旺喜出望外，郭大旺不相信这深更半夜的村长会摸到阴风惨惨的山顶古堡里来看他。

"郭哥，我想你。"他说。

"我来捉奸的。"他说。

郭大旺给他的烟是自制的，呛人，他给郭大旺一支金蝶烟，郭大旺给他泡了一大缸子陈茶。赵子阶喝着，说："吃什么啦？"

"鸡。"

"这就对了。以后，你闷，就叫叫我，我来陪你说话。"

郭大旺流出了眼泪。赵子阶说："郭哥，我们唱个丧歌子吧。"他就起了个头，然后郭大旺就跟他唱起来了：

> 糊糊涂涂往前闹，
> 疤疤疖疖度春秋，
> 轰轰烈烈只到老，
> 急急忙忙苦中求，
> 烦烦恼恼熬冬夏，
> 忧忧愁愁几时休，
> 啾啾叽叽何日了，
> 闷闷沉沉白了头。
> ……

这情景总会让人伤心的，何况山顶的树涛在荒吼着，在堡子外，力大无比。

汤六福的确打了针，回来时的确牵了两头羊，一公一母，马头山羊，没角的那种，一副马脸的那种。汤六福和他的哑巴儿子，父子俩，一人牵一只，走了一夜，回来又走了大半天。汤六福还带着另四针药。不错，他打了针，没超过二十四小时。还有四个一次性注射器，村里有人会打针，柳会计就会。他自己也能扎。他自己用斧头为自己开刀，填半月板，用针缝皮，麻药都没要，他为什么连针都不能打，小菜一碟。

他走得很慢，有一阵子，牛骨头半月板不活，他把皮又割开，滴了些猪油，才能勉强弯腿行走了。他不怕疼，疼算什么，后来他把疼的感觉当作人生本来应如此的东西，疼就不是疼了，就稀松平常了。疼到最后，人会麻木的，这就是汤六福，疼不是疼，他征服了疼。

医生给他说，不要喝酒，不喝浓茶，不从事剧烈劳动。对，他听医生的话。一路上被羊的秀气的叫声弄醉了，羊吃草的样子也让人滋生出活下去的勇气。他很有力气，他就想：我打三针，我给牛打两针。牛也保住了。要那么多针干什么，医生的话听一半足矣。有一年，哑巴儿子得了肺炎，到镇上也说要打七天针，打了两天我就走了，回来儿子还是儿子嘛，没有死去嘛。三针杀不死那些毒！他就想，牛羊满山坡了，老子就可以堂堂正正做人了，赵子阶算个卵子，不就是几百块钱吗？他说得没错，一分钱难倒英雄汉，有了钱，谁难得倒我？三四个月，羊配种，来年一二月，有了羊羔，五只吧，就打三只母，再生羔，羊就成堆了，羊挤在村里，挤在村道上，到处咩咩地叫，清凉垭子上全是我汤六福的羊，白云一样的。我杀羊，我请村里的人吃羊骚，啃羊蹄子。我还吃金蝶烟，戴呢帽子。我有了钱，我要去宜昌，把腿治好，我还要治哑巴儿子，让他开口说话，我要给他娶一房媳妇……

两只马头山羊来到了村里，这是自闹疯狗以来村里看到的最安静最鲜活最可爱的两头家畜。这是忘乡村的转机，表明生活又开始步入正轨了，死的死了，该干什么的还干什么，大神小鬼，各归原位。新的生活又开始啦，新的希望也开始啦。

汤六福回到家里，就给他的牛下针。

六

生活的确在这个深深的山坳里又开始了。有一天，赵子阶听见了鸟叫，循着鸟的声音步入松林，嘿，他又发现了一只小松鼠，惊头慌脑的，正在掰咬一只陈年果球。过去，这些东西全都没有了，鸟们在崖上瞎撞并爆炸的情景犹如昨日，松鼠们横尸遍野的地方，旋覆花已开了，泥麦开始结穗了，苞谷长成了少女，洋芋拼命地挑起它的绿色，野苦桃突然在阴沉的树林里蹿出来，显示它一身垂挂如少妇奶子的硕果。赵子阶站在坡上张克贞的牛棚门口，他已经放下了枪，那枪太沉重，他渐感力不从心。再者，村里渡过了危险。灾难说去就去，多快呀，而当时，却有天塌地摧之感。阳光像马舌头舔在脸上和身上。他看见张克贞背着一篓粪上坡来了。他想给他谈谈。

他让他坐下，看了看他的粪，是猪粪，臭虽臭点，但散发着浓郁的劳动与生活的气息。他还是那么木头木脑的，若有所思的样子，口里叼着发霉的烟卷。

"你的牛棚到秋上，好好整整，可以成为护秋的中心。"赵子阶说。

"你可以护十几家的秋。"他说。

"然后让大家给你点粮食，你一个人照就行了，你枪法又准。到时，我把枪给你。"他说。他想给他增加点收入。如果这样的话，说不定可以把他的老婆再接回来。听说他老婆前几天来看过小凤，大家都看到她红肿着眼睛离去的。

"今年的野猪肯定很多，年成也会很好。听老辈子人说，闹了疯狗，庄稼就会疯长，人来疯人来疯嘛。"他说。他想起了张克贞的老婆，他说："你老婆真是个能干人。你知道吗，你结婚后探亲回家的那次，你地头的青桐开着蜡烛样的花，你穿着军装，你的媳妇穿一身水红的衣裳，你前后背着两个拉链大包，一手接过你媳妇薅草的锄头，一手搀扶着你大肚子的媳妇，往村里走去的时候，好多人都说：克贞有福啊。"他说："那时候，你家的地也是最干净的地，你媳妇生娃儿的前一天还在地里拔草。后来，你的牛棚里在歇晌时是最热闹的，大家都来看你的妮子，还找你媳妇描鞋样，一排一排的苞谷长在石头边上，大家看到，那个长得像你媳妇一样的可爱的妮子，在石头上爬来爬去，脸上歇着几只蜜蜂……"

张克贞眨着他深陷的眼睛，像一只老狼望着他长满荒草的苞谷地。好久，赵子阶听见他大叫道：

"妮子就要死了！"

然后张克贞就钻进了荒草中，没再理他。

赵子阶摇摇头。她真的就要死了，小凤？

这天半夜，张克贞家旁边的土窑里，就传来小凤嫩声嫩气的号叫。

早晨，她爷爷把她的眼睛蒙住，用背篓背出来，人们看到那妮子的一双手指甲全没啦，刨窑壁刨掉啦，真是惨不忍睹。

"妮子，你看，菜花谢了，杜鹃花开了，鸢尾也开了，山楂开的是雪白雪白的花，像下雪一样。"她爷爷就摘了几朵红蔷薇，插在孙女麻白色的头发上。

他孙女想看一看，掰开蒙眼的布条，一见到阳光，就像狗一样喊叫起来。

在村里，小凤的爷爷上村喊到下村，说："谁能给小凤治治？有什么方子给她治治啊？"

大家都摇头。

这病是不能治的，这病是绝症，谁染上了谁死。

晚上，村长赵子阶的女儿却哼唱着收音机里面流行的一些歌子。女儿秀妮脸上渐渐有了血色，有了正常人的神色，不往外跑了。有一阵子，赵子阶真有些疑惑，古人说的采阴补阳和采阳补阴、阴阳调和是真的吗？

个龟儿的。

他送了两盅酒到胃里，看到女儿抹了雪花膏要往外跑，他正准备问话的，他老伴儿向他眨着神秘的眼睛，意思是不要拦她，一切都在老伴儿的掌握之中。

女儿头上红光闪闪，戴着那个红呢帽子。

高山初夏的夜里，什么也没有，寒意像薄纱一样从峡谷升起来，漫进村里，家家的火塘依然在燃烧着。风在石缝和树丛间呼啸，显示着夜的威力。一道亮晶晶的泉水在森林里流动着，像一条隐隐的白蛇，在令人不安地蠕动。

突然，一个火把亮了，一个女人的詈骂尖声响起来了：

"抓婊子呀！抓骚货呀！抓偷人养汉的臭逼呀！"

这声音怪熟悉的，这声音是胡老幺的女人本香的声音。

这声音自郭大旺的垛壁子老屋那儿传来，郭大旺归公的屋，现被几家堆着陈年的苞谷衣壳子和草料。

一个女人正在疯狂地击打着另一个女人。另一个女人没穿裤子。

一个少年也在踢打那个赤身女人。

一个男人在发抖。

后来火就燃起来了，一把点燃了郭大旺那破烂的老房子。这是很好的，没有火更糟。火拉开了人们的注意力，来看热闹的人成了救火队队员，到处找水，找树枝扑火。

赵子阶放了火，这是他急中生智，然后在乱中把秀妮拽住赶忙往家里拖，他从树林后头的小路回去的，进了门，他的老伴儿才呼哧呼哧地从外头回来。

秀妮面目全非了，被抓得到处是血，嘴巴肿得像一个裂开的大桃子，脸色煞白，赵子阶把女儿交给老伴儿让她赶快清洗换衣。老伴儿口里唤着："我的儿，你没烧死呀，我以为你烧死了呢。"他们的女儿吓得只是一个劲儿"啊，啊"地说不出话来了。

大门已经死死地关着了。火还在蓬蓬勃勃地燃烧，间或有爆炸的火弹射向天空，四散开来，就像春节的大雷炮。

热闹的村庄！

赵子阶受到的羞辱是空前的，一个女人和她吃了豹子胆的儿子完全不怕他，比汤六福更恐怖。这个女人手抓着屎蛋，一坨坨掷向村长赵子阶的大门，还掷向村长女儿秀妮的窗户。这母子，没人敢管他们了，他们的家长胡老幺逃之夭夭，据说到宜昌打工去了。

接二连三地掷屎蛋，让村长家臭气熏天。在忍无可忍之下，赵子阶从门缝朝门外的一棵银杏树开了一枪，打穿了树身，把那一对母子吓得抱头鼠窜，边跑边还在骂。

第三天的晚上，深夜，一个人悄悄地拍门，很细小，很慢，似乎并不求主人开门。赵子阶问哪个，回答后才知是胡老幺。

胡老幺已经不成人形了，饿得皮包骨头，浑身泥土，一个十足的'逃犯'！

"莫非你怕她用刀子砍了你不成？你怕什么啊，好汉做事好汉当，你看你像个什么东西，你在哪儿啊！"赵子阶气愤地嚷道。

　　胡老幺说他在山上，说他饿昏了，能不能先给点吃的。赵子阶从黄桶里拿出两个苞谷丢给他。他也没想到进屋烧烧，拿着就啃，像一头野猪在啃一块石头。赵子阶鄙夷地看着他，说："你就不能回去给你那女人一顿打两顿揍吗？"胡老幺说："我那个家完了，她带着儿子回娘家去了。"赵子阶说："你就不能跟秀妮结婚？"胡老幺说："我赶夜路走的，这里不是人待的地方。"这时候，秀妮突然从房里冲出来，对准胡老幺就是两个耳刮子，没一点防备的胡老幺脸上遭到了痛击，懵了，苞谷也掉落地上。秀妮扑上去就连抓带咬还尖叫着大骂："骗子！骗子！都是骗子！"

　　"打得好！用力！打得好！"赵子阶说。赵子阶的老伴儿就去拉秀妮，并要捂她的嘴。胡老幺总算挣脱了，立马落荒而逃，站在高坡上向他们说了一句："好啊，好啊，疯母狗！"

　　"一坨狗屎。胡老幺是坨狗屎。"赵子阶对她们说，"你们也是。"他恶狠狠地说。

　　郭大旺的老屋废墟上，青烟袅袅，在雾气蒙蒙的安静的早晨，有一个人在那儿啜泣。赵子阶走过去，是郭大旺。

　　他在哭老伴儿、女儿，甚至很早以前夭折的一个儿子。

　　"不要哭了。"他对郭大旺说。

　　烧得乌黑的残架子横七竖八，空气里有一股呛人的草木灰味儿。

　　"你把这些草木灰，运到菜地里去吧。"赵子阶对他说。

　　"我什么都看不见了，"郭大旺说，"我看不见她们了，她们走了。"

　　"你说谁？"赵子阶问。

　　"她们，"他指着眼前的惨景，又指着大片的山冈，"她们啊，走干净了……"他又哭了起来，老泪纵横。

　　赵子阶的心揪在一起。"给你把房子再做起来？"他说，他整个的心在冬天的深潭里翻滚，"你要吗？你……"

　　噢，那是他的牵挂和回忆，那个房子，是郭大旺最后活下去的支撑。

　　"喂，你要吗？我保证。"他说。赵子阶说。

　　"你要吗？！"

没有人回答，郭大旺已经走了。

"你要吗？你要吗？你——要——吗——？"赵子阶双膝跪下来，猛烈捶打着自己的胸脯。

不知过了多大一会儿，一个人背着背篓经过他的身边。是张克贞的爹，背着小凤。小凤在背篓里，已经是很瘦小的一团了，眼睛白多黑少。

"我想到山外转转，找郎中治治。我就不相信我家小凤治不好。"

赵子阶死了一样，没吭声。

"我家小凤治得好的，天底下没有治不好的病，只是没有找准药……"

杜鹃鸟叫空了山。

赵子阶想重操木匠旧业。他想通了，他当然还得再想一想。他把老伴儿和秀妮赶到巴东的大女儿家去避避风声，然后他就一个人对着空了的神龛发呆。他抽着烟，想这块地方和这些年，想过去曾与他亲密无间的这些人。

他算了算，已经糊里糊涂地干了十八年的村长。这清凉垭子上的忘乡村，什么时候像现在这样被管理得井井有条？这地方七十年代还有老家伙穿着国民党留下的军服出坡干活儿，六十年代搞单干没加入人民公社的不止一两家。他们在山褶里随便刨一块地自种自吃，山高林密，你到哪儿发现他去？跟野人有什么两样？"可是，我还是干我的木匠吧。我干木匠，在人家家里刨木器，东家就心疼地说，赵师傅，早点收工。就喝酒，就往你的碗里攥肉，说，吃，吃。说，这是腊肉炒黄豆。我最爱吃腊肉炒黄豆。我现在吃腊肉炒黄豆，却没有过去的味儿了。过去人家给我敬酒，是夸我桌子打得好，卯是卯，榫是榫，说我给人流了汗。'你看，'他们说，'赵哥，你这眼睫毛上都是锯末子。'当家的女人抿起围裙就给你揩了，男人就说：'这一杯说什么也要抽了，你不抽，我不给你结工钱。'我说，那就抽吧。我不胜酒力，可在一屋子人的殷殷注视下，就是一杯毒药你也要仰脖子倒进去。何况满屋子有我刨出来的香喷喷的刨花，还有成了雏形的木器，我环绕在那样的劳动里，是醇厚的、亲切的、与人为善的生活。我喝酒，我醉了，我第二天继续刨。我拉动大锯，嗤，嗤，蹲骑马裆，对我的徒弟骂。我弹墨线，把鼻涕揩在新解的木板上。我吃了百家饭，拉了百家屎，人家就说：'赵哥，这块柴还能不能做个小凳儿，我老爹坐在门口晒太阳的。'我说：'行啊，不就是几刨子的事嘛，这个就不算在工钱里了。'我把'行'字拉得很长，很肯定，很小事一桩。许多人就提起往事，郭大旺在妻女未死时，就说过：'我妮子的摇窝还是你打的呢。'后来我给他提起，他就说：'鸡娃子，你这个伪保长。'我说："我不是伪保长，你老糊涂了。'他说：'我才不糊涂。他妈的，我又没给日本鬼子筹粮。'有一天，我对汤六福说：'你这张好犁弓还是我砍的呢。'你知道这杂种怎么说？他说：'再好的犁弓犁出的粮食也被你收走了。'我说：'我可没吃你的一颗粮食。'且住吧，我不说道理，我心里还踏实些，安逸些。我凭什么说那么多道理，道理是外面来的，这里没那么多道理，卯是卯，榫是榫。我还是趁最后一把力气，给大家打点木货吧。"

赵子阶把斧头刨子找出来细细地磨着，忽然有人要他立马到乡政府去一趟，并且告诉他：郭大旺又出事了。

这并不稀奇，郭大旺肯定总有这么一天的。这一次，赵子阶就不急了，因为心理上做好了准备。他想到了乡里就可以顺便去一趟大女儿家，看看小女儿秀妮的病怎样了。他背了些蘑菇和腊肉，还背了刨子、锯子，准备给大女儿家修理一些家具、门窗。他慢吞吞地吃了些御寒的酒，带上换了电池的手电筒，打了七八个饱嗝才上路。

现在，赵子阶坐在伍乡长的对面，就没有那么紧张了。他微笑着，舒服地坐着，找茶喝，说渴了，并且吃着在一个熟人手里夺来的毛桃子。他咔嚓咔嚓地吃着，啰皮，沿核细细地啃，只盯着坑坑洼洼的桃子。

"请你嚼桃的声音小一点。"伍乡长说，"你们那儿让副站长淹死了，你们那儿的人疯掉了，咬死了……（赵子阶插嘴道：'那还有不疯不死的。'）你们的狗至今没有一条挂牌……你们作为郭大旺的监护人，让他坐在县长的办公室不走了，在那儿装疯弄邪……"

赵子阶说："郭大旺反映悬崖上的茅厕，撒尿时被风又卷上岩来，臊他一身，那怪我吗？怪风，我不能叫风停。他还说他害怕白莲教晚上的操练声，他说古堡里到处喊'杀呀杀呀，杀了县令当县令哪'，那怪鬼，怪我？"

汤六福的牛发疯就在情理之中了。

那么大一头牛，打两针，屁用，他的秘密的试验失败了。

来说说那一天。那一天早晨无风无浪，云彩泊在清凉垭的山脊。汤六福把羊赶出来，羊就蹦跶起来了。羊是亲太阳的动物，羊一高兴，太阳必出。不一会儿，太阳就浮出了群山，云彩开始分化，运动。木梓树的叶子油亮嫩绿，并发出摩擦声。鸟在更高的云杉上大喊大叫。早晨娇媚的喧嚣里，马桑的花骨朵冲出一股呛人的芳馥，缫丝花不动声色，像一个满有心计的少女，对她的情人会心一笑。

羊找到了一处红三叶草，开始了它兴味盎然的早餐。汤六福抹了一把露水洗脸，眼睛亮了，哑巴儿子出现了，儿子与云彩一同奔跑。

儿子眨眼间到了他的跟前，哇啦哇啦地比画说：牛不见了。

牛呢，喔，牛呢？汤六福把羊拴在石头上，跟儿子一同下坡找牛。牛不在洞里，牛挣断了缰绳。汤六福解开绳索，唤自己的牛。他听到了牛哞，很沉闷的，很痛苦的声音。循着牛声，牛在一块明岩旁用两只大弯角抵着石头，蹄下的碎石泥土哗啦啦往下垮，同时屁股里射出水一样的稀屎，恶臭。它在干什么哪？汤六福看呆了，他去抓牛的嚼套，他让哑巴儿子拉牛尾。他很快地就把绳子接上了。牛不服拉，牛呼呼地吐着浓浓的涎液，两只血红的眼睛像灯笼，龇出一排履带拖拉机一样的牙齿，竖起犄角就要来抵汤六福了。这牛不认人了，这牛疯了！汤六福连滚带爬跌下坡坎，那牛一头抵在一棵松树上，咔嚓一声，碗口粗的松树断了。汤六福爬起来就对儿子喊："跑啊！"

牛追了几下，转了个方向，朝山上狂奔而去。

一个背木头的人被顶向一边，重重摔在水沟里。

一个挑水的女人一眨眼两只水桶就挂在了牛角上。

"拉住它！拉住它的绳子！"

路上的人没有谁能拉住它。人们躲都躲不赢，谁敢去拉一头疯牛！牛就那么跑着，突然又停下了，牛头对着来路，牛尾对着去路，原来它绳子缠在一蓬刺棵上了。它又拉又扯，鼻子快拉断了，鼻桊儿快拉脱了。这时候，汤六福那哑巴儿子飞快地赶上牛，拽住绳子，扑到地上，不让牛再跑。这孩子不是牛的对手，被牛拖着在路上匍行。牛拖了他十几米远，他只好松了手。身上、手上被路上的石子挫伤了不少。

牛跑上了崖顶，它在追赶一只鹰。起先鹰飞得很低，翅膀拍击着草丛与灌木丛，后来就豁然开朗了，牛也跟着那豁然开朗的方向，一头扎进深不见底的峡谷。

牛哞声还在，在群山之间，越飞越远。

赵子阶带着老伴儿、女儿回来，就听说了汤六福的事。村里的人说，他自己的三针那有屁用，就等着汤六福发疯了。汤六福没发疯。有人给他了一个偏方，他在吃偏方。有人说汤六福大难不死，必有后福的，大难是指他摔坏了腿被狗救了一命的事。

就在郭大旺回来的那天夜里，张克贞的爹背着一个死了的小凤回来了。按老规矩，夭折的孩子死了是不能进村的，小凤的爷爷就要人抬来了他自己为自己准备的一口棺材，把小凤放进去了。小凤躺在那口大棺里，好像牛棚关了只老鼠。小凤身上散发着一股难闻的狗腥味儿。小凤爷爷要张克贞把小凤那双白球鞋拿来，就是那双惹祸的白球鞋。张克贞有点舍不得，因为基本是新的。小凤的爷爷说："她不穿难道你死了给你穿！"张克贞就只好拿来了。可小凤的脚又肿了，穿不进去。张克贞说："穿不进去，算了。"估计也是想以后拿这双鞋换烟抽，小凤的爷爷就一把从张克贞手上夺过鞋子，塞到小凤的头下，给她当枕头。小凤的爷爷搬小凤的头时，大家看到小凤的头发全白了。可她还是个孩子！

第二天，小凤的母亲也来了，她揪了几把涕泪就在山上小凤的坟头唱了一段高亢的丧歌。小凤的母亲还真能唱呢：

> 人生好比一园瓜，
> 先牵藤来后开花，
> 阎王好比偷瓜汉，
> 偷偷摸摸一把抓。
> 人生好比一把刀，
> 朝朝每每逞英豪，
> 有朝一日刀出鞘，

斩断阳间路一条。

……

小凤母亲好像歌舞团的演员，嗓子圆滑得就像河滩的卵石。那时，村里好久没有听见歌声了。大家就都出来听小凤的母亲唱。薅草的也没有薅草了，砍柴的也停了砍刀，连山坡上汤六福的羊也在侧耳聆听，水不流动，云不飘散。多好的歌声啊，大家听着听着入了迷，也情不自禁地哼唱起来，脸上都挂着或咸或淡的泪珠。那一天，整个忘乡村都回荡着优美、凄伤的歌声，是该到了唱歌的时候了。于是，整个村子都汇入了歌声的海洋，上村，下村，男的，女的，老的，少的。

歌声到半夜还没有止息。每个人都在唱着，在床上，在梦中，在迷迷糊糊间，都在唱着。风带着温暖的植物的气息，拍打着每一个窗户，星空比往日要亮上好几倍，好像撒满了金豆子一般。

七

那一天晚上，唱歌唱得最久的应该数秀妮了。她后来唱的是《怀胎歌》，那歌子唱道：

> ……蜡梅花儿开，听唱娘怀胎，还没怀胎人又来，想些故事来。一想麦李子黄，麦李子在树上，又想酥糖打麻糖，花胡椒灌灌肠。二想烧腊肉，黄焖如豆腐，又想猪油炒葫芦，香油烹黄豆。三想酸白菜，又想大头菜，又想恩果梨不呆，桃子两瓣开……

秀妮怀孕了。

这可是难事。在一个月黑风高之夜，赵子阶把秀妮哄出了村，连夜去了房县一家个体诊所，把胎儿打掉了。赵子阶的老婆却执意要让秀妮把孩子生下来，说生就是升——升眉火。赵子阶说："此'生'不是彼'升'。"秀妮找赵子阶要娃子，赵子阶气不打一处来，操起手掌就给了她两个大嘴巴，把秀妮打跑了。

赵子阶和老伴儿四处去找，哪儿找得到！有时听见山里有唱《怀胎歌》的歌声，去找，人毛都没一根。赵子阶的老伴儿整天以泪洗面，找赵子阶大吵，大骂，大闹。女儿没了，可女儿为什么不可以把一个没老子的娃儿生下来？一生下来有了娃儿，秀妮的病说不定就好了。这只是事后的话，马后炮，没用。赵子阶说："咱慢慢找吧。"赵子阶给村里的人说："秀妮又到她姐姐那儿去了。"

可不久，村里就有采药和打柴的人说在老林里看见了一个女山魈，满身的苍苔，用云雾草做的衣裳，藤萝扎的衣裙，面如蔷薇，骑着一匹赤豹，见了人就笑。此事说得有鼻子有眼。可惜村里没有枪，找村长赵子阶，又不借，要村长去，村长去是去了，却不要人陪伴，独往独来，最后空手而归。有好事者便下了许多套子——绳索、钢丝套，都没有套住。

有一天晚上，郭大旺和张克贞的爹双双出寨堡小解，见到了那女山魈。张克贞的爹自孙女死后，就不愿跟张克贞住了，搬到了清凉堡子里，与郭大旺做伴。这老哥俩那天晚上喝了点小酒，半夜时分借着月光出来，就见云雾里有一披头散发的年轻女子。起先张克贞的爹以为是小凤的魂呢，定眼一看比孙女大且唱着很古怪的歌，又是想麦李子，又是想酸白菜的。就联想到这些日子村里传说的山魈，但又没见这女子骑一头赤豹，只是头上是红的，好像戴着一顶帽子，唱着唱着就往悬崖下去了，踏进了云海深处。张克贞的爹说可能是个人，疯子，可郭大旺却坚持说是白莲教教主王聪儿。他说："我在这儿听得多了，我什么不知道！"这事他们没给任何人说。

夏天就这么过去了，赵子阶寻女不着，只好慢慢等待着乡里对他的处理意见，辞职书早递交了。他也联系了几处外乡的木工活儿，准备随时携家什、墨斗出征。可是乡里似乎忘记了他，忘记了这个忘乡村，这个经受过一场春夏疫情的偏远的村子。

这天，岭上姚家的儿子结婚，来请赵子阶，赵子阶不能不去。他是个有酒不要命的人。他先是推脱了一下，说："我又不是村长了，我辞职了，反正我不干村长了。"可姚家的来人说："赵村长你不是村长谁是村长，你老德高望重，这个证婚人非得是你不可。"赵子阶就去了。

锣鼓响了起来，送新姑娘和嫁妆的人马从岭那边过来了，好长的队伍。嫁妆是什么呀？一匹金黄色的巴山黄牛。你看那牛：眼如铜铃，平角如钩，鼻似虎鼻，头上扎着红绸儿，膊上飞着涡旋儿，一走一趸的肌肉，一步一声的蹄壳，拉出的屎打得山道叭叭直响，让那些穿红戴绿的送亲人避之不及，你推我搡，哈哈直笑。新姑娘满面红光，眼含脑膜，腮如秋柿，嘴似辣椒。这秋阳太猛，新娘和大伙儿都油汗直滴，一路上有人撒着喜糖。新姑娘的娘家人说，这牛全是她挣的，男方的牛因她罚没了，她发誓攒不到一头牛钱就不嫁过来。于是她就上山拼命挖药材，摘绞股蓝，又听说挖兰草赚钱，独自到深山老林去找兰草，虎皮斑哪，三瓣寿星哪，复色花哪，有一株竟卖了一百。你看，牛又回来啦。

婚礼办得热火朝天，又是敲锣打鼓吹唢呐，又是猜拳行令放鞭炮。汤六福在山上放羊，他听见了锣鼓，这铿锵的锣鼓对他是久违了。许多天他都是不敢听，避而远之的。有经验的人告诉过他，最好一百天不要听锣鼓。他算了算，也差不离了，一百天没发病，也就无事了。他于是按捺不住，循声跑去，加入了抢喜糖的队伍。他想给他的傻老婆和哑巴儿子带点甜味儿回去，讨个吉利。

他在人堆里抢着，他似乎还听见了柳会计在喊他，要他去喝一杯。他手攥了一把夹有草和石子的糖，站起来时，忽然感到浑身的骨肉里有蚁行，千千万万只，接着就不能自己了，四肢打摆子似的发抖。他想给柳会计回个话，还看见了端着酒杯的村长赵子阶，但舌头木了，要发炸了，大叫一声，冲出人群，就朝苞谷地里狂奔而去。

汤六福的狂犬病终于发作了！

汤六福腿不灵便，如何跑得快。赵子阶和柳会计就放下酒杯，叫了一些男人，去逮汤六福。没几下就逮住了汤六福，人们看他的肚子，妈呀，肚子怎么这大呀，一按，硬硬的。有一个人给大家说："汤六福怀了狗儿。"那人说："到时看吧，他怀了狗儿，又生不下来，狗儿就会把他撑死。"

汤六福第二天就开始屙血块儿，呕血块儿。他被关在家里的一间杂物间里，他屙的血块儿，全是狗形，有鼻子有眼，呕的也是。这就奇了。怕他把人抓着，他的哑巴儿子就从门槛缝下送饭给他吃。汤六福的肚子果真越来越大了。一天晚上，那杂物间就传来了一声巨大的爆炸声。他的家人打开门一看，汤六福的肚子爆炸了，肚里冲出来三块大血坨，每个约有十来斤重，细看就是三只狗，毛茸茸的，五官俱全。

赵子阶的老手艺这下派上用场了，他用村里剩下的木料，为汤六福打棺。赵子阶非常情愿，这等于是一次复习，把过去的手艺拣起来了。赵子阶花了两天，为他昔日的仇敌打了一口足有八寸厚的大柏木棺材，缝线严严实实，工艺清清爽爽。赵子阶满头的锯末裹着自己的老汗，后来又调和了最好的火漆，漆得金光发亮，把汤六福和他怀的三只狗崽一起装进去埋葬了。下葬后，汤六福的哑巴儿子给赵子阶咚咚地磕着响头。赵子阶拉起哑巴，摸着他的头比画说："好好地喂你的羊吧。"比画比画时，赵子阶也就流出了一些泪水。他像想起了什么，就对一边的柳会计说："你帮汤六福算算他的时间。"也就是被狗咬的时间。怎么算，都只有九十九天，一百天差了一天。就这么一天，就是一劫，且是生死劫啊。

唉，事情就这么古怪无情。

（原载于《上海文学》2002 年第 10 期）

大街上的水手

上　篇

一

假如那一天马懿不碰上大拐，他会把过去当船工的身份忘得一干二净。他现在是一个政府的官员（处级），自制力很强，为人敏感、细腻、好强，保持了一个想出人头地的那种人的素质。出身贫寒使他懂得善待家庭，屋里收拾得井井有条，偶尔喝一点酒，服装比较新潮、气派，不蓄胡子，上理发店要选择有没有刮脸的那种铁躺椅。总之，马懿是一个干干净净、混得不错的中年人。

马懿匆匆从大街上走过或乘车时，喜欢有分寸地打量一些衣着和饰物美观的女孩子，眼神不会过于贪婪，在最拥挤的车厢里也会想法与她们间隔一点距离。他不拈花惹草，看女人，只不过是纾解工作压力的一次对风景的投注和远瞻。"女人就是风景。"马懿有时候在心里这么淡淡地说。那天，他在沿江路一带看见了一个罗圈腿的男人。他看的是背影，这使他产生了兴趣。应该说，马懿对奇形怪状的男人也有一种观察的嗜好。他的心像个婴儿，总是对这个世界充满了新奇感。他看见那个腿往内圈的男人，心就想这是一个驾船的。差不多在船上干活儿的人都有点内圈，当年马懿是时刻提防着，才保持了如今这一双挺直的腿。

　　他觉得这个人走路的姿势有点熟悉，于是他就跟着这个人走了几十步。这个人走得有点吊儿郎当，提着篮子。当这个人转过头来时，他就很吃惊了，是大拐。大拐也认出了他。于是——

　　马懿说："大拐？"

　　大拐说："马懿？"

　　那时候他们有些生分了，因此显得尴尬。十几年了，想一下子和一个人的生活连接起来，是困难的，双方都困难。还是马懿说：

　　"你们的船在这里？"

　　"是呀，刚卸完了货。"

　　"装的啥？"

　　"饮料、电视机。"

　　都是好货，过去总是装煤，装粗砂，装磷矿。的确，时间都换了很久了。

　　他们随时都会陷入无话可说的境地。马懿寻找着可说的话。当然，可说的话很多，但都没有什么趣味性了。

　　马懿看着大拐手上提的篮子，"买菜了？"他说。

　　大拐把篮子提高了些给马懿看。"獐子和麂子肉"，他说，"五块钱一斤，这究竟是不是啊，比豌豆米还便宜。"

　　马懿也不认识獐麂，他凑过去闻闻肉，又看看蹄壳，很小，黑的，跟羊不太一样。

　　"是獐麂吧。"他说。

　　"这么便宜，那就是用药毒死的。"大拐说。

　　马懿说："那也不会，城里的人不大爱吃野味。我上次买过一对野鸡，才五块钱一斤。我也不是想吃野鸡，我是看那尾巴上的毛好。你这是在哪儿买的？"

　　大拐说是碰上的，别人挑着卖的。

　　"挑着卖逃了税的，会便宜些。"马懿说。

　　"你到哪儿去呀？"大拐说。

　　"我刚办了一点事，现在准备搭车回去。真是巧，在这儿碰见你了。"

马懿说。

"真是巧。"大拐说，"船就在下面，走，上船喝酒去。"

这使马懿有点难办，在这个城市他应该是主人。他说：

"应该到我家里去喝酒。"

这句话很虚。大拐那一身脏兮兮的衣服和酗酒过度的一双烂眼睛以及呆滞的神情，都会让妻子女儿接受不了。上他家去似乎是不可能的了。

"走吧，走到这里来了，先上船。"大拐说。

于是，马懿在一种很难选择的时刻跟着大拐走了，走进了后来的故事中。没有与大拐的偶遇，以后的那些故事是不大可能发生的，他是一个稳妥的人，他不会做出任何出格的事。

二

提着公文包的马懿硬着头皮跟大拐往石砌的港坡上走，那些没有勾缝的乱七八糟的石头表明离水和船越来越近了。他经常在沿江路乘车，但他从没有走近水滨，走下港坡，虽然近在咫尺。那儿到处摇动着野草。大街上哪儿有草啊？

他跟着大拐，就像跟着一个陌生人，到一个陌生的地方去。那是一个相当陌生的地方，他极不情愿去的地方。而十几年前，当他这么走的时候，他趿着拖鞋，往船上晃去，吸着烟，一副谁都不敢惹恼他的样子，他就是一个以船为家、出外漂泊的水手。走上跳板，吐出烟头入江，然后放肆地撒一泡尿，把水中的月亮砸碎，唱两句，就爬进尖舱里睡。

他的感觉是对的，当他走上船后已经没有一点归家感了。他坐在那个放有两把太平斧的前舱室里，吃着烟。船上有认识的不认识的。不认识的都是些年轻人，用吊儿郎当的、充满敌意的目光打量他。认识的人也没啥可亲热的。问到另一些认识的人，有的船翻后淹死了，有的得病死了。船也没有什么变化，只是每年刷一次油漆。船是无法变化的，马力是固定的，楼层也是固定的，从设计之初就决定了它的一生都是那个样子，跟船工一样。三楼依然住船长、大副、轮机长、大管轮；二楼二副、二管轮、老水手；底舱就是水手和加油工的了。水手睡尖舱，那是便于起锚、抛缆。加油工睡后舱，可以随时给尾轴和机器上油。有一次，同舱的袁姓水手从岸上带回来一个女人。他们把马懿赶到后舱，后舱的尾轴发出巨大的颤动，机器声隆隆不息。正好是跑长水，从郎浦到运河再到南通、上海，整整三个夜晚，马懿都没有睡着一下，任何有极强忍耐力和嗜睡的人都无法忍受那样的折磨，他想他会彻底垮了的。他眼圈乌黑，面色发青，出现了衰老的征兆。也许就是那一次，他决定了要逃出水和船的世界。

这天船上的一顿饭是极其漫长难挨的，那些大小不一的杯盅摆上来，有的杯沿上还有牙膏的粉迹。马懿发现他不适应喝这样的酒了。他们吃着不知是羊还是麂子或是其他什么动物的尸体（那是食草动物，毫无疑问，因为长着蹄子而不是爪子），擤着鼻涕（因为辣），他们回忆起那一次从江苏丹徒远征进入运河的事。马懿告诉他们，过去喝运河里的水只是肚子痛，现在不仅不能喝了，沾都不敢沾，运河已经是一条臭水河了。

这些废话谈了之后，又谈收入，过去叫力资，现在叫奖金，谈到船业社负担过重，全是因为那六十多个孤老水手。大拐说，那些老家伙都活成人精了，没死的还学会了跳老年迪斯科。那些从旧社会过来的老船工四海为家，大多孑然一身。马懿当年在船业社，印象最深的就是写悼词了，每个老船工死了都得开追悼会，想想老船工有啥"事迹"，有的是哪儿的原籍自己都弄不清，所以只好把悼词写什么"鞠躬尽瘁、永垂不朽"啊，"安息吧，化悲痛为力量"啊，等等。

喝过酒之后，马懿去船长寝室小憩。他酒喝多了点，想躺躺，躺下又睡不着，看船长桌上有本《航行日志》，信手翻翻。他突然在一页上看到了有人记下的一个熟悉的名字"苏小玉"和一个陌生的单位"郎浦水上工贸开发公司"。

一本《航行日志》上的一个让人信手写下的名字，使马懿突然看到了自己的一段隐情。不，甚至是一连串的隐情。马懿虽然现在有了赘肚，但在当时也是一个虽瘦弱但绝对有劲儿的年轻后生，时常用来抵挡潮水般漫来的欲望。这种欲望因为社会地位、经济状况和处境的诸多制约而百分之九十九地不能满足。马懿是个又穷又胆怯的人，但他也会伺机下手。至少，他可以睡在尖舱里心猿意马。

马懿是典型的湖南人（但籍贯在此篇小说中似无交代的必要），有点倔，心性较高，爱吃辣椒。在当水手之前，他是一个乡村的小学教师，经常有一些关于教学方法的小文章见诸报刊。因为长期不能转公办，他来到了郎浦，成为一名睡尖舱、扎洗把、抛铅球、清除舵叶水草的水手。到船业社的第一天，他就看上了船员们与众不同的衣服纽扣，那是一种米黄色的、印有锚形的扣子，他想办法弄到了一副（大扣五颗、小扣四颗）做了一件中山服，这使他看起来就像个海员了。在中国，不管是在海上的还是在长江、内河驾船的，他们统称为海员。马懿当上水手的第二年，就用分到的力资（抬石头的钱）买了一件呢子大衣，他和其他船员们一样，大衣是披着的，不是穿着的，在当时，披大衣是一种时髦。

他学会了喝酒和抽烟。

船上的半年、年度总结均出自他之手。

他后来还负责整个船队的方单结算及力资发放。

他学会了撅着屁股在船尾拉屎（船上没有厕所）。

关于马懿的背景材料就差不多交代完了，我们现在必须要写到另一个人了。

三

在郎浦，一个叫苏小玉的女人的生活是平淡安然的。这个女人大约二十九岁，长着一个蒜头鼻子，笑的时候有点可爱，乌牙，丰满。她带着一个三岁的儿子，丈夫经常往南方出差。这一天，她家的电话等着开通，所以就没去上班。

现在应该说说她的单位，那是一个有工资发但不红火的公司，苏小玉很少去上班，一般的情况下找她的人是很难的，她总在自己家里或在父亲的家里，干着私活儿。因为公司的老总曾是她爸爸的徒弟，因了这一层关系，等于出钱养着了苏小玉。这一天，找她的那个长途电话如果是其他人接的话，一句"不在"就打发掉了，但刚好是老总接的，只有老总知道她在家等电话开通，于是对着话筒中的那个男人说："她家里今天装了电话，你可以拨一下试试，看开通没有。"当对方问她的电话号码时，这位老总竟在一本台历上找到了他刚记下没几天的那个电话号码。电信局配号通知的那天，苏小玉随手记在了台历上，当时老总在场。

于是，苏小玉家的电话开通还不到一个小时，就有人将电话打到了她家。她还以为是别人打错了呢。

"请问，你找谁？"

"我找苏小玉。"一个男人的、带点湖南腔的声音。

"我就是。"

"我是马懿。"没有任何激动、惊喜、谄媚，就是一种告诉，一种公事公办的陈述。

"你？！"

这个叫苏小玉的女人有些难以理解，她一时转不过弯来，"马懿干吗给我打电话？"往事没有留下任何感情痕迹，当他与她的工作和生活不再发生任何关系时，两人已跟陌生人相差无几。

姓苏的女人拿着那个闪着漆光的铁红的话筒一时不知该说什么。她的电话是程控电话，有许多键。这是她的男人在小镇装电话的风潮中一时性起安装的一个。

"你还好吗？"她说。

"好，鸟枪换炮啦，都装了电话！你现在……"

"小孩子都有三岁了。"

她在电话里笑起来，她跟谁都是这么笑的。她的笑声使马懿的某些感觉真正回到了过去。

"我见到大拐了，我回船上喝了几杯。"

"他说我在这里？他告诉你我的电话？"

"不是，我问的114。后来，你们单位一位男的告诉我的。那一位呢？"

"外面跑啊，挣钱啊。"

"过几天出差我来看你，上你这儿玩！"

"你说笑话的，你把咱们都忘记了，你当大官了。"她又笑。

"真的，"他说，"要那一位不在家。"他突然变得放肆起来，他还没有跟其他女人说过这种话。

"不行啊，不在家也不行啊，你还这么浪漫？"

"我从来就没浪漫过，只是，有点想你。"

"不说啦，越说越邪啦，小心有人偷听。"

"没有。"

"那再见。"

"我来之前给你打电话。"

姓苏的女人把话筒放回电话机上，她坐在那里，她的脑子有点发胀。她看了看表，她想应该去幼儿园接儿子了。她想，他拨的是公家的电话，一个长途得十几块钱。她想着想着就觉得马懿基本上是个陌生人了，"他不过在我父亲他们单位上走过一遭"。是电话这种新式的通信工具使陌生人都可以咕咕嘟嘟地谈一通，无聊了，就拨电话玩。

姓苏的年轻女人有点担心以后电话会骚扰她，她认为这不过是接到的第一个不相干的骚扰电话。

"有电话也会心烦。"她自言自语地说。

四

马懿还拉得一手好二胡。他长相一般，头发有点稀疏，这是他自卑的原因。他在当乡村小学教师的时候，曾经与本校的一位女教师有过几次疯狂的肌肤之亲。后来，他在召唤女教师来过船上一次，就没给她去信了。

船上的人欺生，武蛮，但马懿的二胡帮了他的忙。他在夜晚，坐在船头的缆桩上调好弦，就拉起他带来的一把二胡。他的二胡具有专业水平，他拉《良宵》，拉《江河水》，拉《二泉映月》，拉《空山鸟语》中如此之多的对鸟音的模仿，他都不会拉飞一个音调。船上的人虽然没有多少文化，但优美的二胡依然使他们沉醉。那些船工一下了接纳了他，不出两个月就邀他一起凑份子用漱口杯喝酒，一起上街买东西看电影。假如那些人不接纳他，他可能会变得卑微。但这么快就接纳了他，他倒很瞧不起这些只会酗酒嫖女人的船工。

二胡的魅力，当然主要是针对女人，但是船上五大三粗的船妇并没有情调欣赏。马懿他们的船有一段时间在一个叫辛家码头的地方装运粮食，他的胡琴声使趸船上一个少妇入了迷，这个少妇有三个孩子，丈夫在另一条拖轮上当大管轮。当他在那儿停泊拉琴的时候，少妇就会端着一碗饭应声而来，她对马懿说："我那儿有好吃的。"船上的伙食非常差，通常只有一个菜。如果是一碗肉还可以，一碗青菜是很难把饭咽下去的。马懿端着饭碗上趸船，他就能吃到那三个孩子母亲的菜，当然是有滋有味的菜。晚上，有点难熬，他就想到少妇。有一次他溜到趸船上，看到少妇穿着短裤躺在床上，屋里别无他人。马懿顺手关上门，他的身子就发起抖来，他想自己有了妄念。后来，他坐到少妇的床上就开始摸她，手、腿，一直到胸脯，后来就接吻。事情到此结束了，那时少妇说"小心我姑娘回来了"，事实上他离开趸船两个小时后，她的姑娘也没回来。"如果真有那事留下一种恶心也说不定呢。"他这么宽自己的心。

那时的苏小玉十七岁，她并不喜欢二胡，她是一个刚毕业的初中生，面临招工考试，于是她父亲将她交给了马懿，让马懿给她讲解考试复习内容，大家都知道马懿当过老师。苏那时浑浑噩噩，她还很小，但是她大得令人难以置信的胸部看起来就像是经常遭受男人蹂躏的，事实上她不是坏女孩。那一天，在尖舱里，马懿无休无止地吻她摸她她没有拒绝，她总是笑，当辅导完了之后她就匆匆地打开尖舱盖走了。但许多天以后她再次来到船上，却不想跟马懿去尖舱了，马懿想吻她的时候她只是笑着摇头。马懿知道，他与她没有感情，没有感情的长久铺垫，让一个女人跟你如痴如醉简直是不可能的。后来，马懿再也没有见过她。马懿后来离开了那条船，后来当上了处长。苏的丰满的胸脯和滑腻柔软的感觉使他意犹未尽，不过，生活中他要应付和苦思冥想的事太多，时光在各种紧张的人际关系的对策和安排里悄悄溜走，回味那样一种感受只能是在残酷、自虐的醉酒后和烦乱的工作间隙。通常的日子，他每天早晨穿着西服，打着领带，夹着公文包去上班，一到单位他先把高压杯里面的宿茶倒进池子，然后清洗干净，再放入茶叶，倒上新开水，开始一天的工作。每天一下班他就往家赶，他拥有一套三室一厅的住房，装修得典雅气派，还有漂亮的妻子和女儿，这个以自己的能力勤勤恳恳一步步从底层爬上来的马懿，几乎每天都要说服自己习惯这种生活。"应该满足了，"他对自己说，"人的欲望是无止境的，我不过是一个船古佬的儿子，一个乡下吃辣椒的穷教书先生。"

其实，在他没有给郎浦的苏小玉打电话之前，他对自己的生活没有啥遗憾，他穿得整整齐齐，坐在窗明几净的办公室里，经常有人向他请示工作，他难道不该有优越感吗？他看看文件，泥巴、机油、粗俗的笑话和为生计发愁的苦眉都与他远离了。他经常去北京出差，站在天安门前微笑着看国旗升起。他打电话时这样说："你们应该……""对……嗯，就这样办""好，我们研究一下再说"。在家里，妻子漂亮，女儿可爱，日子过得舒适惬意。

他已经不再拉二胡了。但他的工作，有时需要他对流行音乐进行批评。但，其实他还是喜欢流行音乐的，他家里就有一套很高级的音响。回到家里，他依然听一盘用二胡演奏、现代配器的流行曲《弯弯的月亮》。他是一个高层次的音乐欣赏者，他喜欢音乐，也听听刘天华、闵惠芬和瞎子阿炳。不过，这种时候不多，晚上总是电话不断，上门找他解决问题的人不断，他没有了听音乐的闲适心境了。

五

郎浦的夜晚是一种切实的尘世的混杂，到处充满了炒辣椒的气味和各种生活的响声：人们从盘子里吃出来的响声，从车把手上敲出来的响声和行走时碰撞出来的响声。总之，夜晚是真实的，有点风，灯光亮了，许多人因为各种目的在他的眼前晃来晃去。如果他不来，那些人还是照例会在街头晃来晃去，并且各怀隐衷。

一个叫马懿的人在傍黑七点钟下了汽车，在一家街道办的简陋招待所里进行了草草的登记。在他的前面，那些山南海北的生意人、出差人用看起来有点肮脏的、得意扬扬的字体填写他们的姓名、性别、地址、从何处来、到何处去、来此地事由、身份证号码。那些人都是些喜欢游荡在外的人，他们浪里浪气的字迹说明了这一点。马懿的字连写"同意"二字都是十分矜持和有操守的，何况他当过一丝不苟的小学语文教师。但是现在他必须学着他们潦草的字迹，把自己的来龙去脉写得躲躲闪闪、谎话连天，并将来此地事由写成"推销"。"在这样的招待所里没必要老实。"他促狭地想。

现在，他看着街上。其实街上他没见到一个熟人，当离开十年后，一切都生疏了，他与郎浦已经没有什么瓜葛，他不过是一个过客，一个到处窜来窜去的"推销员"。

在街边一个小餐馆里，他一个人坐在一张桌子上，点了一个青椒肉丝，一个汤，要了一瓶啤酒，像个出门在外的人那样孤孤单单地埋头喝起来。他一个人在这么卫生条件极差的餐馆吃似乎没过。要吃，那一定是应酬或是会议餐，干干净净的，有小姐伫立一边，大家交谈着，互相劝酒。

马懿打着嗝，他对着酒瓶喝，不要杯子。塑料的、辨不出颜色的油腻杯子，当心感染上什么疾病。此刻的马懿没有打领带，很随便的样子，看上去真像一个推销眼镜或是水暖设备的乡镇企业业务员。他知道，人很容易把自己弄得一团糟。他想起数年前做水手的时候一个人这么在馆子里吃过。那是一次从湖南探亲回来，船去了辛家码头。他去辛家码头等船，住在一个小旅社里，天天吃馆子。不过那时候的馆子特别便宜，三毛钱吃一大盘回锅肉。"我现在就是一个等船的人。"他走出餐馆膀胱胀得不行，找到一处围墙旮旯就掏出东西来射，没有任何顾忌。许多年以前，他就是这么排泄的。没有不适，不怕弄出响声，不怕溅到坐便器的沿上，不需要时刻注意校准方位。

不过，他现在是一个寒碜的流浪汉和出差人了，他自己都觉得自己有一点可怜感。两年前，他回到过郎浦，他坐着豪华的车，在最高级的酒店用餐。

这次出来，他给家里说是开会，给局长说是调查。他买了一张客车票就来到了郎浦。

这个叫马懿的人在一瞬间就改变了身份，既没有声明，也没有化装，自然而然的，他从一个对政府负责的官员变成了一个悠闲、落寞的"出差者"。走进陌生的人堆里，谁都不知道他的姓名和身份，他让世界一下子就遗弃了他。

他在招待所里拿起那个利用率非常高的电话，他惊喜地听到了对方的声音。他说：

"我出差来的，想看看你。把小孩送到你父亲家里去，我有事要找你。

想你。"

　　以上这些话控制在一定时间内，不能太快。基本上按他的意愿办妥了，然后挂断了电话。

　　在郎浦的夜晚，可能会发生很多事情。各种男女交媾的事情、偷盗的事情（偷自行车或撬门）的事情。一个叫马懿的男人和一个叫苏小玉的女人在十多年未见面的情况下没有任何铺垫（比如说送衣物、吃饭、写信、说一些挑逗的话）就拉熄了电灯脱光衣服睡在了一起，这个事情相当一般，很乏味，不具有新闻性，给郎浦的夜没造成任何波动。看来，郎浦的夜晚就像一个海，能容纳许多东西，也能容忍许多东西。

　　先是女方无法接受对方，后来坐下来，两个人的距离就弥合了。女方承认了这样的现实：一个过去仅仅是认识（不过抚摸了一下，那算什么呀）的男人声称总是想她而悄悄专程跑几百里路来看她。于是，这个女人要他去洗澡，洗了澡男人就溜进了一个气味和质地都与家里不同的别人家的宽床铺。女人坚持要看电视（她似乎不为所动，虽然允许他上了自己的床）。她看的是每天三集的一部香港言情片，里面的人都牢骚满腹，用香港普通话极力表白自己，因此显得很热闹，台词喋喋不休。于是，男人跳下床来强迫女人睡觉并揿熄了电视机开关。

　　两个人打仗一样地把事情干完了，男人这才开始说一些很露骨的话。他说："那时我摸你的乳房时你竟没有乳头，我记得很清楚。"女人告诉了他为什么乳房这么大，什么时候戴乳罩。

　　第二天早上，他觉得软弱无力，他没有吃早点就离开了这个女人，他走时跟她说今晚还来。女人照着镜子说："你不要来了，你来了我睡沙发。我昨天一整夜都没睡，你整我，你看我脸色是青的。"她说："你要把我整死的。再说，那一位今天说不定回来。"

　　后一句话是吓唬他的。他回到招待所倒头就睡，在那个潮湿的、散发着出门人臭脚丫子气的被子里，马懿睡得十分香甜，连梦都没有。

　　一觉醒来都夕阳西下了，他看看房间，头顶的白炽灯、拉线开关、破了玻璃的窗户，他知道自己现在在哪儿。他觉得精力恢复了，来不及回味昨晚的事，他得做出决定，是去呢还是不去。他没有了去的冲动，甚至他开始清醒地谴责自己的荒唐了。他决定到车站去，吃点东西，乘深夜的卧铺车。家和局里的召唤更强烈。这么在郎浦下等的招待所里昏昏沉沉地睡觉、买啤酒吃简直像是一种梦游，不真实，缺乏连贯的理由，不能坚持下去。那个姓苏的丰满的女人身上所散发出来的气息和那个房间，只能使人一时沉醉，而无法使人留恋。"女人都差不多"，他这么想。当他说他喜欢她时，他已经找出了她的缺点，鼻子太圆，毛孔太大，额角像她死去的母亲，给人某种排斥感。

这个叫马懿的人向车站走去，他想起自己的女儿，那个进门了就抢着给他找拖鞋换的女儿。他认为离开郎浦是明智之举。

<h2 style="text-align:center">六</h2>

姓苏的女人那一夜继续津津有味地看着被一个男人粗暴打断了的香港连续剧，她完全不在意那个叫马懿的人是否会重叩她的门。当然，她还是把儿子放在了父亲家里。她一直看到电视里响起片尾歌，屏幕上往上滑着一排字幕，她站起来打了个哈欠，墙上的指针已十二点了。"他不会来了"，她这么自言自语之后就进了厕所，然后再上床。她回味的是电视中的那几个人物：一个很坏的第三者，一肚子坏水，一个扮相俊美的女孩子。她在想着明天的剧情怎样发展，坏小子的计谋会让女孩的男友吃亏，男友肯定会一意孤行，那就好看了。

她真是太累，她很快进入了梦乡。

她的生活没有任何改变，甚至当她的丈夫几天后回来她也没有什么惊慌。在床上，她也一如既往地配合他，发出好听的呻吟声。她依然笑着，骂儿子，亲儿子，上班，织毛衣。

那天晚上，她接到了一个电话，她知道什么都无法说，丈夫在她旁边。电话告诉她车子连夜就走了，是去省里办事，没有打电话的时间，事刚办完就给她打电话。

"那天晚上，你等我了吗？"

"没有。（她想说我等你干什么）"

"我还要来的。"

"嗯。（她想说不要来）"

"我想你。"

"噢。（她想说想你的老婆去吧）"

"我看哪一天再来，下月上旬。"

"嗬嗬。（她想说来做什么，不让我睡觉，提心吊胆的）"

"你怎么不说话，你说呀！"

"没，没。（她什么都不能说）"

"是不是他在家里？"

"嗯。"

"那我挂了，改日再打。"

她的丈夫不是那种敏感的小心眼的男人，丈夫见她吞吞吐吐的，顺便问她是什么事，哪个打的，她故意以轻描淡写的含混口吻说："还不是一些结账的，老总没钱。"之后他们就开始谈起香港连续剧来，骂那个一肚子坏水的第三者。

七

第一次出现了语言障碍的姓苏的女人感到了一种快慰，这与跟一个男人出现高潮不同，甚至更令人兴奋。她是一个基本没有隐私的女人，她把贞操交给了自己的男人——我们假设她的男人姓高，叫高克。就是这样，电话使她出现了语言障碍，她的吞吞吐吐有点向着虚空，就像是跟一个让自己难堪又重新拾回的记忆无法启齿一样，并非因为身边的丈夫。我们通常把这种事叫作偷情，它带有不堪回首性，只能闭着眼回味。运用电话相当于旧事重提，但是这种电话和说话（回答）的方式使她出现了一种骚动，她猛然想起她跟马懿的那一夜。没有那一夜就没有这种欲言又止的电话，这种电话使那一夜突然变得美好起来，重要起来。

关于那个电话，苏小玉可能忽略了一点，电话里有一些汽车驰过的声响，这个电话是在大街上打的。但是姓苏的女人显然没有注意到。

马懿以一种散步的姿态下楼去，乘了四站车才找到一个偏僻的电话亭。他打完电话才感到一阵轻松，也同时有一种冒险的感觉。她的丈夫也可能是一个船工吗，或是哪位船工之子？这一切他都没有过问。这么想着的时候他清晰地感到了自己的生命活力，洋溢着，满街流淌。

他发现他自己的变化是宽容——对下属的宽容。干吗老盯着人家呢？在气氛压抑的办公室里，人们抽着烟，小声地把抽屉打开，写着一些与金钱和生命不相干的文件。我敢保证这些人跟我一样，死守着自己的老婆，只有一个姓皮的、冬天穿皮靴的家伙，拿出的烟不是健牌就是三五，他可能在外面有点花花肠子，那也不要管人家。凭什么要管死人家呢？

这个叫马懿的处长觉得自己想得太多，他在一个中午突然满脸带笑寻找到一个聚餐的理由（这是他说起来的一个话头）——凑份子，过去，他们船上叫"抬石头"。在"抬石头"的午宴上，处长马懿一口气点了四盘炒田螺和一百块臭干子，他变成了一个激情型的人，与过去不苟言笑甚至有点刻薄的他判若两人。

他把下属都差不多灌醉了，他自己的额头也突突地跳。他让他们唱卡拉OK，后来他要他们去找一把二胡来。在这个城市找一百把吉他好找，而找一把二胡无异于大海捞针，但是酒店老板还是四处打电话，发Call，终于弄来了一把二胡。

这个叫马懿的处长让他们关掉卡拉OK，他看了看二胡说太差，说弓子根本不是马尾。他说小时候他为了自己做弓子去剪人家的马尾巴，差一点没被马踢死。他说最好的弓子是黑马尾毛做的。他拉《二泉映月》，那真是如泣如诉；他拉《病中吟》，人们在琴声里看到了一个大病初愈面色苍白的人从床上下来，坐在一间古典气息弥漫的客厅里，说着自己对人生的另一种感受。这个叫马懿的处长突然令他的下属惊奇不已，最讨厌他的人也有点钦佩他了。人们通过他的琴声理解了他是一个善解人意、通情达理的平辈朋友。

有的人开始叫他老马，甚至直呼其名了。

他的妻子是银行的一个职员，身材适中，举止优雅，尤其下巴表现出一种高贵。过去有点烦腻的感觉现在也消失了，他时时盯着妻子的下巴，他把她跟姓苏的女人比，他觉得妻子是令他相当满意的，简直无可挑剔。姓苏的女人不过比她年轻一些，胸脯丰满一些，但也生过孩子了，腹部也松弛了。而且姓苏的女人家里弄得太简单，穿着俗气的内裤，头发也弄得很乡气，走路不好看，爱用脚趾夹人（哪来的这种荡里荡气的习惯）。

当马懿时时盯着妻子的下巴看时，妻子被看得莫名其妙了。他管他的妻子叫方晖。吃完饭，喝了点酒，躺在躺椅上，他的妻子给他泡来一杯雨前茶，翠碧的芽子竖在茶水里。他看《焦点访谈》，他的女儿正在自己的小房间里背诵一篇《乌鸦喝水》的课文。这是周末，《曲苑杂坛》节目就要开始了，不尽的笑声，之后他还得给女儿当一回马骑，在他装修有二级吊顶和墙裙的三室一厅里都爬上一遍，临睡前看两份传达到县团级以上的绝密文件，就心满意足地告别了这一天、这一周。

"不再给她打电话了，也不能再去郎浦了，没啥意思。"他想，"那是一个只有初中水平，也近中年的女人，乡下的女人。"

八

一直以来，马懿都在逃避一种动荡的感觉。这与他的船上生涯有着紧密的联系。他在睡觉的时候总想抓住一点什么，因为在船上时每每半夜酣睡中被风浪摇簸醒来，自会生出一种被抛入深渊，让船和床都底朝天的恐惧，那时候他抓着床沿，有了女人之后他抓着女人的乳房，这已经形成了多年的习惯。有一次，他翻看一本心理学著作，书上说喜欢女人的乳房是对童年的记忆。这完全是扯鸡巴淡，一个水手喜欢乳房完全是因为动荡的惊骇，对于水手来说，抓乳房就是抓一根救命稻草一样，是一种虚拟的踏实，从这点意义上来说，水手就是溺水者。

在万籁俱静的、没有任何地震凶兆、也没有大卡车隆隆驰过使楼房发抖的公寓，马懿睡在席梦思上，回忆起尖舱里与女人的欢娱。那时候，他是一个一本正经、故意装着不谙世事的小伙子。与他一同睡尖舱的水手姓袁，袁有良好的体质和对女人的热情。他屁股尖凸，大家称这种男人为"搞架子"。他家境贫寒，以偷窃为生，每到一个码头就独往独来，但是许许多多的女人都愿意跟他上船来，原因是他把那些女人都搞出强烈的记忆。在动荡不安的船上，听着长江的水拍打出的怪叫声，这些坡岸上的女人们得到了一种忽上忽下的、簸谷般的享受，而且袁的技巧尤其高超。每当女人上船，他就会粗暴地把马懿赶走，等女人走掉后他就原原本本向马懿汇报一个晚上的细枝末节，以引起乡巴佬马懿的羡慕。马懿那时候就觉得要惩罚他，他想如果我是船业社社长，我就第一个把他送到监狱里去。

马懿的那个乡下女教师上船来了，马懿把她安顿在尖舱睡觉，把自己和袁都赶走。但是半夜的时候，马懿从岸坡上爬上跳板，回到了尖舱。在剧烈的动荡中，女人使劲地发笑。他们两人跟着水的运动像两条鱼。第二天早上他就把她送走了。马懿是有几分悲哀地与女教师一刀两断的。当他探亲回家，他遏制过去寻她的念头。有一次回家他碰到了她，是在集镇上，她已经是个发胖的、头发干枯、没有任何女性魅力了的中年妇女。他们只是笑笑，没有一句话就擦肩而过，形同路人。事情就是这样无情而不可思议，十多年以前他们还赤身裸体地疯狂做爱，看，岁月把他们的身体拉开了千里万里，在各自的身上没留下一点印痕，就像水流过一样。

但是颠簸的性生活的刺激在与一个船工之女的重逢后，被残酷地从一堆尘封的积物中拉出来。平静是许多人都追求的，马懿曾经在一个水手诗人陈应松的诗集《梦游的歌手》里读到过一首写老水手的《老人的河》，"……就这样注视它：古老的花园／无数青色的大鸟从云隙飞向眉睫／温馨的风／慢慢平息了浪烟煽起的热望"。老水手归来的时候，一切都平静了，心和现实。然而马懿在那些积物中发现了它的价值，许许多多的东西当我们弃之不用后，若干年再翻寻出来审视一番，会又出现一种新鲜感。

半个月以后，马懿在美国普罗维登斯的一个环形电影院里感受到了一次《北极探险》里的邮船上的折腾。在美国几天的访问里，他无时无刻不在思念一个叫苏小玉的中国郎浦女人。在他的意识里，他曾想方设法贬损她，企图找出她浑身的缺点，把她想象成一堆垃圾或是一个陷阱，或千千万万与他擦肩而过的平庸女人之一。在他接触的异性当中，不乏漂亮、有教养、有知识的女孩。当他从郎浦归来的那个晚上，坐在卧铺汽车里，他想自己就是找，也应该找一个与自己的身份相称的情人。然而，他不能欺骗自己，在美国的林肯纪念堂前，他想着的还是那个趿着家常布鞋、毛孔很大的蒜头鼻子女人，一个因生育而使自己的皮肤变得多皱、发黄的郎浦的小镇女子。

下　篇

一

人的内心是一个肮脏无比的垃圾桶，它什么都可以装进去。假使人没有多少想法，就会服从命运的安排，但事实上每个人的心里都有些不安的情愫，它使社会出现了多种可能。

半年以后的某一天，一个人正在往郎浦赶去，一个人正在离开郎浦。赶去的叫马懿，离开的叫高克。

单位已经不要高克出差了，他在郎浦待了整整三月，这三个月的日子里他真是度日如年。整天守着自己的妻子，他无法忍受她有些沙哑的妇人嗓子和肥厚的胸脯及臀部。她撅着臀上厕所的样子尤其难看，在床上，他想离她远远的。

有很好单位和很高待遇的高克，不顾妻子的劝阻决定停薪留职跟一个个体煤炭老板去跑生意，妻子苏痛哭流涕以离婚威胁他，他说："我们得趁年轻赚一大笔钱，给儿子至少十万元结婚的存款。"这个看起来是一个雄心勃勃的好父亲的高克，在他的振振有词中同单位签订了合同，夹上个包，就跟人外出了，他的父亲把他骂得狗血淋头。

高克一表人才，他的煤炭老板却长着尖凸的屁股。高克叫他袁老板，袁是个船工，曾经患过严重的尖锐湿疣。他之所以不在船业社待了，是因为船业社把他送进过拘留所，他怀疑是他的同舱、一个姓马的湖南佬告发的。他在拘留所十五天以后出来，胡子拉碴地就要把马同舱杀掉，把马的被子行李全拖出来丢进了长江。后来他就与船不辞而别，后来他总算走上了正道，学会了贩卖煤炭。

总之，高克这一趟是既辛苦又很开心的行程。袁对他说："赚了的钱咱们对半分。"高说："你得百分之七十，我得百分之三十就可以了。"袁把一叠钱交给他，估计在五千元左右，吃饭、住宿、乘车、上舞厅，所有的开销都由他负责，他因此不停地跑前跑后。找车皮和船只是相当之累的，袁老板能吃苦耐劳，高克也当然不敢怠慢。晚上就潇洒了，他们穿得整整齐齐去寻找刺激和女人。在这方面，他们有共同的爱好，也可以说是臭味相投。

郎浦已经有些遥远了，高克现在甩着手孤身一人，所有的感觉又回到了他的体内，大街、女人、酒吧、舞厅的节奏。这两个生意人在肆无忌惮地谈论着女人，他们把两车皮的煤炭都忘了。很快，袁就响起了鼾声，高却没睡着。他听见走廊里有电话铃声和服务员的讲话声，他想到郎浦自己的家，他记起一件小事——三岁的儿子应该服糖丸（防止小儿麻痹症的），钱他保管着，何不去打个长途电话，反正是袁老板付费？于是，他爬起来，到楼下服务台给郎浦挂电话。

可以这样说，他有极好的情绪过问儿子的事。即使在家里，他对儿子都是百事不管的。

二

对动荡的追溯和回味使马懿再一次趁夜幕来到了郎浦。他数次制止着自己这种荒唐的甚至是堕落的行动，他强迫着自己停下步来，但是，他无法不向长途车站迈去。这莫非正像纪伯伦说的："罪恶是需要的别名，或是疾病的一种。"

他将考察美国的报告已经写完并且打印了，受到了局长的好评，作为局里的文件，将下发到每一个二级单位。美国小额的钞票和硬币、纪念品，将会流传到郎浦一个姓苏的女人的手上。"这是无可抗拒的。"他说。

堕落的负罪感和愧疚感在他从美国回来后就春笋一样滋生了。

他走在大街上，他想，当初城市的设计者是不会想到现在的城市是这个样子的，大街上全是发疯的汽车，人们拉下脸面拼命地兜售着货物，一层一层像屉格一样住着拥挤的家庭，水泥和石块儿把视野全部占满了。淤积的、没有窨井盖的下水道，零乱地织满人们头顶的各种线路，难道人类生存的需要就是这么纠缠不清地输送来的吗？如果人们的生活需要这种纠缠的线路（电话线、电缆、电车线、有线电视），那他们的大脑也就会纠缠不清，出现众多精神病患者（压抑、无法排解、混乱、变态、幻觉和妄想）是不足为奇的。

马懿还想到另一种纠缠不清的线路，那就是无形的人际关系，它同样罩在城市人的头顶，使人们发疯。马懿唯一保持着的一个水手的特征，就是一回到家就将鞋袜脱得一干二净，趿着拖鞋赤着脚享受自然的熨摸，他会在楼上楼下和公寓的小花园里窜来窜去，把一双脚弄得满是灰尘。自由散漫的船工生活和简单的需求。平坦的船板。月光。到什么地方回什么码头都没有咬牙切齿的激动。踏上跳板就是踏上跳板。恨一个人就骂他，喊叫，对着寂静的江月拉动二胡。那时候，他恰好有二胡一样的心境。水流动的姿势与我们的岁月和人生那么贴近，好像流去的恰好是我们该流去的生命。我们漂浮在水之上，犹如一只凫鸭，憨叫着，拍击翅膀，与水的肌肤之亲就像跟女人的肌肤之亲，直截了当，没有谎言和畏缩，朴素而放纵。

在上车之前他买了一张报纸，报纸上充斥着巫医和营养补品的广告。经过一座桥时，车窗外劈头盖脸向乘客压来的是一整座用角钢和水管焊接的一种饮料的广告牌。有一次，这座广告被风刮倒了，砸坏过两部汽车（幸好没有人伤亡），现在又重新扶起了。马懿另外保存的一点水手的生活习惯就是不喝带甜味儿的饮料、汽水，不吃冰棍。他整个夏天都是喝凉开水，在无色无味中品出河水的滋味，畅饮，那是身心的需要。人们已经在城市里迷迷糊糊了，他们宁愿花几块钱去喝那种陈年的、罐装的、放着各种工业原料的"水"，而不愿喝身边的河水：流动着，带有四月汛潮和水草的气息，就像你坐在一个滩头，在阳光的毒晒下嚼着芦苇的芽子，水漫过你的脚背——被风送上来又召回去，然后，船像摇篮晃动着，被泼过水的船板解掉了暑气，你穿着裤衩睡在上面，没有灰尘（没有一星灰尘，船上洁净得就像简单的道理），没有积郁和有关旁人的议论、考察、鉴定、攻讦（当然也不存在反击了），不担心窃夺者，在动荡中获得心灵绝对的平衡，也许那种摆动就代表了名利的大起大落。

这个叫马懿的人在车上渴望着动荡，动荡。

河水过滤着许多。许多的城市（包括马懿生活的这座城市）都是建在水边的，城市是河水抛上岸的浪渣、渣滓。它把这些累赘抛上岸了，又轻轻松松地流去，流了一段，又抛上去一些渣滓，又一座城市就诞生了。

　　这大约是马懿上次离开郎浦半年后的一个晚上，苏把马懿也差不多忘了，来去匆匆的那个秃顶男人依然就像她十七岁时一样，他没给她留下多少印象。那一夜，苏困得很，她只记得那个男人"忙了一夜，一个人忙"（这是后来她给他说的），忙完了，赶早就走了，再也没有出现了，就像一个梦。

　　天擦黑的时候她接到了他的电话，他给她开玩笑说："我在美国。"他又说："我刚从美国回来。""美国？"郎浦小地方的女人还无法接受美国的概念，她周围的人与外国没有任何关联。她让他来，就挂断了电话。

　　那个姓马的男人气色很好，秃顶的地方也用周边蓄出的长头发巧妙地盖住了。那些长头发很密，盖着后一点也没现出让人生厌的秃头相，看起来显得年轻。

　　他把各种小礼物给了她，然后他们就睡觉。这个晚上，姓马的男人突然出现在郎浦让她有点惊奇。丈夫去贩卖煤炭了，她有些亢奋，跟马懿说，今天晚上都不准睡觉。有想象力的当然是马懿，一直以来他在这方面都是迟钝的，靠一种例行公事的惯性操作方法与妻子保持和谐。今天，他发明了许多让苏一点就通的技巧。他抓住她的双腿当桨，使劲地划动，船工的女儿知道他要表达的意思：他让她趴在床沿上，他和她都抓着床沿——船舷，就像在游泳时小憩，脚抵船帮喷着鼻子。这时，电话铃声响了。他示意她去接，并没有离开她的身体。

　　"嗯……儿子睡了，看电视哪……服了糖丸……服了……我是他亲妈哪，我说假话！……嗯，车皮没到……嗯……"

　　姓马的男人不过在话筒的半尺之遥哑着她的奶，床依旧在发出艰涩的声音。她用手打他的头，掐他。当她把电话放下时，她就笑了，她说："他听到了。"她还说了一些露骨的、恬不知耻的话，都是夸奖他，贬低丈夫，和抒发自己快活的内心的秽语。

三

　　高克和袁老板这两个煤炭贩子沉溺于女色，以至于当一个船队的煤炭抵达马懿所在城市后，三天时间里，他们竟忘了此事。在没有向当地港监部门报关的情况下，航行簿被扣押。

第四天高克找到了袁，袁说也在找高克。据袁估算，这一趟他将损失两万元。

找谁去通融呢？可以说，袁和高在这个城市里两眼一抹黑，即使需要打点也得靠人引荐。高十分清楚，事情的起因是袁在某趟汽车上认识了这个城市的一个女人，他决定把业务转移到这个城市来，他获得了女人却把自己的生意全押上了赌盘。"我十分后悔。"袁说。他和船员们喝着酒，束手无策，脸上因为久治不愈的性病而出现几块紫癜。这时，船上的大副大拐说："袁老板，你可以去找马懿，不久以前他还上咱们船喝过酒的，吃的獐麂。他当了官。"

袁老板的眼睛倏地亮了，生的希望使他从萎靡中抬起头来，但又遽然垂下头去，他说："我晓得他当了官，可我不好意思找他，我把他的被子行李全掀进了江里，人不会没有记恨心。"

大拐说："这都是好多年前的事了。"

高认为可以去找这位姓马的（他不认识），他说："我可以去跑腿，让我和大拐一起去。"

关于去寻找马懿单位和住址的艰辛经历在此就不必赘述了。几位从船上走来的人踏上了马懿公寓的楼梯。开门的是方晖，她的端庄和美貌把高和袁都弄惊呆了。我们应该说高，高克自然而然地把她同自己的老婆苏对比，苏完全是一个丑陋不堪的女人，一个浑身散发着臭气的乡下婆子。这个马懿的女人就跟天仙一样，马懿真有艳福啊。

还有那房间，那摆设，他们的女儿（如花似玉）。这几个从摇摇晃晃的运煤船上走下来的人灰头土脸，鼻夹里渗着黑迹，觉得像到了外国，他们大声恭维马懿有出息，说人还是要有文化的好。

然而，马懿不在。他的天仙般的女人给他们说马懿出差了，就在这两天回来。这个姓方的女人把他们送下了楼，她的身上高雅的淡淡香气使袁和高惭愧得看都不敢多看她一眼了。

那天晚上，高克考虑起了离婚，看到了方这样的女人，他现在是连回家见苏的勇气都没有了。

四

马懿在深夜的卧铺汽车里吸着烟，望着公路两旁的田野和急速闪过的一些灯火。他十分疲倦。这时候大脑就是一片空白，性其实是一种短暂的发泄，当发泄完了之后，其实还有许多重要的事要干。当他饥渴的时候，他失去了身份；当他一感到满足，他就明白了自己的身份和他担当的社会角色。

他回来了，郎浦女人的呻吟都甩在车后，在黑暗中渐渐地平息，就像隐入夜空的那一片灯光。他疲惫不堪，哈欠连天，眼眶明显地有一种松弛感。

马懿回到他的城市，妻子就告诉他几个过去驾船的同事来过，要他帮忙。

当天，大拐的电话就打到了马的单位里，事情清楚了，他对袁没有了怨恨，他很快就办妥了此事，只用了两个电话。在城市，在当今社会，电话那些牵牵绊绊的线却能解开许多死结。

袁的请客不是在船上，而是在沿江酒楼。

袁看见他过去的同舱气宇轩昂，虽然已经有些老了，但西服笔挺，领带工整。而叫高克的那个人几乎是怀着敬佩的心来看马懿的，爱屋及乌，他想着马懿姓方的妻子，他认为马懿跟他的妻子相当般配，马懿地角方圆，印堂发亮，鼻子隆起，虽然不怎么高大，头发也脱落得厉害，但举止大派，而他的老板袁哪怕戴两个大板箍（戒指），吹了头发，也还是一副委琐的糟相。

马完全不计前嫌，抽袁递来的烟，喝茶，笑，对袁说："再不偷了，当大老板了？"这些话使高克觉得的确像袁给他吹嘘的，袁与这位高升的处长是无话不谈的朋友，过去的扔行李不算一回事。

袁先是有点惧怕的样子，喝到后来就露出了他的本相。袁说到马懿的妻子，说："你小子有福，嫂子像某电影演员，官也升了。"他有些醉，高克就自然站出来替老板喝了，他主动敬马懿的酒，马懿问起他，大拐说："他的老婆你认识。"马懿不太在意地说是谁。

"苏船长的女儿，苏小玉。"

马懿装进肚里的好酒突然泛出来，发苦，他一下子就不能喝了，他说："噢，苏小玉，我好像认识。"

他看着这个姓高的男人，看着他嘴边的那些胡楂。姓高的说："听大拐大副和我们袁经理说，我老婆招工还是你辅导的。"

"嗯，是的，是我辅导的。"

这样的对话就十分吃力了。马懿觉得头有点发晕，旁边穿旗袍给他斟酒的小姐也像一些机械的木头。他听见袁龇着牙在说："我们高克昨天见到嫂子后就唉声叹气了一整天，朝你看就没啥子活头了呗。"袁问他："你有好多年没回郎浦了？"马懿跟他们说："前年回去过一次，检查工作。"他问高克说："你都有孩子了吧？"高克说："有了，一个儿子，都三岁了。"

他不想再说这样的话，他知道这是十分可耻的，他不想说了。他想喝酒，想用酒把自己可耻的感觉压下去。他跟这个小伙子碰酒，一连喝了五杯。他说："痛快！"

五

"命运怎么又把我跟他们撮到了一块，又回到了他们中间——郎浦、船、深不可测的水和四处奔波的苦劳命？我得赶快离开他们。"他从这次酗酒过度的浑身酸的恢复后就坚决发誓不再去郎浦了。

电话，红色的诱惑，马懿时常盯着电话，有时晚上加班在办公室里，他只要一揿上几个键，就可以与她进行交流，无论多远，在茫茫的夜空中，两人的感情就会突然相遇，但是你不知道是在天空中的哪个地方，你的话和她的话相撞在一起，灼热的、使人亢奋的话，通过依然冰凉的话筒，你完全可以触摸到，并引起一系列的生理反应。

"可是，让她那个霉头霉脑的丈夫都摇头的女人，难道竟把我迷住了？这不是作践自己？但是我无法欺骗自己的感觉，这是个能给我全身心快乐的女人，而没让我产生丝毫的反感。"他没能抗拒打电话的冲动。

"我见到了你那一位，高。"

"你说什么？他找过你？！"

"不是，他什么也不知道，他对我印象很好。他们好像赚了些钱，是袁带他来的，我给他们帮了一点忙。这几个月他没回来吧，好像他们还住在码头，可能身边有女人。"

"我晓得他们不会做好事。"

这个电话使姓苏的女人做出了到这个城市来一趟的决定，不是为了见马懿（她知道马懿有家，见到也没什么用），而是为了弄清她丈夫的生活。她怒气冲冲，过去一笑了之的温柔荡然无存。

她是坐大拐他们的船来的，大拐想到了给高克打电话通风报信，但是已经来不及了，高克只有个火凤凰的数字ＢＰ机，袁才有个汉字显示机。因酒精深度中毒而显得有些痴呆的大拐，对ＢＰ机的性能不太了解，他只知道：我call了他们，他们无法回call，因为我在遥远的郎浦。

不过，大拐还有另一层意思，他是想看看高以及袁的笑话，这叫看戏不怕台高。

姓苏的女人在这条货船上吃住，大拐对她无微不至。

船是在傍黑时分到达这个城市港口的（这使人想起马懿每次到达郎浦的时间）。夜幕降临了，到处都是迷离的彩灯，这样的情调很容易使人颓丧和堕落，产生醉生梦死的消极情绪。苏缠着大拐带她去找丈夫高，这使大拐真正处于两难境地：不带她去吧，她会认为他是袁和高的同党；带她去吧，高会恨他，这将影响到船队的业务，因为他不被信任，袁和高的煤就不会给他们装运了。大拐对其他船工说："你们谁送苏去找高？"

没有谁答应，虽然大都知道高的住处。最后，还是大拐硬着头皮上岸去了，不过他耍了个滑头，他把苏带往袁的住处。

在袁的住处，苏与一群喝酒的男女遭遇了，其中也有高。

苏的丈夫——高脸有些变，而袁却笑嘻嘻地招呼苏与大拐入席。大拐与袁老板借故出去商议，袁埋怨了大拐几句，要大拐帮助紧急疏散。

喝酒的事，苏不好发脾气。酒宴草草收场后，袁老板、大拐把苏一同送往她丈夫高克的住处。

虽然她没有发现女人，她发现了那床上的一块斑迹。苏大发雷霆。袁和大拐连连向她解释，说绝对不是她想的那种事，说高几个月没回去了，生理现象。大拐也说这事都有，都有，画地图嘛。

两个人在那儿苦口婆心地劝慰苏，想以此打消她的怀疑，但这时喝得有

65

些醉意的高站出来发作了，他两眼放着狼一样的凶光，扒开袁和大拐说："是又怎样？咱们离婚！"

接下来的是他们打了起来，好在袁和大拐拉扯才避免了战争的扩大，虽然他们平静下来喘息了，瞬间的战事却令他们发现对方出手都狠毒。苏把高的眉骨抓出了一条沟，滴血不止，高把苏的头发扯了十多根。高感到睾丸疼痛（苏用脚踢的），苏感到手腕肿了。

袁和幸灾乐祸的大拐（事情源于他）走了，高克大叉着双腿（裆里疼痛）把那床垫单抽掉了扔进脚盆。两人滚在一张光絮上。高要苏按摩他的裆以减轻疼痛，后来两人又成了夫妻。第二天早上，两人就和好如初了。

六

现在的这一节又得从电话开始。

这个城市里一个叫方晖的女人接到一个电话，说是找她的丈夫马懿。是一个乡下年轻女人的声音，与那几个船工的声音一样。方是一个敏感的女人，在以往电话里所有找马懿的女人都是称"找马处长"，而从没有直呼其名的。这个女人的声音唐突，杵头，缺乏交际色彩，自然在方晖的心里留下了一个疑问，她还是把话筒交给了丈夫马懿。

我们可以想见马懿的恼火，他怎么结束这个电话的最后一句话呢？马懿是一个很有工作能力的人，可以说没有什么难倒他的困难，他聪明能干，但当他接到这个电话时他感到江郎才尽了。

"你好。"他说。

"噢，我知道。"他说。

"嗯。对。"他说。

他想说大拐他们又来啦，袁生意怎样，可是这么说他就等于说出了这个女人与他过去的职业有关，与船与水有关。因为他在通话的时候他还没有想好为这个姓苏的女人安排一个什么位置，让她成为什么人。

他看见他的妻子在那儿微笑着，似乎窥破了他的什么秘密。

在与方晖这个女人十余年的共同生活中，他向她灌输的有关水手的生活是极其下贱的，他想方设法使用偏激的字眼贬低自己过去的职业和那个环境。在城市女人方晖面前他骨子里是自卑的，他缺乏对自己过去生活经历公正的评价，现在让他自食其果了。但是，他毕竟是一个有经验的水手，他能躲过各种各样的风浪。他想到了一种办法。

他最后说："你明天给我打电话吧，我去就是了，不要担心。"他把电话号码（处里的）报给了对方。

"袁的人，"他对方晖说，"袁又要我给他帮忙。袁让她给我打，都不好意思了。袁从家里带这样的女人来是常事了。"

姓方的女人只能将信将疑，因为那口气听起来与她的丈夫马懿很熟，很随便。但是她不会去追问。

第二天在他的办公桌上接到了苏的电话，他不得不按她指定的地点去与她见面。

这两天，袁和高因为煤炭的事要去另一个沿江码头，苏小玉留了下来。她说她浑身疼痛，想在这儿休息几日，其实她是想见马懿。

在那个豪华的商场门口，姓苏的女人像个打工者，一个十足的乡下人，她穿着鲜艳的袜子，鬓角的头发剪至耳郭上部，脚蹬白色的帆布坡跟鞋，她的身材极不成比例，皮肤显出江水的浑黄，讲一口刺耳的郎浦土话。刚开始看到她在那儿痴痴地东张西望时，他在很远的地方就停下步来，不敢走近，"这就是那个让我在床上疯狂的人吗？"从她的身边走过的那些女性一个个袅袅婷婷，代表了这个城市的风光。他真是羞于与她并肩，进入一种深深的懊悔之中，不住地自嘲并连连摇头，向自己的行为啐口水。

他看见她向他笑，他也朝她笑笑。

她见到他就向他大声说着什么，他把她拉到一个角落，生怕别人注意到他们。他招手叫了一辆的士，像拽疯子一样地把她搂上了汽车，载到她与丈夫高打架的房子。

他想，应该有最后一次，结束了。从一开始他就想到"曾经"这样的字眼，曾经——那是一个过去的故事，资历悠久的水手马懿懂得流水是怎样流去的，它永远不会老停留在一个地方。如果你想把水贮藏，它就会发臭。

姓苏的女人体察到了他的冷淡。如果是他使她领教了男人的激情的话，也同样是他让她领教到了男人的冷淡。她在心里想到了一句粗俗的话："抽鸡巴不认人。"这使她伤心之至。她还是期期艾艾地脱掉了衣裳满足了马懿最后一次发泄，不过她已经没有什么情绪了。

现在想象力丰富的读者可能在为我的小说设计这两个人的结局：苏要离婚并向马懿提出结婚，马懿在纠缠不过的情况下将苏掐死。

还可以设计苏决定揭露马懿对自己的欺骗：高回来后看到床上同样有一块斑迹，在逼问下于是苏供出了马懿。这似乎不可能，苏不是那种女性，她还没有那种心计和受骗感。

当然，还可以设计高克用计谋把他们捉住，设计方晖的跟踪并与高克发生性爱关系，设计苏在高和马两个男人都把她抛弃之后服毒自杀，人们在她的手上发现几张美国零钞和几枚美国硬币。

这都是胡编乱造的结局，它显然与我们的现实生活不符。

苏是一个不太看重任何男人对她好坏的女人，她知道她没有多少魅力，对两性之爱不做钻牛角尖的解释。苏整理好床铺，跟马懿出去吃了一顿午饭。这是最后的午餐，马懿喝了点啤酒，言语很多了，谈的是袁怎么在这儿生意受阻而他是怎么帮助的。还谈了些美国的稀奇事。

苏以为马懿至少会跟她待一个晚上，因为过去总是马懿不辞劳苦数百里跑去寻她，现在她送上门来了，马懿没有不跟她在一起的道理。但是姓马的男人推说工作太忙，晚上有会，撇下她走了。

七

马懿在大街上。他很悠闲。他依然用眼光观察和打量着这个城市。他享受着大街上的太阳。他夹着公文包。他微笑着避让行人和车辆。他在大街上穿梭。街道有时宽畅，有时狭窄。路有时嘈杂，有时僻野。

他走到那个与苏碰面的商场门口，他想进去为自己换一双皮鞋。皮鞋在这个城市连阴的雨天里已经被折磨得又软又皱了，在一些场合已显出寒碜。

在皮鞋柜里，他看见了那些花花绿绿的皮鞋，特别是女人的。在与苏分手时他想提出来给她买双皮鞋做个纪念，可是他没有说出口。他觉得自己是那么不近情理，从开始到如今，他没给苏花过一分钱，苏也从未要过什么。她的脚上还是穿着土气的坡跟鞋，这使马懿心里怅怅的。

他给妻子买了一双皮鞋，给女儿买了一双皮鞋。女儿的皮鞋是红的。

回到家，他就接到了局里的一个紧急电话，局长要他速去办公室。马懿当时出现了心悸和绝望感，他所想的也正是读者所想的：苏出卖了他。

他一路上忐忑地后悔着，没能用几句甜言蜜语把苏稳住，他是那么绝情地就撇下了她，他发现在苏的面前说不好情意绵绵的话了，甚至不想多朝她看一眼。他知道他的厌烦深深地刺伤了她，刺伤了一个女人，她会什么事都做得出来的。

事情并不是这样，事情对他来说简直是一次鸿运，他当上副局长了。在局里错综复杂的关系中，他始终与他们保持若即若离的距离。他是一个水手，他知道航行中站在左舷或者站在右舷都会使船不稳，他必须坐在船中间。对于一个水手来说，平衡是头等重要的事情。不是副局长候选人的他，意外地从两支（或三支）强悍的队伍中间拣到了一个"战利品"。刚狠心地离开苏就得到了另一种更重要的东西，看来人生须得时常舍弃一些心爱之物，什么都要是不可能的。

马懿副局长买了烧鸡回去，他看见妻子方晖和女儿马弦正在试他新买的皮鞋。他说："我当上副局长了。"这些事（皮鞋和副局长）把妻子昨晚对他的疑心早彻底抹干净了，抹得一点不剩。

晚上，他表现出了一种饕餮的激情，疯狂地吮吸和袭击妻子，他对颇有些惊讶的妻子说："我当上副局长了，还有，那几个船古佬、大拐和高，今天又一个劲儿说你像天仙。"可是，他明白，从此以后，他的下面永远不再是方晖了，而是另一个女人苏。

（原载于《小说家》1997 年第 2 期）

樱桃拐

一

田七丰老是受他后母的虐待。他念了三年私塾，就辍学回来照看弟妹，但是还免不了跪瓦碴、挨条子。田七丰十五岁那年，镇上来了个皮货商，他的父亲把他拉到床前说："七丰，我管不了你了，跟着那位大伯去行商吧，赚几个钱，日后自己娶房媳妇。"他的父亲那时候患了一种奇怪的病，胸前长个脓疮老是不能愈合，已经卧床不起了。他看着自己的父亲，一句话也没说，就跟着那个商人走了。

一晃三十多年，当田七丰回来的时候，街坊邻居几乎都认不出这个当年的娃子了。年约五十岁的田七丰，对他的经历只字不提，他拄着一根樱桃拐杖。这根拐杖，大家零星地知道，是用一张貂皮同一个白俄商人换的。田七丰精神尚好，据他自己说，拄拐杖是因为他在关东患了风湿性关节炎。

田七丰没有带女人回来，而且父亲和后母都相继下世了，同父异母的弟妹已各立门户。弟弟田一文，继承了父亲的十几亩田产，后来将它卖掉买了条船，跑"篾货帮"，自装自卸。妹妹李田氏，嫁给了一个游方牙医，还是住在娘家的老宅里。

李田氏与牙医生有二子，大儿子文秀，随父走村串户挑牙虫；二儿子取名脉旺，在家与母亲李田氏闲住，当田七丰回来的时候，脉旺也差不多十五岁了。老宅挂有一牙科幌子，不怎么鲜亮。田七丰回来，李田氏二话不说，自然让这位从小带过她的兄长住在家里。田七丰住进了他父亲在世时住过的一间房子，在楼顶，半厢形，宽畅、干净、安静，而楼栏杆和檐板都是古风的雕花，红色的杉木胎似乎永远不可能腐烂的样子。

田七丰不仅孤身一人回来，而且也没带什么钱财回来，给弟弟一把银壶、李田氏两张貂皮和一个份量一般的玛瑙手镯，给妹夫一只蓝田玉烟斗及给两个外甥一人一支金自来水笔外，自己似乎什么也没落下。至于那些尚还在世的几个父亲的老友，则不过在拜访的时候给了他们几支人参。

田七丰住在他父亲住过的房子里，用他父亲用过的一些日常用具，没有一点不适应的感觉。

他有时候跟妹妹及外甥一起用餐，有时则在镇上的茶馆里吃点茶点，他不喝酒，不抽烟，也不上青楼，大量的时间是待在老宅自己的房里。不过，他每天倒是起得很早，到街上吃碗嫩豆腐，转转，看看，然后就回家里来。

他的妹妹李田氏，经常上楼来给他打扫房间，抹桌子，并要脉旺时常给他提水来。李田氏说："哥呀，要什么尽管说，脉旺大了，等于是哥的孩子一样。"李田氏还说，她是招婿，孩子们还是田家的香火。李田氏还说，脉旺跟他十分相像，特别是额头和眼睛。田七丰听了很高兴，说："外甥像舅嘛！"

李田氏待人热情，和蔼，三十多岁的妇人，生了两个孩子，依然很丰腴，只是害着一些男人们不便知道的慢性病，脉旺经常提着药罐子从中药铺回来，为她煎药，家里整日弥漫着草药汤的清香。问起田七丰为什么没给她带个嫂嫂回来，田七丰总是搪塞，说，行商在外收皮货，深山老林，饥一餐饱一顿的，自顾不暇，也别害了女人们。再说，流浪在外，娶女人要钱花，萍水相逢，花了钱也保不了别人能对你忠心耿耿，省得麻烦。到如今，人老了，图个安静，告老还乡，也算是一辈子满足了。

田七丰问起父母的过世，李田氏不禁潸然泪下。田七丰愧对先人，十分感激弟妹将父母送终入土，说他没有尽到长子的责任。回家之后，去父母的坟上焚了几炷香，烧了几叠纸，磕了几个头。李田氏从旧物里找出一张三十年前全家的合影照片，田七丰便将它镶入镜框，挂在房里，有时呆呆地看上几个时辰。这张照片上的人，都穿着臃肿的棉袍，父亲笼着手端坐中央，后母抱着李田氏，田七丰站在父亲的左侧，弟弟田一文则夹坐在父亲和后母中间，一个个表情端正。这张泛黄的照片，使田七丰百感交集。

老宅有几处漏雨，田七丰则向李田氏和妹夫表示，他愿意拿出一点钱来翻修，他也明确地表示：房产属于妹妹一家，他什么都不需要。他之所以出钱翻修，是因为他未能为父母养老送终，现在只不过是为了感谢弟妹们的孝心而已，也同时是弥补自己的愧疚。他这一番表态时，也叫来了驾船的弟弟田一文。大家觉得长兄的话入情入理，也十分诚恳，当然也没什么异议。他说过之后，即找来了几个当地的泥瓦匠，检瓦，砌檐，粉刷墙壁，修补天井的青石。钱花得不多，老宅却大变了样。对于这件事，李田氏十分满意，当了他的面或背了他的面，都说："长兄当父嘛，实在是没错。"

二

田七丰的弟弟田一文，一个长得霉头霉脑的四十岁汉子，比田七丰矮小。在田七丰的印象中，这个同父异母的弟弟小时候是个没有主见的人，现在看起来依然没有主见。他在二十五岁的那一年，被人撮合跟一个寡妇结婚，寡妇是个鸦片鬼，所幸的是，这位寡妇在没有刮尽他全部财产的时候，就暴死在自家的茅厕里。寡妇没有给田一文生下一子半女。在经受了这一次打击之后，田一文放弃了再娶的念头，后来，田一文卖掉了田产，买了一条船，他在江湖的漂泊中感受到了独处的乐趣。对于他的行为，李田氏极力反对过，并且逼迫这位二哥重新成家，但田一文已经失去了男欢女爱的兴趣，甘心于船家生涯。况且小镇紧靠河口，行船的人不在少数，他的选择并没有出格之处，各人的爱好，也是没法劝阻的。

田一文装货卸货，大部分时间还是在这个镇上，有时回到老宅妹妹的家，吃一碗茶，或吃一顿饭，与妹妹及妹夫聊聊家事，都行色匆匆，然后回到自己的船上去，仅此而已。

田七丰回来去拜访弟弟，由外甥脉旺领着到河边去看了这条船。船漆色不错，船篷也还崭新，船不大，是舵笼子，无床，就睡在艄楼的船板上，很有些水上风味，看起来就像祖祖辈辈行船拉纤的河佬儿。其实，田七丰的祖上并没有一个以此为生的，弟弟田一文的举止实在令人费解。不过，对于在外三十年的田七丰，对弟弟的一切还是可以想得通的。一个男人一辈子必须做出一些蠢事来，才好向阎王爷交差。

弟弟给他沏茶，放在船头，让茶绕水烟，品一口，瞅瞅舷下，自己可见自己的倒影在波浪间摇曳，自有一番别样的心境。弟弟留他吃饭，船尾生火，提水入锅，水煮鱼汤，似乎是轻而易举的事。弟弟赤脚，跪膝于火膛，看起来像个苦行僧，田七丰不禁心泛凄凉，是为自己，还是为这个同父异母的弟弟，说不清楚。

田七丰抱着他的樱桃拐杖，平眼望河渚苇滩，一线惊鸿。问起弟弟装什么货，到什么码头，来回多少时日，中年的弟弟都恭恭敬敬作答。喝了鱼汤，田七丰上岸去，谢绝了田一文相送。弟弟依然是他三十年前的印象，这使田七丰心中十分郁闷。

十月的一天，田一文垂头丧气地回到岸上，对李田氏说，他的船压在沙市码头，货不能卸，因为货主并没有找到买方。

"是什么货？"田七丰问。

"是煤炭。货主说找好了的，但是买主见货已到沙市，还想压价。货主不想抛售，囤在我的船上，又得找主。"弟弟田一文说。

"那你只要你的运费，什么也不要管它，是吗？"田七丰问。

"那当然，"田一文说，"我不管他卖给谁，多少价。"

"这是对的，"田七丰说，"你不要掺和煤炭的销售。"

"可现在怎么办，我是搭别人的船回来的，我的船走不动了。"

"我去吧。"田七丰说。

田七丰收拾了一下洗盥用具，拿起他的樱桃拐杖，又对李田氏说："我去一两天就回来。"

李田氏埋怨她的亲哥哥田一文说："怎么搞的哟，让大家都为你担心。"

田七丰示意她不要再说什么，喊了田一文，两人到码头去，搭乘到沙市的小火轮。

来到沙市，田七丰上了田一文的船，看了看一船被雨水洗出矸石的煤炭，问田一文道：

"货主呢，你把他找来。"

田一文蹲在舷边，不去，说："我找他干什么，我准备将这些煤掀到岸上，开船一走了事，大不了就不要这一趟运费。"

"怎么这么说呢？"田七丰说。

他让田一文找来了货主。

货主只有一只眼睛，穿着乌黑的短襟，鞋子泥污，可怜兮兮的样子，说上了人家的当。田七丰对他说：

"我们也不能陪着你一起倒霉呀。"

田七丰在一旁说："老板，我开船走，你不能让我当替死鬼。"田一文说着就去扯帆桁。

货主急了，把船的缆扣从趸船上解下来，套进自己的脖子上，说："我不活了，我不活了。"

田七丰上前去取货主的缆扣，又对田一文说："不要逼他了。"

问明情况后，他要田一文好好在船上待着，领着货主上坡去。

不到两袋烟工夫，一群箩工就挑着家什三三两两地往田一文船这边聚来。

紧接着，田七丰与货主也回船来了。他们吩咐箩工们搭跳板卸货。

当天日落时分，船便卸空了，田七丰帮着田一文吊水冲洗好船板。货主一再感谢田七丰帮他处理了煤炭，上岸到小酒馆请田家兄弟小酌一杯。在酒馆，货主如数将运费交给了田一文，并加了适当的延滞费。

连夜将空船开回镇上，田七丰对哥哥一口一声谢。田七丰只是笑笑，拍打了一下弟弟的肩膀，好久没放下，说："有时候，你与货主也应该是兄弟。"

田一文点点头说："我就会驾点老实船。"

这件事之后，田七丰有一天来到田一文的船卜，对他说："不要东跑西跑拉货源了，我已跟镇上的纱厂谈好了，你就固定跟他们装纱锭吧，跑定水航线，一月一结账，省得误时间。"

田一文说："那可要挤别人的船呢，商会会长会同意？"

田七丰说："小弟，这不是你管的事。"

从此以后，田一文行船有规律了，像织机的机杼，按月拿钱，熟水熟岸，又轻松又赚钱。开春之后，田一文经常带回一些鲜活的鲟鱼，三兄妹及外甥脉旺，一人一方，热辣辣地炖着吃喝。田七丰说：鲟鱼并不比东北的熊掌差。

三

妹夫虽是游方郎中，却有弄巫行骗之嫌，其中挑牙虫一技，是以树叶特制而成，但拔牙、镶牙、补牙，这些又是真的。妹夫带着十六七岁的大外甥文秀在外，很少坐家应诊。其实，如果他坐家，生意也会不错。在外花销大，住店、吃喝、拜码头，人也辛苦。但是这个天门籍的妹夫，似乎喜欢游荡，不愿在家享福，田七丰老宅虚挂了个幌子。妹妹李田氏，似乎也习惯了丈夫与大儿子在外。回来一趟，往往是数月，中途没有信函，只是托人带些钱和口信来，说在哪里哪里，生意尚好。回来除一包污脏的衣服，再就是一包愈积愈多的牙齿。都是些虫牙和老烟垢之牙，拔一颗存一颗，从不丢弃。看牙病的见了这些牙齿，就更信妹夫的医术，似乎就是这个作用。

大外甥文秀，一如名字，长得文文秀秀，一张白脸，穿长衫，笑不露齿，看起来一点也不像满口土话、能说会道的妹夫所生。让文秀去走江湖，挑牙虫，真是作践了他。但听妹妹李田氏说，这孩子读不进书，只好跟他爹做个帮手，学门技艺。李田氏对这种安排好像挺满意。而田七丰看来，妹妹李田氏不太喜欢这个孩子，那就更谈不上责任了。大外甥是否能成为一个有出息的牙医，李田氏并不关心，只不过，能掌握一种谋生的手段，能赚一些钱回来，李田氏就满足了。

脉旺不同了，李田氏对他十分喜欢。这娃蓄平头，肥鼻，厚嘴，又黑又矬。他跟着李田氏进进出出，完全按母亲的意愿办事。兄长文秀的性格在脉旺身上好像看不出一点影子来，他也不爱说话，但一双眼睛傻乎乎地盯着你。他在饭桌上从不岔嘴，一个人呼噜噜地扒饭，吃得满头大汗后就放下碗走开。李田氏对这个身体极棒的孩子处处露出亲昵，带着他听戏，甚至串门。当然，串门的事很少。李田氏经常当着脉旺的面穿短裤和睡褂。不谙世事，且是家中幺儿，受到母亲的过分溺爱，在情理之中。

在许多时间里，田七丰看到小外甥脉旺，总是提着陶制的药罐子，罐耳上的提绳很长，脉旺提着它，站在自家的天井里。这个镜头顽固地占有了田七丰的大脑，总也赶不走。

李田氏究竟吃了多少中药，药渣究竟倒于何处，田七丰都不知道，也不想知道。当李田氏用筷子滗着药罐里的药汤时，歪着身子，你会看到，这个尚还年轻的妇人，其实气色极佳，煎药的火将她的脸烘得又红又润，完全不像个病人。在妹妹李田氏的生活里，煎药、滗药和喝药，已经成为重要的部分，正像她的儿子脉旺，提着药罐进进出出成为他生活的一部分一样。

夏天来临的时候，田七丰和脉旺到田一文的船上去吹河风，下河冲凉。田七丰看到，小外甥脉旺见了船和水，就像一条泥鳅。小外甥脉旺赤着上身，光穿一条带红点的裤衩。在那条小小的船上，他跑前跑后，一个劲儿唤着"二舅，二舅"。他喊过之后就从舷边跳下水去扎猛子，从船这边扎到那边，浮出头来，吐着水。他上船来后，湿漉漉的又去拿桶吊水玩，用竹篙把船撑得乱转，然后坐在高高的帆桁上，晃着双腿。

田一文不管，让这个外甥把船搞得凌乱不堪，并且还喜欢指使脉旺干这干那。

"去用赶罾赶点鱼花子来，煨汤喝。"

脉旺听到之后，就去取赶罾，在苇丛边的河滩头跪着赶鱼。自然，鱼是赶不到几条的，无非是些河蟹和虾子，脉旺滚得浑身是泥。

"二舅啊，晚上放钩钓鳖吧！"脉旺捧着几尾鱼，央求田一文。

田一文天天放钩，就是钓不到鳖，鱼食却用去不少，是猪肝。等到第二天又上船吹河风时，田一文依然在那儿切猪肝上钩。

田七丰去了两天，就没兴趣了。但是小外甥脉旺每到傍晚的时候，便往河边跑。他说是去看二舅捉鳖去的，要二舅用火焙泥鳅给他吃。月上东山，才见脉旺从河边回来。李田氏从不阻拦他，也没有说过让他别玩水，别去闹得二舅不安。李田氏总是问："吃到鳖啦？吃泥鳅辣不辣？"李田氏对田七丰说，镇上热，蚊子又多，要不是怕别人笑话是个妇人，她也要下河洗洗。她拿着一把大蒲扇，躺在天井的竹床上。她从来不到河边二哥田一文的船上去，至少在田七丰回来的这一些时间是如此。看到脉旺顶着月光回来，她在竹床上只是说：

"饭在竹罩里，还是热的呢。"

　　如果脉旺说已在船上吃了，李田氏便不再说话，脉旺换好衣服，就用苦艾点火熏房中的蚊子。夏夜不点灯，脉旺摸黑在房间里熏蚊子，等到烟雾溢出窗外，脉旺就端出一把红木躺椅来，挨着李田氏看星空。在这样的夏夜，漫长而宁静，只听到李田氏拍打扇子的声音。

　　夏天多风暴，汛水又大，行船是十分危险而辛苦的。这一天的晚上，天气十分溽热，眼看天边黑云翻滚，过一会儿便刮起大风，紧接着，又下起了暴雨。田七丰早早地睡了。到半夜的时候，他突然听到楼下有人敲门。田七丰马上下楼去，这时李田氏已经将门打开，进来的是弟弟田一文，额角上有血，裤腿也拖着泥水。他脸色苍白，一副惊恐的样子。

　　"锚跑了，船也撞坏了，舱里灌了水。我一个人，总算没让它沉了。"田一文对哥哥和妹妹说。

　　"怎么让头伤了？"田七丰拄着拐杖问。

　　"我拉不住啊，我一个人拉不住，撞在石头上。"田一文回答。

　　田一文忙让脉旺去寻他爹的衣裳来让田一文换，然后又让脉旺去敲店铺的门，打点酒来，让田一文压惊。

　　田一文坐在桌前，李田氏挨着他站在椅后。田一文连喝了几杯酒，一点菜也没吃。

　　"二哥呀，你一个人不行，你应该花钱请个帮手，你也不能太抠了。"

　　"可赚不到什么钱啊，一条小船，忙点累点没事，我一个人，自己做自己吃，习惯了，"田一文说，"请个外人，我也不放心。"

　　"好啦，这下好啦，没赔了命去喂王八就算不错。我说二哥，上岸算了！"李田氏说。

　　"我不上岸。要我上岸干什么，驾船不是好好的吗？"田一文放下酒杯说。

　　"好了，"田七丰说，"以后的事，以后再商议。"

　　雨还在下，风从门缝吹进来，油灯的火苗一晃一晃，照着闷头喝酒的田一文和站在后面的李田氏及一言不发的脉旺。田七丰看着窗外黑暗的天色，紧闭着嘴唇。河水在远处发出隐隐的啸叫。

　　"又涨水了，又涨水了。"田一文梦呓般地说。

　　不一会儿，田一文伏倒在桌上，睡着了。

田家老宅的风声雨声，都集中在天井里，幽幽地回响。

四

清早，田七丰到河边去了。

这一夜，田七丰的眼圈看出有了一点青色。

风雨住了，天空依然有云，又厚又松软，像一些古怪的膨胀物，天空大地，有一种蒸腾的气势。

田一文早在那儿了，在河滩用锤子锤打着船板。他赤着脚，敞着襟，看起来的确是一个地道的船工。

锤声在空旷的河滩上寂寞而壮怀，田七丰不禁微微心动。

他蹲下来，拿起一个木榫。"一文。"他喊道。

田一文转过头来，停了锤打，看到是兄长田七丰。田七丰唤他，却没朝他看，只是拿着木榫翻来翻去。

"我还以为是脉旺呢。"

"怎么会是他？"

"妹妹要他来帮我舀水。"

"唔。"

田七丰慢慢坐下来，屁股垫着拐杖。一会儿，又说：

"银壶还在吧？"

"你以为昨晚我丢了？"

"哪里的话！"

"你以为我换了酒喝？"

"我不是说这，"田七丰看看滩渚上歪斜的船说，"我过去用它喝茶。现在回家了，我不用了。"

"用银壶喝茶？"

"出门在外的人，不要随便喝别人的茶。我的那个师傅，就是这样倒在别人的茶里了。"

"哥，看你！我又不是三岁的伢！"

"我是在想一些往事，生活不易呀！"

"嗯。昨晚你不在，我一个人，哭都哭不出声，好大的风浪啊！"

"一文，你答应为兄一件事。"田七丰突然站起来，站到田一文面前，对他说。

"什么事？"田一文望着他。

"你还年轻，再找个媳妇吧。"

"你呢？"田一文反问道，他不明白这位同父异母的哥哥为什么在此时提这件事。

"我现在是在说你哪。"

田一文一笑，露出一脸憨相："不提了。"

"花点钱，找个老实姑娘。田家不能断了香火。"

田一文不笑了，他看见这位兄长的严肃庄重。这位令他生疏的哥哥，此刻忽然不生疏了，而且被什么东西引得很近很近。

他们都把头转过去，看着暴涨的汛水。河又宽又急，没有边际。

"爹死的时候什么也没交代吗？"田七丰问。

"我都忘了，几十年的事，"田一文说，"我那时还小。"

"等秋水落了，相个亲。我帮你去找人打样儿。"田七丰又说。

"哥哥，不就是后吗？妹妹有两个儿子，她的不就是和我们的一样？"

"那不是田家的。"田七丰说。

"人家是招女婿呢。"

"秋天吧。"田七丰不允许他再多说。

这样大约过了半个月，田一文告诉田七丰，他让小外甥脉旺到他船上去，做个帮手。

"你说什么？"田七丰问，"这是你的主意？"

"妹妹有这个意思，我一个人，也做怕了。"田一文说。

"你现在是要个女人。"田七丰说。

"还没到秋天呢。"田一文显然不耐烦了，他不愿提这个事。

田一文闷着头走了。两天之后，李田氏把十五岁的脉旺送上了船，一个小行李卷儿，一只碗，一双筷子。

"反正待在家里也无事，他爱上船，我也拦不住。"李田氏对田七丰说。

"他还小啊。"田七丰说。

"有他二舅照看，我还放心。他爹和哥哥都不在家，我怕他在镇上东游西荡闯祸。"

"你就不怕水危险？"田七丰说，"水火无情啊！"

李田氏对他微微一笑，露出洁白的牙齿，说："大哥，你见得多，你说得是对的，但二哥不会亏待他。"

"是呀，都需要人照应。"田七丰自言自语地说。

脉旺上船了，一趟回来之后，田一文对哥哥和妹妹直夸小外甥脉旺：

"这娃儿脑瓜子灵，做饭、洗碗、撑篙扳舵，都能顶用了。行水路这碗饭，说不好吃也不好吃，说好吃也简单。"

"是吗！"李田氏见二哥这么说，一脸的高兴，说，"二哥对他严些，该打的打，该骂的骂，上船替二舅做点事，是应该的，大哥，你说呢？"

田七丰点点头。田一文又说：

"我得把什么都教给他，难得的一个好娃儿。只要他尽心尽力地学，全河上的河佬儿，都会喜欢他的，我敢打这个包票。"

李田氏把脉旺拉到怀里，说："多听二舅的话，手脚勤快。"

田一文说："船上也没什么重活儿，乘风开船。我就要脉旺给我做个伴儿。"

田一文说这些的时候拿眼角去睃田七丰，这话当然是说给田七丰听的。

李田氏见田七丰一言不发，说："他大舅，别为脉旺担心，他虽是个娃儿，可也不小了，有他二舅在，还怕什么。日渐大了，老要父母养着，成人后没出息。"

田七丰看看他们，后来说："也行吧。我也是十五岁开始谋生。"

过了些时间，田七丰说要到沙市去会会老友，搭乘田一文的船。

在船上，田一文招待得十分热情。船紧贴着沙岸前行，河风习习，外甥脉旺拿着撑篙跑前跑后，一双赤脚。当他撑船的时候，喷着粗气。田七丰第一次发现了这个外甥长着难看的朝天鼻子，而且两个孔老是蠕动着，使人想起一些兽类。这个发现对他的刺激十分巨大。

田一文给哥哥铺好新被，然后，拿出一瓶酒来，要他喝。

田七丰说："你不知道我不喝酒吗？"

田一文说："上了船，哪有不喝酒的，我从不断顿。不喝酒，风寒就进骨头了。"

田七丰拿着樱桃拐杖说："我这个样子，大约就是没喝酒的缘故。"

田一文笑起来，说："行商在外，我还没见过像你这样吃斋的斋公。"

田七丰只好说："那就喝上一杯。"

田七丰细细地抿，而田一文却自顾自一杯杯喝。田七丰看到在幽暗的船尾整理帆绳的脉旺，对田一文说：

"夜晚风大，让脉旺也喝一点暖暖身子。"

田一文说："不行，不行，他还是个小娃儿呢！喝酒伤他的嫩肝。"

田七丰说："我看他到了喝酒的年龄。再者，拿你的话说，上了船，哪有不喝酒的。"

田一文没话了，只好叫脉旺说："脉旺，大舅要你来喝一杯。"

脉旺放下手中的活儿，走过来，站在小桌边，垂着短粗的双手，一张厚嘴唇带着艰难的笑意。

田七丰给他倒了一杯酒。

"喝呀，脉旺，驾船的人，怎么不喝酒呢？"

脉旺笨拙地端起酒杯，喝了一口，马上说："好烧心！"

田一文说："不能喝就不喝。"

田七丰鼓励说："头回喝酒，以后就好了。"

脉旺只好把酒全倒进口里，然后伸出舌头，像条狗喘气。田七丰看着，竟哈哈大笑起来。

田一文忙对脉旺说："吃口菜。"对田七丰说："哥，你莫教他学这个。"

田七丰说："船上寂寞，逗逗乐，今后他跟着你，是好是歹靠你栽培。"

喝完酒，田一文下底舱去睡了，田七丰睡在艄楼，他听见小外甥脉旺在外小解时嗖嗖打尿嚏的声音，使这条小船上的夜呈现出一种凄寒的气氛。船一晃一晃，油灯照着舱壁，反射出忽明忽暗的光线，田七丰看看门口，那儿始终有两扇蠕动着的巨大鼻孔。

这一次，田七丰一字未提要弟弟田一文娶媳妇的事，好像他已把这个固执的决定忘记了。

五

田一文的船跑了一趟长水，经洞庭湖、岳阳，一直到汉口。据田一文说，是想让脉胆熟悉熟悉水路，多拜几个码头。有个帮手，他的胆就大了。这当然是田一文自己的话。

在家里，田七丰对妹妹李田氏说：“脉旺出去，你倒是很放心？”

李田氏嫣然一笑，说：“大哥呀，都是命定了的。我看他跟他二舅性子蛮像，爱跑河行江。不是我强迫脉旺干这活儿。”

田七丰说：“让脉旺去学牙医，不是更稳妥？”

李田氏听到这话，不禁眼圈红了，说：“大哥，不瞒你说，我讨厌挑牙虫骗人。当年我嫁给他们的爹，你不在家，父母又过世了，我当时才十七岁，是二哥做主。那时候兄妹俩生活困苦，找个人，总算有碗饭吃。就这样，我就糊里糊涂成了李家的人。”

“哦，是这么回事，”田七丰说，“如今儿女长大了，我看没什么不好。只是一文，也许他有愧于你，不过你也得替他着想，让他再娶个媳妇。”

“我也这么想。”李田氏说。

“那么你替他找找媒人，我想秋天替他办成这件事。”

“他自己不同意呢？”

田七丰说：“我现在回来了呢，我是长兄。你听我的，你找好了之后，一文从汉口回航就打样子，他看得中就中，看不中，再寻。”

李田氏面有难色，说：“二哥哪有钱办事？”

田七丰说：“你怎么知道他没钱？我看他生活简朴，又没什么恶习，一定存有些银钱。万一他没有，我去商会借钱来办。”

李田氏只好说：“那就依大哥的。”

等李田氏出去时，田七丰又交代说：“找个结过婚的，晓得心疼人，这是其一，其二要兄弟姊妹少的。”

没几天，李田氏告诉田七丰，说找了一个，是河埠街苏皮匠的女儿，刚跟男人离了婚，才二十多岁，只是耳朵下面有块胎记，不过不太要紧，手脚麻利，人也勤快。

田七丰觉得可以，当即拿出十块光洋，扯了一丈红缎面，打了一坛酒，送往苏皮匠家中；给了媒人三斤糍粑，六尺杭纺，初定了这桩婚事。

一个半月后，田一文的船回来了。

田一文听说此事后，暴跳如雷，大发脾气说："你们究竟安的什么心！为什么非要逼我！"

"难道这是桩坏事？"田七丰神色严厉地反问。

李田氏也在一旁说："二哥，父母不在，长兄当父，这是古训，我看你就依了大哥。"

田七丰说："妹妹看中了，我们都没意见，只等你去苏皮匠家打个样子。"

田一文一脸沮丧，说："打什么样子，不就那个花脸吗！"

田七丰看看李田氏，诧异地问："什么，花脸？"

李田氏连忙说："大哥，你别听他的。"

田一文说："一个镇上的，谁不知道谁呀！哥，你这些年出门在外，镇上的人都换了茬，你见着也生了。"

李田氏说："什么花脸不花脸，不就一点胎记吗？人不可貌相，二哥你过去找的那个嫂子，像一朵花，还不是把家产都点了烟泡！"

田一文说："好的坏的，反正我都不要。"

田七丰用拐杖磕着椅子说："一文，你驾船就学了一个暴脾气吗？"

李田氏说："我看他是喝酒喝成这个样子了的。"

第二天，田七丰要李田氏陪着田一文去苏皮匠家打样子，外甥脉旺也跟着去了。

傍晚回来的时候，这三个人脸上都泛着红光，一看就是吃了酒的。

"哥，这事就这么定了。"田一文跟田七丰表态说。

"早该如此。"田七丰说。

晚上，田一文带着醉意上了船，小外甥脉旺没上船，李田氏说，想打几个蛋给脉旺吃。

在天井里，脉旺坐在星星底下，呼呼地吃着猪油鸡蛋，田七丰下楼去，对小外甥说：

"今天在苏皮匠家，吃了什么？"

脉旺说："狗肉炖银须菜。"

田七丰又低声问："那个二舅娘，你喜欢吗？"

脉旺嘿嘿地笑着。田七丰看着这位小外甥模糊的脸，听他说："丑八怪。"

这时候，李田氏在房里喊脉旺洗脚睡觉，脉旺收拾起碗，溜进房里去。

田七丰看见房里的那盏灯熄了，天井顿时寂静下来，天空显得邃远而冷酷。他上楼躺上床，在黑暗中，这个厍式的阁楼突然出现了一些幽幽的幻影。他想盯住这些幻影看清，是他几十年生活中哪些记忆犹新的影像，结果，却是两扇幼兽的鼻孔，在每一个角落里蠕动。

六

还没有到秋天，田一文就溺水身亡了。

而且，尸首无存。

那一次大风暴，把田一文的船一直刮到一个芦苇岛上，小外甥脉旺复述说，他爬上岸的时候，就不见了二舅。脉旺说，那一夜他睡得很死，他落到水里才醒来。

田七丰拉着妹妹李田氏，在脉旺的带领下，赶往出事地点。一路上，李田氏哭得像个泪人，嗓子都哭哑了。

赶到那个荒岛，田七丰看到，船还在，但一切都零乱了，的确经受过一场浩劫，因是在黑夜里发生的，都像梦一样。

"把船弄回去吧。"田七丰没哭，他这样说。

"二哥没过上一天好日子，就这样去了。"李田氏用手绢捂着脸，痴痴地看着平静的河水，说。

"脉旺算是拣了条命。"田七丰说。

在荒岛上，田七丰拄着拐杖，风吹着他有些花白的头发。他吩咐脉旺搀起李田氏，随船回到了小镇。

他为弟弟在镇郊修了一个气派的衣冠冢，紧挨着父亲和后母的坟。

闻讯的妹夫和大外甥文秀也赶回来了。在老宅里布置了一个简单的灵堂，他和妹妹一家为田一文守了三个晚上的灵。

在长长的冷烛跳动的夜晚里，文秀端端正正坐在他父亲的旁边。脉旺则偎在李田氏的膝下，呼噜连天。田七丰看到文秀和此情此景，想起三十多年前的那张照片。

"这件事，耽误你的时间了。"田七丰对妹夫说。

"哪里话。他二舅，可说是我最亲的亲人。那时，我能在你们家落户，都得亏了他二舅。那时，听他常叨念你，说还有个哥哥去了关外。"妹夫说。

"我去过海参崴，在那儿，我碰见许多到俄国挑牙虫的的天门人。"

"哦哦，是有很多跑北边了。"

"天门有个人在黑龙江当了大官，都是投奔他去的。听说到德国、冰岛和芬兰的，都赚了大钱。男人挑牙虫，女人做纸花，拍渔鼓筒。"

"他大舅，你也去过欧洲吗？"

"呵，我没去。我几十年在外，没赚到钱。如果胆子大一点，说不定也成富翁了。听说有个你们天门的，在西伯利亚就赚了好几万卢布，结果被白熊吃了。"

"是呀，是呀，"妹夫说，"我就是怕这个才不愿抛家离土，我只希求平安，混个肚儿圆就行啦，我时常告诫文秀。"

这时，在一旁打盹的李田氏说："瞧你们，这么亲热，谈的什么呀？"

田七丰看到，妹妹李田氏揉着她有些发青的眼圈。田七丰说："男人们的事。"

李田氏伸了个懒腰，说："我听了一点，什么男人女人赚钱。我要不是一双小脚，我也到关外去。"

田七丰说："到关外去的女人都是小脚。"

李田氏抬头看到田一文的灵牌，声音小了，摇着头说："赚什么钱，二哥要是不驾船，守着过去的十几亩地，会有这个结果吗……"

妹夫叹了一口气。

田七丰说："是啊，这才是一句实在话，可是，说晚啦。"

田一文的死，吊丧的人并不多，他没多少朋友。倒是苏皮匠和那位一文未来的媳妇来了。过去扯去的是红缎，现在换回的是白绫，算谁也不欠谁的。

田七丰第一次见到那个女人，没有给他什么不好的印象，只不过手脚粗俗了一点，如果爱心动的男人，这个女人耳下的那块胎记并无伤大雅；如果对女人挑剔的男人，这个女人也可以说十分丑陋，这全在于你了。一个女人在男人们面前，往往会得出两种极端的印象。当然，田七丰仔细地审视时，也看出了她有混迹风尘的影子，绝对是一个不能生育的女人。

丧事办完了，对亡弟田一文的那条船，田七丰宣布给妹夫妹妹。

"如果脉旺能继续驾的话，让他去驾；不能驾，租给别人，只是不要卖掉。如果换成钱，说不定就花了，败家容易兴家难呀。"田七丰对他们说。

妹夫和妹妹李田氏坚决推辞说不要，李田氏说："我还让脉旺驾船哪？！这是龙王口里拣的一条命，我吓怕了。船，我们不要。"

田七丰火了，说："你们不要，难道让我要吗！我半截身子入土的人了，我还去从头学拉纤？！"

这么一说，他们也无话了。田七丰又问脉旺：

"你也不小了，你自己拿主意，还驾不驾船？"

脉旺的嘴和鼻孔都蠕动着，眼睛有些发直，往李田氏背后钻，李田氏忙说"看，还驾什么船，他吓得像个鬼了。哥哥，脉旺还是个孩子哪。"

田七丰说："行，把它租出去，攒的钱日后给文秀和脉旺娶媳妇，大人一个子儿也不能动。"

紧接着，田七丰帮助联系主顾，想将船租出去。

由商会会长出面，在怡春园请了一桌客，将几个有意者找来，举杯谈价。但是，问明了情况，那些主顾都打消了租船的念头。船佬最讲究迷信，刚死了人的船，不大吉利。

船搁在河边，不能让它腐烂。后来，田七丰找到一个宜昌的朋友，把船贱价卖到秭归。这一切，都是在李田氏同意后不得已才如此决定的。

价贱得惊人，许多人都不敢相信。

在船被拖走的那个下午，田七丰带着脉旺去船上搬行李以及一文用过的一些东西。

银壶已经不在了，据脉旺说，可能与他舅一起沉入了河底。

田七丰钻进底舱看了一会儿，没有什么可以搬回去的东西。

他这时听到了底舱里有一丝奇怪的声响，他循着这一丝若有若无的声音走去，在舱壁上看见了一个木塞。

那是一个风塞。他抽开风塞，塞孔是新凿的，隐秘而灵巧，声音突然扩大了，像是从河底突然泛出来的一种水妖的声音，怪异，暗暗地在舱内游动。

他把木塞重新堵上。

这时，小外甥脉旺正在舱顶外抱着一卷行李。田七丰把头伸出去，用手招了招说：

"你进来。"

脉旺迟疑地站在那儿，没动。

"进来。"他加重了语气。

好半天，等脉旺从木梯上下去的时候，借着舱口的光线，他看到大舅田七丰坐在舱壁下，头靠着板棚，眼睛似睁似闭。

田七丰没有说话。

很久，也没有说话。

脉旺抱着他的行李卷，像一截木头站在那里。

"……二舅……二舅。"

这时，脉旺听见有一种稚气未脱的声音在唤那个死去了的船主，而说话的分明是在那里打盹的田七丰，一个半老头子。

脉旺的脚不敢挪动半步，虽然有点站立不稳。又是一阵死样的沉寂。

过了大约很久很久，另一种声音从田七丰的背后响了起来："呜……呜……呜……"那声音妖冶而婉转，并且，声音越来越大，越来越大，像一个妇人的哭啼。

脉旺"哇"的一声，丢下行李卷，就朝舱外爬去，然后跌跌撞撞地跑下船，向岸上逃命。

七

亡弟田一文的船卖掉了，小外甥却病倒了，发烧发冷，说胡话。

医生来看过，说是中了邪。他的母亲李田氏断言，肯定是他二舅的溺水使他受到了惊吓。现在，轮到李田氏来为自己的儿子提药罐子了。

田七丰来到楼下的房里，看看处于谵妄状态中的小外甥脉旺。脉旺躺在床上，两只惊恐的眼睛盯着房梁，脸色发青，两扇朝天鼻子急速地抽搐。田七丰把手按在他的额头上，那儿是一团火。

"脉旺，脉旺，大舅在喊你哪。"他附在他耳边，小声地叫着。

脉旺把头转了转，艰难地看着他，像不认识一样。

"吃了药吗？"

脉旺点头，又摇头。

"你已经从水里爬出来了，你躺在家里哪，有你妈，有我，你大舅在这里照看你。"

脉旺笑了笑，像个傻瓜。

"好了，好了，马上就会好。好了，我们到河边逮獾子去。逮獾子杀了吃，好吗？"

脉旺的嘴巴想说什么，但终于没发出声音来。

田七丰对李田氏说："他喉咙里有痰，药里放点陈皮。"

李田氏愁容满面地说："这娃儿怎么吓成这个样子了，真没见过世面，胆小呀！"

田七丰说："不是惊吓，我看，是受了风寒，没事的，几天就会好。"

晚上，他听见了楼下脉旺的呻吟声和呓语声。一连几个夜晚，都没有间断过，那声音在天井和回廊里似乎永远也赶不走了，似乎也像一个溺水者的呼救，充满了恐怖的力量。

慢慢地，脉旺的病总算好了。但他一身的肉不见了，眼窝深陷，头发老长，他拖着虚弱的身体在天井散步，晒太阳，看天上一晃而过的鸽子。

田七丰对妹妹李田氏说："脉旺要拐杖吗，挂我的拐杖？"

李田氏说："他用这个干什么，年轻轻的，哪能用大舅的东西！喝几天粥，就会补起来的。"

果然，病后的脉旺，一餐能喝五碗粥，把个肚子撑得溜圆，他喝完粥，用双手捧着肚子，对着阳光津津有味地看自己的肚脐眼。

"脉旺，好了？"田七丰问他。

"好了，睡了几天。"脉旺爽朗地回答，好像过去什么事也没发生过，完全成了个新人。

"好了之后打算干什么去？还驾船吗？"田七丰说。

"船早卖了，还驾什么船！"

"我给你买一条。"

"我不要。我跟我娘在一起。"

"今后娶了媳妇，也跟你娘在一起？"

脉旺马上露出羞态来。正好这时李田氏经过，田七丰指着脉旺，对妹妹说：

"瞧瞧，一说娶媳妇，他就怕丑，怎么像个姑娘伢！"

李田氏笑道："外甥像舅。他两个舅舅都是这个样子，他还有好？"

"说得不错，"田七丰也笑了起来，同时用手拍了拍脉旺的肩，说，"给他炖几只龟吧，壮壮阳气。"

田七丰拉着脉旺，就到街上去买龟。

买来了一色的公龟。公龟是黑的。

李田氏见了说："又让大舅破费什么！"

田七丰说："我喜欢脉旺，我还想要你们同意，把他过继给我呢。"

李田氏说："大哥真会说笑话，瞧脉旺憨不拉叽的。"

田七丰说："憨人有憨福，怎么样，舍不舍得？"

李田氏说："过继不过继，都是一家人，一个大门进出。再者说，大哥老了怕我们不照顾？这舅舅难道掺什么假不成！"

等酒上桌，田七丰要了一小杯，也给脉旺斟了一杯。李田氏不允，说："不能让他学这个。"

田七丰说："我这么大年纪都学着喝，他还怕这个？来来，喝干了跟我当继子，姓咱们田家的姓，你妈也姓田呢！"

李田氏说："大哥，你真有这个意？"

田七丰说："妹妹以为我说酒话？我对你们说，只要你们同意，我会让他有好日子过。"

田七丰说这些的时候眼睛没离开李田氏的脸。李田氏笑着，露出明眸皓齿，说：

"大哥，你日后不后悔？"

田七丰说："大不了他再跟他爹姓。"

李田氏说："真的？等些时他爹回来，商量商量再说。但愿这话是他大舅跟我们开了个玩笑。"

不久以后，妹夫回来了，把这事跟他一说，他当即就答应了，说：

"好呀，跟大舅去享福呀。"

过继的仪式很简单，田七丰请了一桌酒，反正是家里人吃，跟平常吃饭没什么不同。田七丰给脉旺扯了两套新衣服，买了顶新帽子。过继也没立什么字据，酒席上让脉旺改姓为田，并且要脉旺改口"大舅"为"爹"。要脉旺叫，脉旺就叫了田七丰一声"爹"，再把李田氏改叫"幺娘"，把亲爹改叫"幺爹"。

"好啦，我有个儿子啦，脉旺，好好地长，过几年为田家传宗接代。"田七丰高兴地对他们说。

八

还是在一个锅里吃饭。当妹夫和大外甥又出门行医去之后，吊着一个徒有其名的"牙科"幌子的老宅里，还是三个人。

李田氏要脉旺搬上楼去，陪他的爹田七丰睡。李田氏的意思是，免得脉旺的爹一个人冷冷清清，再者，可以在一起增加点父子感情。

然而脉旺不肯，执意还是要跟幺娘睡在一起，他已经改口了，不过他不大爱跟田七丰待。田七丰不强求，对妹妹李田氏说：

"慢慢来。也许是因为爹娘在那里去世的，小孩子，心里有点怕。"

李田氏说"这怕什么！多少年了，脉旺他哪有印象，他那时还没出世呢！"

田七丰说："不搬就不搬吧，都一样。只是，有时候让他多跟我说说话。人老了，就话多，总想找个人说点什么。"

李田氏拉着脉旺的耳朵，笑着说"听见了吗？做儿子，哪有这么做的！

每天给爹上楼沏三杯茶，请两次安，早一次，晚一次，都听进去没有？"

脉旺懒洋洋地点点头。

从此以后，脉旺不是跟李田氏提药罐子，就是上楼跟田七丰提开水。

药罐子是深黄色的土陶，有耳；炊壶是浅红色的土陶，有把。脉旺还是不怎么说话，一副安静的憨蠢相。在老宅的任何地方，都看得见他提着这两件陶器，服侍着屋里的两个大人。

脉旺提着炊壶上楼来，往往灌满水后就下楼去，似乎对田七丰这个新爹怀有难言的恐惧。但田七丰却总是唤住他，让他坐在他面前。田七丰看看他，又看看墙上那个镜框里的照片。当冬天到来的时候，一个火盆在田七丰和脉旺中间，散发着淡蓝的烟子，一老一小，穿着厚厚的棉袍，袖着手，都不说话。听着外面的风声，任夜向寒冷的深处滑去。这么一来，脉旺就像一个冰凉的影子，在阁楼上出现，又在阁楼上消失。那木楼梯上一步步踏出的声响，孤寂而惆怅。

田七丰再没有给这位继子买些什么，也没有给他钱，只是经常在李田氏面前夸他勤快、本分，会心疼人。李田氏很高兴，说当然应当这样，儿孝父，天经地义。

腊月的某一天，下了一场大雪，狂风呼啸，河里也结了厚厚的冰。田家老宅的天井里，雪封了所有的门。晚上，脉旺抱着木炭，上楼去给田七丰添火。阁楼在风雪的挤压下犹如倾覆前的船舱，摇摇晃晃。脉旺敲开门进去，看到田七丰膝盖上用一张羊皮捂着，他蹲下来就去加炭。这时，他听见田七丰说：

"你二舅明天就回来了。"

脉旺的手停下来，好半天，没抬头，冻僵在那里。

"二舅，不记得啦，他明天回港，要过年啦！"

脉旺还是低着头，火光把他蹲着的影子投到墙壁上，非常巨大。

"说不定……今晚他就要踏雪归来，他……是不是要在楼下敲门？"

脉旺忽然站起来，梦幻一样地看着这个爹。并且，用几乎看不见移动的步子，走向那墙边，墙上的照片——在脉旺的前面，有一根拐杖在引导着，慢慢地，脉旺的脚步像水一样漂浮起来。

"瞧，他在向你微笑，他回来了，在墙上，他没有死……他没有死……

推他下水的人……会被他掐死……慢慢地掐死……风洞唱歌啦，风洞的塞子拔开了，听……风洞在门外唱歌了，多好听的鬼歌……"

脉旺不由自主地跟着拐杖，手脚划动起来，在阁楼里，如同拨水。

过了一会儿，脉旺听见沉重的呼噜声，田七丰的头垂在膝盖的羊皮上，睡着了。原来，田七丰是在说梦话。

脉旺轻手轻脚地退了出去。

紧接着，就从楼梯上传来一个笨重物体摔滚下去的声音，但是马上就无声无息了。

第二天，在天井里扫积雪，田七丰就看见脉旺青肿着脸颊。他问李田氏，脉旺怎么啦。李田氏说：

"还以为是我打了大哥的儿子不成，你放心好啦，是他自己不小心，昨晚上从楼梯上滚下来了，没有灯，又窄。"

"是说哩，早晨起来才看到火盆边堆的炭，我睡得太死，真难为脉旺了。楼梯口是要放根蜡烛才好。"

李田氏打趣地说："这是苦孝哇！"

田七丰说："难得这样的孝子，我死也瞑目了。来呀，脉旺，这么多雪，咱们爷俩堆个红鼻子雪人。"说着就挥动铁锹干起来。

李田氏在一旁说："大哥真是个老顽童。"

田七丰说："不记得啦，小时候，我就是这么带着你跟一文堆的。"

李田氏说："大哥的记忆好，我是一点印象也没有了。"

九

在这一年整个漫长而寒冷的冬季里，妹夫和大外甥文秀都没有回来，据说他们在云南和缅甸的边界那儿行医，又说他们就在湖南的岳阳一带，妹妹李田氏告诉田七丰说，他们没有信，也没捎钱回家。看起来，田家老宅十分安静，几个人各自龟缩在火盆旁，熬着天寒地冻的日子，然后早早就寝。

但是每天深夜，田七丰时时听到楼下临街的大门有开门的声响。在静悄悄的落雪之夜，那种窃窃的吱吱声尤其清晰可闻。早晨起来，似乎什么也没有，但田七丰在李田氏的眼圈上，看到了隐隐的青色，眼泡也开始出现松弛的前兆。

"河里能走四轮大马车啦。"李田氏打着哈欠对田七丰说。

"这种天气，越睡越想睡。"田七丰说。

李田氏说："怎么不是呢？大哥呀，脚头不热乎，让脉旺给你焐脚吧。"

"你不也冷吗？"

"现在脉旺是你的儿子呀。"

田七丰笑了笑，说："好，交给我。"

晚上，脉旺果然抱着被子上楼了。

"爹，我给你焐脚。"脉旺的眼睛发直，鼻子里抽吸着鼻涕。他似乎对过去发生的一切都没有记忆，他像一个活着的木偶。

"是你幺娘要你来这儿睡的吗？"田七丰问。

"我自己喜欢。"脉旺一笑。

"哦哦。"田七丰仰靠在那把红木椅子上，看着楼顶。

田七丰感到十分疲倦，他眯着了一会儿，突然惊醒过来，看到脉旺在床后头，弯着腰翻寻什么，鬼头鬼脑。

"丢东西了？"他问。

"没，耗子。"脉旺站在那儿说。

"耗子别管它，晚上它是不睡觉的。"他说这话的时候看见脉旺手里拿着一件东西。他在脚下摸了摸，拐杖不见了。

"你手上是什么？"他问。

脉旺捧出拐杖："我用它打耗子。"

"拿过来，不许动我的东西！"

脉旺怯怯地递给了他。他摩挲着拐杖，又笑了，说：

"看吧看吧，瞧，不就一根树拐吗？"

田七丰和脉旺睡下了，脉旺睡在他的脚头。

半夜，田七丰又听见了楼下的开门声。

"脉旺，脉旺，你家大门开了，是你幺爹和哥哥回来了吧？"

他用脚蹬着脉旺，脉旺将全身缩得更紧，突然鼾声大作。

楼上自己的房门闩得很紧的。他在黑暗中睁大眼睛，什么也看不见。后来，他沉沉地睡去了。他也打鼾，打的是真鼾。

"昨晚我好像听见了撬门声。"他一大早下楼去在厨房对李田氏说。

"哪有的事？谁撬咱的门呀？"李田氏否认道。

"恐怕有歹人，年关近了，盗匪也要出来了。"他提醒她说。

"你放心好啦，大哥，穷家小户，强盗走错门也不会来。再者，怕什么，家里有两个男人呀！"

"老的老，小的小，顶什么用！晚上把门关好。我反正楼上是小栓，全靠你下面的大门了。"田七丰说。

"大哥心真细呀。"

"人老了，胆就小。"

又经过了两个晚上。

雪仍旧下个不停，纷纷扬扬。 这一天晚上，田七丰到商会去，说弄点过年的山货，天黑不久就回到了老宅。他径直往楼上走去。他推开门，在昏黄摇曳的灯光里，脉旺正在墙角边用薄瓦片挖一块墙砖。疏松的、粉状的灰浆一块块掉落，而他忘在房间的拐杖被脉旺扔在一边。

田七丰站在门口。黑黝黝的身躯挡住了门外窜进的寒风。显然，脉旺并没有发觉他的回来，蹲在那儿继续挖。

田七丰轻轻地走进去，坐在火盆边的椅子上。

脉旺倏地转过头，看到了一双老人的、冷冰冰的眼睛。

"耗子洞，爹，我掏耗子。"

"把拐杖拿过来。"田七丰平静地说。

"我没有动你的拐杖。"

"拿到我这儿来。拿到原来的位置。"

"我什么也没有动。"

"雪可是下得不小。"

田七丰缓缓地站起来，自己走过去，拾起了那根拐杖。

他又走到门边，掩好了门。

"睡吧，爹。"脉旺拍打着手上的灰土，说。

田七丰没理他，走到墙边的那个镜框旁，用拐杖指着那些三十多年前的面孔，一个一个地对脉旺说：

"这是你外公，这是你外婆，这个……是你妈。瞧她还那么小。这个 ……是你二舅，还认识他吗……这个，对，就是站着的这个，像你现在一样大的，是我——你的大舅，现在是你的爹了。唔，是你的爹。这些人，瞧，都在墙上，你可要好好地记住。"

脉旺不解地望着他。

"……他们什么都没有变，瞧，只有我，多了一根拐杖。你想看看吗？你果真就没看出什么来，你这个笨杂种！"

他把拐杖一下横到脉旺的面前，脉旺后退了两步。

"就是这个东西。三十年，我就带回了这个。你盯上这东西啦，是吧，我今天让你好生瞧瞧！"

田七丰猛然把拐杖的龙头抽开，顿时，金光四射。那是一把金铸的剑。

脉旺惊呆了。他看到，脉旺的肩和手都剧烈地抽搐起来，眼睛频繁地眨巴着，那金剑的光，炫目、诱人、富丽堂皇。

"爹，就是这个！就是它……"

没等脉旺说完，田七丰用一只手捂住了他的嘴。

"瞧，仔细瞧瞧，多好的一根拐杖，空心的，这是俄国的樱桃拐……瞧啊，近些，再近一些……"田七丰的剑抵着脉旺的胸口，已经把他逼靠在墙上了，"近些，再近一些……"

脉旺惊讶得说不出话来，张大嘴巴。而剑，慢慢地，刺入他的胸膛。

脉旺双手捧着剑身，两腿渐渐地软了下去。

"儿子……"

田七丰一把抱住那瘫软的身躯，跪下来，喃喃地这么叫了一声。他的头也向一边歪去，两颗眼泪从腮上滚落下来。

后来，雪停了。楼下又传来开门的声音。

第二天，镇上就传出，田家老宅的脉旺被打劫的强人半夜杀了，他的母亲李田氏，成了疯子。

羵　羊

羵（音"焚"）羊，为废墟深处之精灵，一种土怪，千年而不食，掘城可偶得此兽，形如犬子，有毛。

——摘自一本古书

那个姓吴的人到来时，人们只知道他是来躲避鬼魂的追赶的。他满头异乡的风沙。这个行色匆匆的人决定投宿于前面洼地的小镇。他的手的摆动和双腿行走的姿势十分勤勉，一看就是个善于忍耐的人。他的额角在暮色中发亮。这时河堤上吹起一股旋风，风中是那些容易被带上天空的肮脏的弃物：纸片、灰土、塑料袋和一些甘蔗皮。河堤和堤下的河水一样蜿蜒，向黑暗深处刺去。在这个洼地小镇的上空，除了灰尘就是死寂。那些低矮的屋顶好像有苍茫的心事，但它们的表达能力极差。风和河水的涛声日夜不分地向外乡人讲着含混的故事。姓吴的人在风中闻到了两旁荒凉的堤坡上蓊蓊生长的苦艾气息，如果没有大量的牛粪和寂寞，苦艾是不会发出如此浓烈的气味的。他凭直觉感到这个小镇没有明显的灾难等着他，就走进了堤边的那条小街。这时候，他正站在那个供销社小旅社的煤堆旁，接着他走了进去。

后来他跟人说，他是想得到一只羵羊，那样鬼魂就不敢近他的身了。羵羖是一种传说中的土怪，姓吴的外乡人听说这条河流的某个码头有这种古代的活兽，他抱着碰运气的心理来到这里。

那一夜，他躲进了厚厚的蚊帐里，女服务员按照他的要求给他掖好了蚊帐，并且把那盏二十五瓦的灯泡点着。

在半夜，他听见了小镇瓮鼻子老军人的打更声，是那种漫长、忧伤、沙哑的声音，从金属上发出的，这种金属叫铜。

有好大一会儿，铜锣声没了，似乎打更人在伫望什么，等待什么。后来，锣声又响了起来。姓吴的——我们也叫他老吴——眼睁睁地听着。他时常摸摸枕头底下，那里放着一个东西。是一把刀子。

关于打更的瓮鼻子老军人，镇上人知道他的是：他那临街的小屋里始终挂着他年轻时候穿军装、打绑腿的照片；照片中或蹲或站的是一群瘦筋巴骨、面孔沉默的旧政府士兵。瓮鼻子老军人向别人说，那些人都死了，大部分战死在各地的战场，也有的在转战中死于不明不白的暴病。这些都是他的战友。他家徒四壁，睡在稻草铺上，一张杨木简易桌子上搁着几个装满异味儿的饭菜碗。在桌子边，他用砖垒了个小灶，四处透气，烟子把墙壁和屋里的一切都熏黑了，把他的梦也熏黑了。这个随意支起的锅灶充分显示着行军打仗的痕迹，就像在途中，随时准备撤走，随时准备销痕匿迹。

就在姓吴的到来的这天晚上，似乎天气有点寒冷。提着锣的瓮鼻子老军人看见了风中的月亮，他想到河边去坐坐。在这条向西流淌的虎渡河边，有一块石头，是一块经常被人捶打生锈哑弹的地方。在河边的淤沙里，深埋着许多年前战争遗留下来的炮弹。捡荒货的胡诗懂得拆卸炮弹的技巧，无论他怎么捶打，炮弹也不会爆炸。倒是有另外的收荒货人一次在这儿捶打发生了爆炸，石头已经炸得乌黑，失去了过去的形状。在这块挨过炮弹的石头上，更夫开始了那夜的第一声锣声。

就在他爬上河堤的时候，在月光中看见了准备继续出逃的少年流浪汉五雀，他半蹲在供销社门口的那辆红色水压机旁。瓮鼻子老军人把铜锣提在手里，他和他无声地对视，锣在风中吹出若有若无的幽幽的声音。

这是个有许多劣迹的少年，他走遍了中国。他到过的地方镇上的人连听都没听说过。他决计要偷渡到香港去，但每一次都由人遣送回来。他的那双手像经年的树皮，鼻子下挂着鼻涕，脚下的力士鞋散发着行远路的恶臭。他没有母亲，父亲是船夫老叶，他对他的嫖赌成性的父亲没有任何好感，虽然他的父亲曾倾家荡产，卖掉了家里的一切凑足盘缠满中国去寻找过他。

他这次准备在三更的时候拦小镇的那辆驴车。驴车是与县城连接的唯一交通工具，经常给小镇装回来一些日常生活用品和药品——主要是头疼粉。赶驴的是个憨子。

五雀躲在那辆生锈的红色水压机旁，他不想被老军人逮住。水压机是根据那种跷跷板的原理制作的，一旦失火，两个男人就各坐一头，然后许多人就上去拼命地压，你上我下，另外一些人就拼命地往里倒水。

五雀站起来欲逃，因为老军人提着锣正盯着他。在有月光的寒冷的夜里，风扫着街道，景物隐约可见。他没有什么好怕的，他见过的人多了。他站在水压机旁边，和老军人默默对峙着。

这个满身风尘，像个乞丐的瘦弱少年，使老军人想起许多年前的他，也是又瘦又小的背着枪却没有枪高的士兵。眼前的这个少年脸上阴影很深，他空垂着双手朝老军人看着。老军人有什么理由阻止他一次又一次逃跑呢？老军人想到会有人逮他的，他是小镇被监视的对象。

后来，锣声响了，加深着夜和夜的寒气。

流浪少年五雀往镇北的芦苇深处走去，他要抄近路去拦截已经出发的驴车。

在无数磷光闪烁的夜晚，五雀开始他一次次的流浪，他已经毫不在乎深夜和恐惧了。他把左脚的鞋脱下来提着，提一只鞋，鬼火就不敢跟踪他。在那条长满了芦苇的废弃的街道上，五雀的赤脚被一夜间窜出的芦苇刺中，他费了很大的劲儿才把脚拨出来，血直往外涌。灼热的液体和由此带来的疼痛使他有些悲伤。他得走远路，他靠的是一双脚。这是不好的兆头，他正想抽泣时，突然从芦苇中爆出一声叱呵：

"小子，哪里逃！不许瞎跑！"

后来就传来了叫骂声和齿咬声。一个少年和一个机警的潜伏者扭打开了，估计是两败俱伤。

他被镇上管治安的田钟给抓住了。

早晨，胡诗在河滩的石头上锤打那些炮弹，外乡人老吴来到了他的跟前。他笑着同胡诗打招呼。他说了他来这儿的目的，他说他是受一个老道的指点才来到这条向西的河流上游的，他要寻找一个有"林"字的小镇，以躲秽避邪。

"我们屡陵镇，有个'陵'字。"

"老道士还说街道上长满芦苇。"

"这就对了。"

于是，胡诗把老吴带到镇北的那一大片无边无际的芦苇荡去。他指着苇丛中倾圮、黯淡的墙基，对老吴说："这就是我们老人们所说的柴林街。这是一条横跨湖南湖北的老街，废了，过去土匪在这儿横行，杀人越货，渐渐就荒芜了。其实不叫柴林，叫屡陵。胡诗掐了一根芦苇在地上写出了'柴林'和'屡陵'的区别，说，屡陵是一个古老的地名，后来没了，长了芦苇。我们这里把芦荡叫柴林，一来二去就喊成了柴林街。"

老吴蹚着深深的芦苇，他的眼里露出一种像火星的热切的光。他朝头顶望望，那儿飞着一群群苇扎子，小得像一些芝麻黑点的鸟，叫声淌着季节的汁液。

这是一年的初春，风吹动着不足人高的鲜嫩的芦苇，一浪一浪。姓吴的那个人没想说话，胡诗对他说："我去河边了。不知你对稀奇的事有没有兴趣？"姓吴的人说有。胡诗压低声音用一种幽默问他："你该不会是公安局的吧？"姓吴的露出雪白的有点暴的牙齿笑着摇头，他说："你放心好了，我离这儿远着哪。"胡诗说："好，明天早晨六点天放亮时，你到河边来，我给你看点稀奇，这可能对你的病有好处。"

最后他说："旅社的服务员是我的九女，我一共生了十一个女儿，前面八个已经出嫁了，我这人就会生闺女。"

不到几天姓吴的人就知道了，胡诗生下的这十一个女儿，一个个如花似玉，她们代表了屡陵的风水。周围很多人对屡陵胡诗的女儿都虎视眈眈。这个镇好像只出产女人了，但是真正的漂亮女人谁都无法超过四十多岁的大瑛，她是已被镇压的大土匪岳纪常的小老婆。胡诗的妻子自从嫁到这个小镇后，就一刻不停地为胡诗生闺女。胡诗已经厌烦了，在生完第十一个闺女后，他的老婆说了声"行了，我的任务完成了"，就撒手西天。

姓吴的回到旅社，他这晚睡了个好觉。

他醒来的时候，看见胡诗的九女松散着有枕边痕迹的头发来到他的房间灌开水。九女穿着一件像水一样的红绸薄袄，丰满的胸脯整个儿裹在里面，只要一动，那儿就晃荡着。她拿着那个乌黑的锡壶准确地把开水倒进水瓶，她的身影罩在蒸腾而起的白雾中。

老吴看得有些发呆了，他看过之后坐了起来，在帐子里点燃一支烟说："我认识你的爸爸。"

九女没回头，笑着扬起眉毛说："你看他锤炮弹？"

"他还带我去看了老柴林街。我想他是个有能耐的人，他是个鬼头鬼脑的人。"

老吴以为她会恼怒的，哪知九女说："他是个老混蛋。"

"你说你爹？"

"你知道他锤炮弹的钱都给谁了吧。"

"那我哪知道。"

"他给一个叫大瑛的女人了。你不认识，她是我们这儿的祸水，她闹得满镇子不安宁。她有蛮大年纪了，可是艳如桃花，也是个怪事。"

老吴泡过一杯茶，问九女道："你还没有出嫁吧？"

"你看呢？"

"我看你是没有出嫁的样子。"老吴喝着九女倒的茶说，"出嫁了的女人，就去生儿育女，伺候丈夫了，变得邋里邋遢，不像个人了，像你这么干干净净又漂漂亮亮灵光的，一看就没找男人。"

九女说："你们采购员就一张嘴。"

老吴说："我不是采购员。"

九女说："我看差不多。"

姓吴的人按时来到河滩。在空旷的河滩上，胡诗锤打炮弹的声音一声比一声清脆。被那块石头挡住的还有一处风景，是一条半浸在水里的船，一个船工在远处修理舵叶，是个癞子。

"你别怕，不会爆炸，我砸了这些年的哑弹了，我不砸它，哪能养活我一屋闺女？"胡诗坐在炮弹上，抽着烟说，"现在我可以不砸了，我的八个女婿给我送来好烟好酒吃，可我手痒，不砸不舒服，我非得砸。我想着哪一天爆炸，把自己炸死。我这辈子做了太多伤天害理的事。吴同志，我对你说，我过去在供销社收购门市部洗肠衣，大瑛教过我变年轻的办法。"

胡诗讲这些的时候，他的双手沾满了炮弹里黑色的炸药粉末，他舔着那些炸药说：这是治头疼的。

姓吴的人用一根树枝拨着炮弹上的泥巴，他看着胡诗用舌头卷舔着嘴巴周围的炸药粉末，问："你刚才说谁教你？大瑛教你一套办法？"

胡诗说："变年轻的办法。你看我五十岁了。"胡诗不自然地笑起来，"你肯定听我的九女说了些什么，我九女恨大瑛，我喜欢大瑛。有什么办法呢，我多次想忘掉她，可一见了面，就又什么也不顾了"。

"不怕批判？"老吴说。

"批判！把我抓去也不怕。"胡诗说，"不瞒老吴同志，我还想让她给我生个儿子呢。不怕你笑话，不怕你骂我，我就想让她给我生儿子，她给大土匪岳纪常生过儿子，那时候她才十五岁呢。可是我运气不好，我跟她睡时，她却没月经了，但是她身上的哪个地方都不超过二十五岁。她跟她儿子走在一起，别人还以为是兄妹呢。"

老吴说："老胡，你好像说让我看点稀奇的。"

"我说过吗？看我这个人，我一高兴就会把什么事情都说出来，我吃过嘴巴的亏，我嘴巴没有遮拦。好吧，看就看吧。我说老叶，你走远一点！"

他在喊那个修船的船工。胡诗在与姓吴的人说话时，那个叫老叶的船工一直在那儿叮叮当当地钉敲着船板。

老叶毫无表情地瞅瞅胡诗，他还是听了胡诗的话钻进船舱里去了。

现在，阳光斜射在平滑柔和的河滩上，把人和石头的影子拉得很长。沙滩上的云母闪烁着点点细碎的银光。胡诗说："其实也没有什么，你要是砸了几十年炮弹，也会砸出一点怪事来的。"

"究竟是什么？"

胡诗说："没带着，真的，不是我不相信你。过几天再看吧，你好像说过你要买土怪？"

"那是�羊。"

"你果真要？"

"我当然要。"

"那得看你的运气。"

"你有土怪？"

"嘿嘿，我没有。"胡诗捡起锤子又敲打起来。

"你刚才为啥赶那个修船的人？"

"我讨厌他这个癞子，他总是打我闺女的主意。你别看他长得像个秃鹰，他有钱。他驾船去远处的河湾收集一些死尸身上的钱财，所以他很有钱。他已经把我的三个闺女都害了，让她们到婆家受气。现在他又打我九女的主意，总有一天，我得把他干掉。他的儿子是个流窜犯，昨天被治安员抓住了，真是报应。他才不管他的儿子。"

姓吴的外乡人经过那条乌黑的艄子船时，他看见了在船篷的阴影里出现的一双敌视和遥远的眼睛。

后来姓吴的人在河堤上看着赤脚的老叶一个人把那只船推下水，而胡诗埋头锤着，只当没看见。

镇供销社木楼的顶层是小镇唯一的礼堂，除了一些散发着森凉古旧气息的木质器物外，就是恐怖。五雀每次被治安员田钟关进这里。这一次，他狠狠地咬了田钟两口，将他的大腿差一点撕裂了。这个小流浪汉在挨过两记田钟从部队学会的重拳后，就昏昏沉沉地被丢在了柳木条椅上，整整昏迷了一天。

他一醒过来就开始大喊大叫。他跑遍了全世界，风餐露宿，昼伏夜行，没有害怕过，然而一旦进入这个礼堂，他就像被抛进了梦中的地狱。那是一次同样的遭遇后，他发现了一个女人骑在他身上，女人面若戏子，体态丰腴。五雀才十三岁，他没有这方面的经验，他只记得在恍惚中用翘起的下身撒了一泡尿去滋女人的腹部。他老以为用尿滋女人的腹部或者肚脐就会使女人怀孕。等他彻底地清醒后，他的裆里黏糊糊的，比尿浓多了，像糨糊。五雀吃力回忆那个梦中的女人，记起了这个女人就吊死在这个礼堂，她是个国民党上校的太太，她的丈夫在台湾。那一次，五雀知道了人间的一种羞耻，他拼命地逃跑了，在虎渡河里狠狠洗濯他的短裤，直到把裤裆洗破。

被无声的恐惧挤压的五雀在夜里大叫时，瓮鼻子老军人决定救出这个孩子。他和镇上的许多人一样，无法忍受礼堂里传来的撕心裂肺的号叫声，那种嫩稚而又饱经风霜的奇怪叫声，骚扰着人们的神经。

这个老军人在过去是攻城的尖兵，极善于爬墙。现在他的行动有些迟钝了，他把铜锣别在腰里，爬上废品收购站的围墙。他站在墙上，月光绰绰，后来他跳了下去，他在那些破铜烂铁里麻利地搬出两颗拆了装置的炮弹壳，将它们举过头顶，用尽力气扔到墙外。他拍拍手，然后顺着一张靠在墙角的用竹架绷紧的牛皮爬上去。

这位瓮鼻子更夫顺利地走过屋脊，他的身影在屋脊上悄然无声。他跳到礼堂的走廊里，用他的锣狠砸那个望窗。

沉闷的撞击声使礼堂内的那个号叫声止息了。望窗的窗齿一一砸开，立时，一个灵巧的猫一样的人影就从望窗翻出来，跳到走廊里。

这两个人都彼此看不清对方的脸。他们站了几秒钟，那个小巧的黑影就一瘸一瘸地往屋脊上走去，消失在月光里。

瓮鼻子老军人也沿着来路下去了。他在墙边两只腋窝各夹起一颗弹壳，往街上走。这时候，雾气从街口腾了起来。在这个潮湿低洼的小镇，每到半夜，雾气就升起，漫漶到每一个角落。紧接着又起风了，风传来了芦苇荡的涛声。

这天晚上，五雀的父亲老叶喝了二两酒就去了河边。他在如林的夜泊樯桅间推出他的艄子船。其他的船来自湖南，多在屠陵过夜。

老叶的划水声异常响亮，那声音撩动河水就像在搅动谁的记忆，那是一种使人沉湎的声音。在他划船的时候，他根本不知道儿子的行踪，他把儿子早忘了。

半夜时分，他从月光深处的水面回来，身上散发着一股水腥气。大风过后雨点砸下来了，雾愈深浓。他拿着一根测水的竹篙上岸。

他没听到老更夫的锣声。在他走下河堤的时候，他的儿子正在穿过那片芦荡，左脚红肿，而他在浓雾弥漫的街上正摸索着旅社的位置。他拿着竹篙在雾中探路时，他的竹篙突然绊倒了一个活物，接着听到重物落地的声音。

船夫老叶拔腿就跑。他在那辆水压机那儿站定后聆听街上的动静，街上复又没有了声响。雾一团团地滚过，他很麻利地找到了旅社临街的那扇窗子，将竹篙伸了进去。那个窗子里是值班室，他戳九女的蚊帐，这似乎不是第一次了。但是他的竹篙被蚊帐内一双有力的手拽住，老叶想抽出来，却纹丝不动。倒是另一头握篙的人反过来戳老叶了。老叶的腹部差一点被戳穿，他觉得这不像是九女在跟他开玩笑，这劲道分明是个男人。老叶抽出了竹篙，拖着就逃。

铜锣声在后面响起了，已是五更。

老吴在镇上走着，他走到河边，没见着胡诗，炮弹倒是不少。老吴向小镇乱葬岗子外的一大片蓄洪房子走去。这片房子的背景就是芦荡。

老吴穿过一座被拆了窗户的躲水楼，前面不远的瓦檐下堆着一些很旧的蜂箱，只有几只蜜蜂在檐下飞行。他想，这就是人们指点的大瑛的家了。

门是那种被盗贼一挑就开的门，门楣上好像残存了一点多年以前的春联纸片。他站在门口，朝里面看去，胡诗在里面，还有大瑛。

胡诗和姓吴的那个人并排低头跨出门槛，胡诗对老吴说："她一个人在家。她儿子到山里养蜂去了。"

"我看你很乐观的。"

"那倒是。"

"她儿子不在家？"

"她儿子是个麻子，恨我。"

"哦。"老吴歪歪嘴。

在一堵土墙那儿，胡诗说："她儿子快三十岁，还是个单身汉。"

"她儿子。"老吴心不在焉地说。

他与胡诗分道扬镳。他抄了条近路，一个人在一大片横七竖八的水塘埂上转悠。他跨了几道水沟，脚上踩到了稀泥，后来走到了芦苇遮掩的老柴林街里。

他捋下了一片有毛刺的荻叶（不是芦叶），他用这种有很硬叶茎的叶子锯着手。后来他把手锯开了一些浅沟，渗出血来。他用嘴舔去，拨开已经有一人高了的城墙似的芦苇，在一堆倾塌的照墙墙基那儿蹲下来。

他扒浮土，他拿起一块砖，看看砖上的印迹。他找到了一枚铜钱，那枚铜钱有个眼。他把铜钱举起来，透过钱眼，去看天空的太阳。结果他在那天看到太阳中间有一团大如棋子的黑气，低头瞧瞧地下，他和周围景物的影子都不见了，天色异常晴朗。他惨叫了一声，飞也似的逃离了芦苇荡。

在街上，人声哄哄，人影如初，老吴抹抹额头和脸，想把那些怪事抹掉。什么事都没有。姓吴的壮胆似的啐了一声，并且骂了一句脏话。他认为最脏的话可以避邪。

是个停电的晚上，姓吴的外地人回到旅社就看见了一些摇曳的烛光。

他在九女那儿领了两支蜡烛就爬上楼去，进了自己的房间。他滴了几滴烛泪在桌面上，把蜡烛放在烛泪上，凝固后站稳，于是房间里简易的摆设都出现在了他眼里：床、桌子、掉了搪瓷的脸盆等。窗外的景色模糊，一些屋顶上摇曳着荒草般的瓦松。他感到有些害怕，有些孤单，他想找个人说说话。

他从桌上拿起一个买了几天来不及吃的芝麻饼，下了楼去敲九女的值班室。

"还要蜡烛吗？"

"我不要了。"

她看他那一副魂不守舍的样子，嫣然一笑说："你坐。"

他把那个芝麻饼放到她的桌上，他看见她笑着的时候门牙中间有一条缝，这当然是一种败相，不知她另外十个姊妹是否也是这种牙齿。他还发现她手臂上有很浓的汗毛。

老吴把她的手臂摸了一下，九女一怔，但她的嘴马上就被老吴亲了。老吴看来有点轻车熟路，他说："上楼去，我给你说几句话。"

老吴回到房间里，九女就敲门了，她的胸前挂着一串钥匙。老吴没说什么，揽住她就解她的上衣，但钥匙缠在扣子上。九女说："我来。"她自己把钥匙解下来了。

老吴在九女又大又有些松弛的乳房上摸了两把，九女就拦开了他的手，说："你睡吧，你不要想歪心思了，你难道不怕我是鬼魂？"

老吴笑笑没有说话，他的喉咙有点干燥。

九女下楼时，老吴在后面突然说："不要关门！"

不远处，磨坊的驴高叫了一两声，姓吴的在蜡烛燃尽时看了看那块十七钻的上海牌手表，十二点整。他摸摸索索去了楼下，推门，门果然未插。

女人的身上冒着热气，然而女人不让他弄出响声来。半个小时后，姓吴的人才上楼去。

他不能入眠，谷壳枕头在头下弄出翻来覆去的声音。白天的事，晚上的事，他兴奋，不解。

等他醒来的时候天已大亮，他下楼去，在值班室看见了田钟。田钟坐在九女的床上。"这床我昨晚睡过吗？"他恍惚地想。他发现田钟似乎也惺惺忪忪，趿着一双没有打油的皮鞋，这使姓吴的人有了一种极不实在的感觉，他马上向店堂的后面走去去盥洗。田钟这时喊住了他："你是旅客？"

老吴说："是的。"老吴在老远就闻到了田钟说话时冲出的口臭。

田钟说："你把证明拿来看看。"

老吴把脸盆和杯子放在地上，他从中山服的上衣口袋里掏出一张叠得规规矩矩的纸来，规规矩矩递给田钟。

田钟故意眯缝起眼睛，把纸放得很远，端着，念道：兹有吴××同志前往湖北治病，请接待是荷。此致……敬礼。田钟看完证明，盯住老吴说："来这儿找哪个治病？"

"找……找些偏方。"老吴说。

田钟将证明还给老吴之前，仔细辨认了一遍那个章是否有假，又狠毒地看了老吴一眼，说："把钱物管好，这儿很复杂的。"

老吴吃完早餐，值班室里只有九女了。九女像不认识他一样，他看着她就涌出一股柔情，他有点发酸地说：

"那么早，田治安就在你这儿？他还查我的证明呢，昨晚把我们逮住就好看了。"

九女用那种大方的促狭的口气说："你该不是台湾特务吧？"

老吴说："你都跟我那个了。"

九女忙打断他的话说："什么什么呀，快去治你的病。"

"没有羶羊，你知道，"老吴说，"谁能治好我的病？我对你说，九女，我是个孤儿。后来我结婚了，我有了孩子，但我认为我仍然是个孤儿，一个人，真的，谁能治好我的病！"

"什么病？孤儿病？"

"就算是孤儿病吧。"

"用羶羊治？羶羊究竟是什么东西？我可从来没听说过有这种东西，我看你蛮迷信的。"

"我真的被鬼魂追赶了。在家里，鬼经常缠着我，我有点信这个。我是个胆小鬼。"

"你是个色鬼，胆大包天。"

"不。可能我太难受了。我这是二十年来第一次出远门。我发现出差多么难受，一个人，什么话都无处可说，一个出门在外的人该有多少话要说。这样的人，总渴望女人的温存，如果憋久了，他会动杀人的念头的。"

"你想杀我？"

"我不想杀你。我不想杀人。"

"你没憋着。"九女挑逗地说。

"是啊，可是我不能说话。"老吴黯然神伤地自语道。

河边的码头堆放着成群结队的榨菜坛子，还有山一样的杂木堆。许多搬运工在朝船上背粮包，他们由大瑛发签子。背包人沉沉重重地过来，压弯了腰，涂了红色的签子就由大瑛递到背包人手里。船夫老叶在那里盘腿抽烟。

老吴走了过去，老吴想跟他们两人打招呼，但是那两个人显然不想做出好客的热情。老吴只好继续沿着河边走。

那种锤声老吴今天听起来多少有些伤心，他说："你好呀，胡诗。"

"九女不愿见我了，她几天没回家了。"胡诗叹着气说。

　　姓吴的外地人不敢拿正眼看这个锤打炮弹的人，他从兜里拿出一盒新华牌香烟说："胡诗，你吃烟不？"

　　他把一支烟递给他，他自己点燃，又帮胡诗点燃，他看着胡诗那老粗老粗的手，他想他什么也不知道自己女儿的事。他觉得胡诗有点可怜，觉得对不起胡诗。他说："胡诗，我是来看稀奇的，你不能总是吊我的胃口吧？"他说："胡诗，我昨天看到太阳里有些黑气，我不骗你，昨天我的影子在太阳下没了。只一会儿，你说怪不怪？"

　　胡诗说："吴同志你肯定看花了眼。说稀奇，只有老叶这个老杂毛，他半夜戳我九女的蚊帐，你说混不混账！这都是别人告诉我的，我总有一天得把他杀了。"

　　"说多了也就是假的。"外地人说。

　　"好吧，你看啦，吴同志。"胡诗说。半晌，胡诗丢了口水湿完的香烟，说："好吧，吴同志，我看你不像个坏人，我给你看看我的宝贝。"

　　胡诗从炮弹堆里翻出一颗与众不同的炮弹（似乎除过锈），他让姓吴的外地人坐在沙地上，把双手拢于膝前，不要吭声。他麻利地把弹头卸开，然后把炮弹平放在很远的地方。一会儿，弹壳里走出一队队很小的人来，那些人全副武装，拿着武器，很快分成两个阵营，抢占有利地形，眨眼间就开始了冲锋厮杀。河滩上沙石飞溅，硝烟弥漫，弹雨横肆。一会儿，像有什么指令一样的，战事平息，硝烟散去，两军各自抬上死者伤者，收拾战场，向炮弹壳里走去。

　　胡诗嘿嘿一笑才使姓吴的人缓过神来。胡诗捡起弹头塞进弹壳，又是几声嘿嘿的傻笑。

　　"这是颗什么炮弹！"姓吴的大叫。

　　"我开始也不相信，这颗炮弹就是这个样子，没有火药，就是那些小人。一天一个战事，凡是在我们屠陵镇打过的仗，两百年以内的，都装在里面，我也不知道为什么。"

　　"有土匪吗？"

　　"土匪跟正规军的仗，也有。那年荆州来的正规军，围剿岳纪常的，双方死伤无数，就在芦苇荡子里干的，这里面也有，有那个岳纪常。不过我不能给大瑛看，大瑛看到他的丈夫，就会不理我了。我跟他丈夫比，算个什么！她的丈夫现在是一寸小人，也挺有气派的。"

"我能再看看他吗？"

"那就不知哪一天能撞上了，我们这儿的战争很多。今天明天，明天后天，太多太多了。"

"这是些阴魂。"

"是些小人，哪是阴魂！我不大迷信。"

"你是说在芦苇荡？"

"人家那才叫威风，人家有多少神奇的传说，不然大瑛哪会跟那个家伙。他被官府围剿的那一年，一把大火把芦苇荡给烧了，整整烧了三天三夜，柴林街也就烧没了。以后那芦苇荡就因了这把火的底肥，越长越旺，越长越宽，简直没有边了。这样不可一世的人还不被镇压！"

"把他的小老婆活口留下给你？"老吴开了一句玩笑。

"这倒说对了，"胡诗说，"后来，很多人托人来说大媒，非娶大瑛不可。大瑛不干，她跟她患了天花的儿子在一起，哪个都不理，不知以后怎么看上我了。我不怕，我去拿篙子戳她的蚊帐，就戳成功了。"

姓吴的人说："你刚才还骂老叶戳你九女的蚊帐哪，你也一样！"

胡诗说："我们镇的骚男人都爱拿竹篙戳女人的蚊帐。"

"那你也骚？"老吴说。

"我，嘿嘿，我可能有点骚。"胡诗说。

两天以后，胡诗在街上给老吴指看一个矮小的女人："那，就是大瑛的儿媳妇，比大瑛老多啦，其实才十八岁。还背着个背篓，有啥好背的，越背越矮。"

"她干吗整天背着个背篓？"九女也这么问老吴。那时，老吴正在旅社门口晒太阳，老吴说："这是命里的事，就像你在这儿风不吹雨不淋当服务员，就像我生了那种怪病一样。"

老吴对九女说她爹要她回趟家去，他说女孩子家应该孝顺爹。九女被姓吴的外地人劝回家了，九女把值班室的钥匙交给了他，说有哪个来登记，就帮她登一下。

老吴等九女走后在楼上一个人枯坐。他从枕头下拿出那把刀子，站得远远的，用刀子扎门。他每一次都扎中了门，刀子在门上晃悠，刀子扎得很深，要拔出来还真不容易。他扎了一百〇八刀，一口气把那扇门给扎得千疮百孔了。他有点歉意地摸着那扇坑坑洼洼的门，自言自语地说："这是不是就像大瑛儿子的脸了？"

他出了一身臭汗，他想去看看带了个四川姑娘回来的大瑛的儿子。他看见镇上的蜜蜂多了起来，许多蜜蜂还钻进老吴的窗子，嗡嗡嗡的，那细小的声音有一股暖意，特别是在春风吹拂的阳光下。

他就循着蜂走。有蜂了，好像菜花也多了起来，金黄色的菜花躲在路旁，躲在沟渠旁。老吴跟着蜜蜂很快走近了大瑛的家。

一些很有生气的蜂箱排列在田垄边，老吴穿过蜂箱时被一只蜜蜂螫了一下，在耳朵那儿，肿起了一个小包，又疼又痒。他自嘲地骂了一句，抱着头弯腰潜行。

结果，他劈头撞上了那个养蜂人。

他感到有些倒胃口，他不知道这个人的麻子长得这么厉害，那些麻子全垒在一起，一层一层的，他的眼皮也是麻子。他穿着一件毛了边的深蓝色卡其中山服，背上全是发白的汗渍。他挑一担空粪桶，到一个离蜂箱不远的小水坑里去洗粪桶。老吴这才看到那堵矮墙上贴了新鲜的牛粪饼。

不错，他比他的母亲看起来显然老多了，一个麻子往往会看不出年龄。这时的老吴不知说什么好，他朝他笑了笑，于是一担粪桶就从老吴身旁挑走了。

门口就是那个背背篓的矮个子女孩，女孩在那儿削土豆，女孩把土豆全放在背篓里，她衣冠不整，头发凌乱，满头黄不拉叽的头发，一看就是严重的营养不良，那身子也很薄。

养蜂人洗完了粪桶，走过来边整理蜂箱边跟老吴说话。

"你买蜂蜜？"

"我不买蜂蜜，我看看，我觉得养蜂挺有意思的。"

"蜂蜜我们要卖给供销社。"

"现在是养蜂的季节了。"

"惊蛰不出蜂，十箱九个空嘛。"

养蜂人说这些话时，那个女孩停下刀子朝这边看。养蜂人就变了脸，高声说："还不快削！"于是，那个女孩又低下头去削，鼻子同时很响地抽缩，像受了莫大的委屈。

养蜂人又瘦又高，他的背驼得厉害。

"他叫岳云，"胡诗说，"名字倒是不错，岳云两岁就得了天花。好歹大瑛有了个媳妇。不过大瑛说，要是往年，别说当媳妇，就是给她当保姆还嫌她脏呢。现在，大瑛倒要给他们当保姆带孩子了。"

老吴在替胡诗挖锈呢，老吴说："我帮你砸几锤吧。"

胡诗说："你一砸就炸。"

老吴说："我不怕死。"

胡诗说："在我们镇上，不怕死的人已经不多了。唉，这些年，咱们镇没生一个儿子。来咱们镇的外地人，都是提亲的，像你这种闲人不多。咱们镇没救啦。"他又说："田钟找我提亲了。"

老吴说："他要跟九女？"

胡诗说："那肯定了。"

老吴说："你同意吗？"

胡诗说："我得想想。"

这天，老吴从河滩回来，一迈进旅社，田钟就唤住了他。田钟手拿着九女的一串钥匙在空中甩着圈儿说："我知道，你的介绍信过期了，伙计，你该走了。"

这位姓吴的咬肌鼓了起来，他的眼睑飞快地跳动。田钟发现这个外乡人脸黑，脸很有力，不像个假话连天、见人递烟的采购员，倒像是个铁匠。姓吴的一只脚踏在值班室门外，一只脚踏在门内，激动地叱呵起来：

"同志，我是来看病的！"老吴拿出一个什么证件来，翻开有照片的内页摊在田钟眼前，然后啪地合上，塞回上衣口袋里，继续挥手说："我想谋只羷羊当偏方的药引，就这么回事。我不是来炸桥的、发报的。不怕你狠。

同志，这个小镇交给你管，你不能老是吊儿郎当。我在这儿住旅社是有介绍信的。兄弟，伙计，不要吊儿郎当。"

他的嗓子一声比一声高，震得楼板上的灰尘直往下掉。他的一顿火把田钟给弄愣了，田钟在他发火时一直掰着脚趾。田钟还没有见到有人敢这么对他说话的，在屏陵镇，田钟歪歪嘴，就可以把人踩成肉饼。但是这个人干吗发火呢，他不怕皮肉吃亏吗？

田钟有点想不通，后来田钟走了，走时嘟嘟囔囔地说："这个熊人，他胆子倒不小，这个湖南佬！"

九女那时候在洗衣台上用火钳夹排水管里的堵塞物，她远远地看老吴发火。等田钟悻悻地走掉后，她过来对老吴说：

"我看你是找死。"

"他怎么？"

"他捆死你。"

"他敢。"

"他有点吊儿郎当，不过你也有些吊儿郎当。"

"他还想娶你呢，这个脏兮兮的治安员！"

"那你管他！"

"我不能看着你往火坑里跳。"

这天晚上他睡得迷迷糊糊的时候，门被踢开了，他听见一个流里流气的声音说：

"帐子扎得倒紧，真是怕鬼！"

是田钟，带了两个人来，都拿着绳子。那些绳子和电灯下投在墙上的影子，使人想起土匪。他们让老吴拿出介绍信来，装模作样地看了一遍，毫无表情地说："过期了，跟我们走一趟。"

老吴没什么可说了，他得为白天的态度负责。他看见田钟的脸上那因为羞辱后拧出的一种报复欲望，他就想啐他。但是他把喉咙里呼噜呼噜的声音压了下去。他昂然走在前面。

出旅社后，他回过头瞅见了正披着衣关门的九女。九女好像在随便送一个离店的陌生客人。

在渐渐漫上雾气的这个洼地小镇的街上，几个人的脚步叩打着街石。而在他们头顶，这个小镇的月亮总是那么高远静谧。姓吴的外乡人被他们押着，一直走到河堤拐角的街口，他们把他推进一间霉暗低矮的房子。

老吴看了看那盏灰尘覆盖的小电灯，又看了看房子里一张简易的、黑乎乎的床，还有钉满了木楔的墙，墙上挂着发黄的小镜框，是瓮鼻子老军人的屋。

老军人打更去了，那三个人坐下来吃着烟。老吴对屋里的摆设产生了极恐怖的印象，那宽木条凳，那灶里发红的余烬。

老吴站在那儿看田钟在电灯下绾绳结，那个地痞样子真让人恶心死了。老吴本来想大喊一气的，他要表示抗议，但如果他在深夜喊出的声音带着怵栗怎么办？那只会更激起对方对自己的折磨。

田钟把绳子搭在老吴肩上了。田钟在他手臂上缠绳子，两个绳头一齐穿过了活扣，绳子慢慢地往上拉。

又顿住了。

田钟对另外两个人说："他好像不怕。"

"是啊，他好像不怕。"那两个人说。

"你真不怕？"田钟问姓吴的人。

老吴"哼"了一声。

"好，我松绑了。"田钟把绳子三把两下地解开，拽过老吴就把他往桌前的一个椅子上按，向另外两个人道："筛酒！"

老吴面前的碗里登时溅出一碗酒来。那两个人又趴到灶前，从有底火的灶灰里扒出一个用泥封的陶罐，倒上一碗冷水，陶罐嘭的一声炸裂了，同时腾起一团热气。那热气香喷喷的。

他们像掰烫山芋一样地掰下盖泥和炸裂的陶片，一只油津津的什么动物就端上桌了。

田钟跟老吴碰杯说："你把它干了，你吃肉，吴同志，老吴，吴哥，你是个人物。我天天观察你，你是个人物。我真还没见过，你一句话就点了我的筋——你说我吊儿郎当，说到点子上了。我就这么吊儿郎当，你说有什么办法！我就这么吊儿郎当，我想喝酒。老吴，你干。人活在世上，总得有点吊儿郎当，不然的话，那就白活了。告诉你，在这个屠陵，我要说多吊有多吊。我知道你也是个角，可我想跟九女结婚，我想找个老婆，再没有比她更好的女人了。老吴，你还是走的好，以后咱们还是朋友。白天你点着我鼻头说的那番话，好哇（他伸出拇指）！老吴，你比我更吊儿郎当，你是个老吊，驴子鸡巴，你是师傅。"

"行了，我不吃，我想回旅社睡觉。"

"你果然吊，你的骨头真的痒了。"田钟停下咀嚼笑着说。

老吴走出去的时候，打更的锣声正不紧不慢地响着，就在他不远。他置身于雾气就像进了一种梦境。

姓吴的外乡人中午胃口极不好，他在餐馆里吃了碗阳春面，然后把一个馒头丢进面汤里，太油腻，他吃了两口就离开了桌子，他的残汤马上被一个叫花子抢过去一口喝干了。

老吴抹着嘴巴走出餐馆，他的裤兜里有个硬家伙，就是那把刀子。

老吴打着难闻的饱嗝去了河边。他看到胡诗正码着炮弹，炮弹头的方向是整齐的，都对着老叶的那只艄子船。

"还在锤啊。"老吴的声音不太正常了。

胡诗像没听见。

老吴说："田钟，田钟是个二流子，他昨晚把我绑走了，他吓唬我，他有什么能耐？除了绳子。难道他有绳子就能做你的女婿吗？"

"放屁！"胡诗骂了起来，"老吴，吴同志，我看你在这儿还是少插手的好，你还是快走的好，免得出事。"

"笑话，"老吴说，"我怕什么，为人不做亏心事，半夜敲门魂不惊。"

"那你为啥怕鬼？"

"我不怕这里的鬼。"

老吴无意中一个人走到了蜜蜂越来越多的地方，蜜蜂的嗡嗡之声假如布满世界，也不会给大家的心情带来好处，只会越来越糟，越听越烦。在这个鬼环境中，谁也无心倾听大自然。

"喂，我来了。"他直截了当地对麻脸的养蜂人说。那样子真吊，吊儿郎当的，田钟没有说错。

养蜂人岳云正和他的老婆刮蜜，他们把蜂王赶走，把所有的蜂都赶走，把蜜刮到一个木桶里。除了蜜蜂，也有一些苍蝇。

养蜂人岳云面对太阳瞅他，这个瘦长的家伙眯缝起眼来也不是个善良的角色。

"你喝醉了吧？"养蜂人说话了。他说这话的同时正莫名其妙地拧他老婆的胳膊。

他的那个又黄又小的老婆哭了起来，她挣开他的手大哭大叫："我要走！我要回家！我不在这里！我要走！"她的哭诉声具有爆炸性。这是老吴始料未及的，老吴在他们扭打时躲在了一边，他撞上了蜂箱，他被蜂螫了一下。

那个四川女孩哭相很丑，被委屈追出的鼻涕全让她给揩在裤子上，老吴发现这个女孩怀孕了。

养蜂人岳云抓住了她的头发，他把她往屋里拖，女人拖得身体翻来覆去，杀牛一样，女人的头发扯掉了不少，头发还在养蜂人手上。

老吴看不下去了，老吴上去一把抓住养蜂人的手，把手和头发分开："伙计，你这是犯法！"

女孩屁股坐地向老吴说："他骗我，他说这里是平原，天天不做事，餐餐吃肉，住瓦屋，他骗我，我就来了。我要回去！他天天晚上打我，整我！"

养蜂人脸上的麻子已经成紫色了，他很苍老，他猛地一耳刮子铲去，把女人的脸打得歪在一边去了，女人竟一时打哑了，哭不出声，喘不出声。

女人打呆了，女人木然地看蜂箱。一时间只剩下蜜蜂成群戏弄阳光的声音，四周静极了。

老吴突然爆发了，他指着养蜂人高声斥责："喂，你是不是也想背一绳子？你说！你是不是胳膊不舒服？你欺负一个女人家，你算什么，你骗人家山里女子，你，你好意思！"

老吴看见那个养蜂人已经没有什么脸面了，他说不下去了，他对那个怀孕的女孩说："你哭吧，哭，哭，你让他打去，你看别人怎么来收拾他。"

老吴伤心地往那条近路走去了，他看天，天摇；看地，地晃。

姓吴的外地人沿着一阵笛声的小溪来到了收购门市部。收购门市部有许多老妇人把老布筋压成匣子，运到河边去。老吴穿过门市部里的一条阴暗的马厩走廊，脚下到处是散乱的稻草。墙上晾满了肠衣，他看见许多人在水管前，朝肠衣里吹气。

在另一个敞开的小院里，老吴看到了收购的炮弹。他奇怪为什么这儿有挖不完的炮弹。

他找到了笛声的出处，是一个绷牛皮的小孩吹的，吹的是一首民歌。

这个晚上起风了，月晕很大。老吴躺在帐子里，他看着窗外月亮照着巷子里的围墙。猫用多肉的爪子走在对面的屋脊上，嗅着茂盛的瓦松，然后抬起头，呆望着高远的星星，孤独而惆怅。

那是一只行踪诡秘、心怀歹意的猫。它总是在屋脊上走来走去，它披着蓝色的雾，后来它一蹿，就蹿到墙头上走了，那儿的墙缝里有一颗小歪柳，风吹动着它。忽然，老吴竟看到那只猫吊在小树上睡觉。

楼下有开门的声音。不一会儿，又传来了撕打的声音。肯定是两个红了眼的男人，从粗重的喘气声中听得出来。打着，没有说话，肉和拳脚在反复较量，还有一个女人低声制止的声音。很久，打斗声才平息下来。

早晨老吴去洗脸，九女对他没好语气地问："哎，你哪天走？"

"你说个日子吧，我又不差你房钱。"老吴早就看见了旮旯里竖着一根折断的竹篙，那是撑船的竹篙。

这一天，老吴希望碰见田钟，但没见着，倒是在河边看见了船工老叶。老叶的眼睛是青的，他头上稀落的头发一根都没了，被人拔干净了，像只盐水鸡。他在那儿整理索具，他的脖子上也有血痕。

他的儿子五雀坐在船头，五雀的烂脚缠了许多布筋。

老吴从石头的后面绕到胡诗的前面，他看见胡诗在朝一个布袋里倒那些黑色的火药。他想，这该有多少火药？他把火药弄到哪儿去了？老吴问："你把火药弄到哪儿去？"

胡诗说："我吃了，另一些给炮弹里的小人吃，他们得吃点火药。"

老吴说："你能把那颗炮弹再给我看看吗？"

胡诗说："你让我失望，没有意思。"

老吴说："那把那颗炮弹卖给我。"

胡诗说："我不卖。"

老吴说："我走时总得带点东西回去，我得给老道士一件来过这儿的证物。"

他发现说话时头疼，他匆匆走了，去镇上的小诊所开药，医生说："头疼粉光啦，昨天刚从县城拉回的一车；什么药也没拉，全拉的是头疼粉，一回来就卖光啦。我们这个镇的人全头疼，你也染上啦？"

"头疼是传染病吗？"

"好像不是，谁知道是不是呢！谁知道！"医生说。

老吴头疼欲裂，他找九女。九女说："我这儿好像还有一点。"她从枕头下拿出一个小纸袋。纸袋上画着一个头疼的男人，一只手按着额角。

老吴把纸袋扯了个角，把那些药粉倒在手心，用九女递过的一杯白开水仰着脖子把药粉吞了进去。一回味，他发现这药粉有一股炸药味儿，就像胡诗砸开炮弹后倒出的那些粉末的气味。他忙说："这不是头疼粉吧？"

"你说这是什么。"九女说。

"好像，好像……"他嘟囔着昏头昏脑地上楼去了。

晚上，他就受不了了，他燥热难耐，连两个耳朵里都呼呼往外冒着热气，他的血在血管里发出了啸叫，浑身都响彻着一种涛声。他的下身像铁一样坚挺起来，怒不可遏。他拿出刀子，他想扎自己的手，后来他扎门。他拉开了门就往楼下跑，他推开九女的门说："你给我吃什么啦，我受不住了！"

"我怕你忘了我呢，这东西我可一般不给别人吃。"九女从被窝里伸出了大腿，她的大腿又白又亮。

他爬上她的床。他抱着她，产生了如下的幻觉：他听见了悠长的呼叫，他跌撞在大荒里，他听见了游魂似的女人的声音，在半夜里申诉着，他看见了荷枪持弹的士兵在一片高地上拼杀，他们的枪戟在许多尖叫的、慢慢颤动不息的男人声音中刺穿了皮肉……

他恐惧，他死死抱着那团柔如水波的女人，他不停地抽送，他穷尽全力，与山影一样压来的恐惧搏斗。

在瓮鼻子军人的五更锣声中，老吴稀里糊涂地被九女架上了楼。他感到体内什么东西都没有了，他变成了沙漠。在窗外，瓦松摇动着发白的黎明。

田钟坐在老吴的床沿上笑了起来，他说："兄弟，你好像病了。"他的一只眼睛里面全是血，像一种红眼鱼。

老吴说："我可能是病了，我头疼。"

田钟说："你这怎么回去，你家里人肯定在盼你哪。喂，咱们这儿值得你住这么久？你是来搞黄的（金子），搞白的（玉石）吧？"

"我不搞那些东西。"

"那就是搞×，"田钟说，"这儿有什么东西可吸引你的！水？山？女人？这儿的女人一个个都是烂货，这儿的风水败啦，到处是怪胎。我告诉你，你想在这儿寻欢作乐，这儿倒是个好地方。"

姓吴的外乡人头摇得像拨浪鼓，他说："这儿真正的好去处是那片芦苇荡，那里面的柴林街，我还没好好玩过呢。"他说："伙计，那深处的天空，好像总有个人在那儿喊着我似的。"

"算了吧兄弟，别诌文了，我当兵之前也有过你这样的感觉。好多的芦荡啊，一个男人走在里面，风吹着头发和脸，那野草没膝的芦荡让你把前生后世都想了……算啦，同志，那儿是什么地方，就算它街跨两省，伙计，怎么样，还不是让土匪败荒了！我劝你病好后赶快走，不走，你还想参加九女的婚礼？"

"她跟谁结婚？"

"她跟老叶，叶癞子。"

"她跟他？"

"就这么怪，你总不能把他杀掉吧？再者，为一个女人，不值。我想这也好，五雀应该有个后妈管着，免得他到处乱窜，对咱们镇影响不好。所以我这人只揍了老叶一顿，就算同意了。不过，嘿嘿，我身上也挨了不少。"

"九女究竟看上了老叶什么？"老吴问。

田钟说："不就上游那里经常有人投水，老叶不知扒了多少手表。他给九女全家戴手表，你想想看。"

等田钟走后，姓吴的人吃力地爬起来，他饥肠辘辘，下楼去找食物。

九女果然在那儿看表，老吴细瞧那块表，是有明显水渍的北京牌手表。

九女没发现背后的老吴，她挤出一点牙膏在表面上，然后用手帕擦表面。

"你真贼。"老吴说。

九女转过头来，想藏那块表。

"给我看看嘛。"老吴说着就去抢，"肯定是偷的，从水里偷来的。"

"你胡说。"

"死人的表，你太贱了，你是个贱女人。"

"你骂我？你骂我！你骂我！你这个穷鬼，你给块表我看看！"九女气白了脸叉着腰跳起来，老吴只好落荒而逃。

傍晚时分，老吴背着手东游西荡，像个无家可归的男人。

在老远他就看到了大瑛门前那个养蜂人在拖着四川女孩的头发撕打，女孩被折磨的喊叫声在傍晚显得异常恓惶。

"我去买点什么吧。"老吴说。他没往小镇的街上走，也就是说没往孱陵街走，而是往芦苇深处的柴林街走。

"喂，我买点东西，有人吗？"

他蹚着芦苇大喊，他在长满芦苇的街道上左顾右盼。

"喂，老板，店家，我买点东西！"

那里什么人都没有，除了荒凉就是喳喳的鸟叫声。

风吹打着他的头发，绊根草绊着他的裤腿，他仔细辨认着那些断壁残垣，他蹲下去就掏出刀子在地上挖掘。他把十指插进去，挖着那些墙基和陈土，发疯地挖出了一个大洞。

"你在挖什么？"

他吓了一大跳，说话的是胡诗。老吴埋下头继续挖。

"炮弹？铜钱？羵羊？这儿没有你要的那种东西。"

"你离我远点。"老吴说。他汗如雨下，瓦砾把他的十指磨出了血来，血和土粘在一起。

"这儿只有炮弹，你挖不到羵羊的。"胡诗说。

"你干吗跟着我？！"老吴的手慢了下来，他疲倦了。

"我是来找你说几句话的，我到处找你。"

"你说。"

"我不想活了，我活到头了，我要杀人，我真想杀人。"

老吴的汗毛全收进汗毛根里去，他瞅瞅四周，只有密匝匝的芦苇，没有人烟，他把刀子攥得更紧，他满脸泥水看着平静中怀有歹心的胡诗。

"你杀谁？"

"我杀老叶。"

"杀人要偿命哪。"

"命有时不值半文钱。活够了，就不怕死了。"

后来胡诗一个人钻出芦苇走了，老吴握着刀子站在那儿，直到黑夜来临。

回到旅社，值班室换了女孩，九女不见。老吴问她是不是给九女代班，女孩说九女回家休长假去啦。女孩说："今后我管旅社。"她给老吴开锁的时候，选择了半天的钥匙，她是个新手。老吴说："我也要走了。"他有点想九女，他追问了一句："九女究竟什么事，结婚？"

那个女孩突然把声音压低："我给你说你千万别传出去了，九女早产啦。"

当天晚上大雾弥漫，瓮鼻子老军人在那辆红色的水压机旁碰上了拄着拐杖的五雀。他听见了拐杖声，他想这可能是左脚坏了的五雀。

"我不跑了。"他对这个老人说。他是第一次同这个打更的老人说话，"我爹快完蛋了，哈哈，眼看他就飞上天了"。

瓮鼻子老军人听到这话，拔腿就往河边跑去。

他在浓雾里挣扎，摸路。河边没有什么响动，他什么都看不见。

后来起风了，河上的风带着涛声传来，陡然把大雾吹得无影无踪，河堤内外一片明朗。

月光异常美丽，老军人深深地嗅吸着这儿经久不散的炸药粉末味儿。他看见那儿有个人弯着腰，把一些什么东西悄悄地搬上船搬进船舱。

四更的时候，另一个人影出现了，沿着河边行走，头皮闪闪发亮。那个人是老叶。瓮鼻子老军人眼睁睁地看着老叶爬上了自己的船。

瞬时，有了亮光，接着就从那儿传来了惊天动地的声响，一个巨大的火球腾上半空。

在这个叫屠陵的小镇，以及方圆数十里的地方，许久许久都没听见过这样的响声了，它是一种爆炸的声音，使人响起人世间的一些祥异之事。大火映红了河面，映红了天空，很久才慢慢褪隐去。

瓮鼻子老军人的救火锣声响了，他站在河堤上向沉睡的小镇猛敲。等救火的人提着水桶，推着那辆沉重的红色水压机来时，大火已经从船的每个地方烧起来了，到处是炸裂的声响，空气里火药味儿浓郁呛人。

许多人拼命地压水，但是那辆水压机无论如何也压不出水来。救火的人提着水桶，根本把水泼不到船中间，只好站在河滩上，看船烧为灰烬。

黎明时分，就看到了河滩上到处是炸碎后散落的船板和弹片，人们从船的残骸里拖出两具烧焦的尸体，那是老叶和胡诗，他们同归于尽了。不过，谁都无法分清哪个是老叶哪个是胡诗。

又一个晚上，屠陵镇没有了打更的锣声。天亮后大家甚觉稀奇，去瓮鼻子军人的屋里查看，无人。结果他们在河边发现了更夫，更夫变成了一块干硬的石头，跟那块锤炮弹的石头融为一体了。镇上的人想把他剥离下来，但纹丝不动。在一些见过世面的老人的建议下，只好把他连同那块巨石一起推进了河里，被泛滥的洪水一下子吞没了。

田钟带人去清点瓮鼻子老军人的遗物，他们掀开床板，在床下看到了一堆擦得闪闪发光的炮弹壳，就像是新的一样。

芦荡的风变得越来越热，偶尔有人打芦叶去包粽子了，姓吴的外地人一个人徜徉在芦荡深处。他顺着街道来到半堵照墙边。他坐下来抽了一支烟，他吐着烟眯着眼睛看远方。他想："我竟然出生在这条街上。"他对那半堵照墙说："你们都瞧见了吧，你们是见证人，你们亲眼看见了岳纪常是怎么杀掉我们全家的。只有我，在酣睡中滚到蚊帐旁边去了，被蚊帐兜盖着，土匪没有发现。也许，是我母亲在危难中藏匿了我，把根留下来了。那时我才两岁，我没有任何记忆。我现在来杀他活着的儿子，我来复仇，但是这儿似乎没有什么可以值得杀的了。"

泪水从他的眼眶里滚了下来。

他想到那个大瑛。让她留着，让她麻脸的儿子留着，留在这世上受罪多好！姓吴的人脸上现出了笑意。他想到当年那个威风凛凛的大土匪带着漂亮艳丽的小老婆踏进这片广大的芦苇，让官府和百姓闻风丧胆，但是时光带走了他们的威风，一去不复返了。

这个伤心的复仇者老吴走在风起云涌的芦荡中，走在他的故乡。他把那柄锋利的复仇刀子插进了土里，他想明年刀子会在这儿发芽吧。

他离开了这个小镇，芦苇荡的涛声一直伴随着他消失在天际。

（原载于《百花洲》1995 年第 1 期）

独摇草

一

　　且说，村长因喝醉酒，射杀了五个村民，这事儿传到伏水山谷，却没引起什么震动。"噢？噢。"他们说。大家该干什么的还干什么，该是什么表情还是什么表情。早晨，山谷的炊烟还是很悠游，雾气还是很沉浓，光线还是很晦暗。一切似乎都一样，既没有人欢呼，也没有人诅咒。这就巧了。其实很正常，因为村长数年内只来过这儿两回，碰见了谁，也可能没碰见谁，说是一个村，但相隔五十里，海拔高度相差两千米以上，加上村里的人又不大爱下山去，山外杀了多少人，杀了谁，与他们又有什么关系呢？

　　山谷叫七组，过去叫七生产队，七八户人家，散落在各自的山缝里，或以"坪"称，或以"岩"叫，比如覃二呆称为和尚岩的二呆，邓道理一家称为巴榔坪邓家，等等。各搂各的柴，各刨各的地，少有往来。见了面，跟野牲口一样，互相对视一下，磨磨牙齿，然后走开。一个人没事时，沉静着眉头，望山，跟山一样，没了血性，冷冰冰的，一副被无头无尾的日子慢慢销蚀的苦相。

　　太阳却出来了。

　　组长王老民要下山去参加枪毙村长的公审大会。这组长是个苦差，还路债的。唤下山了，还要给山谷的人带回日常生活用品，盐啊，肥皂啊，毛巾火柴啊，香烟蛤蜊油啊。

走到山下，村长已经毙了，血都干了。剩下的事就是跟村民们一起，轰进磷矿，去抢村长儿子的财产。这磷矿是村长儿子承包的，这小儿仗着他爹的威风做尽了恶事，到处强奸民女，窑塌死人了也不赔钱。他爹抓起来，他就失踪了。王老民被愤怒的人流裹挟，也胡乱地、也蛮有心地抢了两把镐头、二十几斤炸药，还有一个收音机，喜滋滋地背回了山谷。

他想，是时候了，我得把那个落水孔挖挖看。

落水孔其实就是个喀斯特漏斗，伏水山谷的水经它排出去，并形成一条地下伏河，其出口在四川那边，不过现在已经完全堵塞了。

他的老婆死于一场热疾，后来又来了一个老婆，叫马桂，带来了一个女儿。儿子从小身体瘦弱，患有哮喘。可继女却像施了化肥的庄稼，见风长。有时候，她一顿会吃上三个人的饭菜，家里的洋芋、红薯、苞谷在黄桶里看着往下跌。这么个吃法，一定要把王家吃成一个赤贫户，何况王家已经穷到底了，只见锅响，不见油冒。他想找个理由把这娘儿俩赶出家门，可是一直下不了这个决心，那马桂对他太好了。慢慢地，也就狠狠记着了一定要找个让继女还米债的事儿。十六岁，今年，她的个头已经高过了门楣，进出必须弯腰。那何不让她去挖落水孔！挖穿了落水孔，那属于他第二轮承包的几百亩山谷就可以变成良田，至少可以成为林地。现在，狗村长死了，炸药有了，又正是瘦水的冬天，此时不干，更待何时！

他坐在老爷岩的山尖上，抿着干枯的、发炎的嘴唇，心中热情洋溢，激浪翻滚。看着腾起了一层沼气的脚下的山谷，那儿，安静如常，有正在越冬的白鹳起落，像一些白色的飞絮飘在眼际。遭受过夏日洪水侵蚀的稀落树丛，蜷缩成一团一团，露出它们枯黄无助的面容。

那里——他的手一挥——即将变成田畴，宽畅的泥垄间，到处是耕作的身影，苞谷由青到黄，喷吐着妖冶的红缨，独活的红梗摇曳着，散发出特有的药香——这些独活在无风的时候也会摇动，齐刷刷地，像波浪一样摇动，它就叫独摇草嘛。那是多么美好的景象，乌鸦啄食着泥土中的地蚕，风从植物间穿过，阳光淡得像女人的眼神，再也没有泥沼的臭味儿了，水退去，莫名其妙的怪鱼将会绝种，高山沼蛙哭泣似的叫声将远去，人们的梦将变得香甜、缠绵……

回到家里，他把他的打算告诉了家人。这想法是早已有之的，只是，他背回的这些炸药表明马上就要动手了。冬天的严寒在这个山谷是残酷的，没有谁出去，连獐子都会冻死，就在前两天，一头冻死的野猪被另外两头野猪争食，整整打了一夜架，就在山背后的崖下。每家大约要得一垛柴火来对付这不近情理的冬天，连狗和猫都整天守在火塘边上，以至于造成严重的便秘，拉屎时狂吠乱喊。

他的女人，马桂，一个面相干净的女人，牙齿整齐，鼻孔适中，她虽然生有一个高大的女儿，却并不粗蛮，也不泼辣。让自己带来的女儿在这个冬天干如此繁重的活计，比村里出义务工去山下修路还可怜、累人。而且，想一想吧，这山谷里的刀子风，还有泥浆、炸石，挖、背，一共就三个人，两个大人（王家兄弟），加上一个十几岁的女娃子，马桂在家做饭，喂猪，身体欠佳的儿子负责铡猪草，遛遛几只羊，再是去帮铁匠秦二拉拉风箱淬淬火，加工镐头。更重要的是：那得挖上几年呢？

挖上几年是几年，这是王老民的回答。你不挖，就永远不会挖，永远挖不穿。

山谷是他的山谷，至少有二十年了，是他承包的山场。当年，在别人都要山坡时，他要了这片冒气泡的山谷。山上当然好，山上有百年老树，有总能割出漆流出桦汁的经济树木，有挺拔的芝麻栎，有结实的铁匠木，还有学大寨时垒的梯田。王老民要了几亩门前的梯田，剩下的全要了山谷，山谷比山坡的树木一亩少六毛钱，山谷四毛钱一亩。他说："我全要了。"他于是要了，卖了一头牯子，要了。然后，他乐呵呵地对兄弟王老根说："泥炭是我们的啦。"

泥炭是沼泽中的臭泥，罱起来贴在墙上，晒干了，当柴烧。别人再也无权罱他的泥炭了。可是，谁家又缺那一船臭泥巴呢？随便上山搂的柴也烧不完。除了泥炭，还有一些顽强生在水中高地上的棠栎、珠珠树，一到夏天，它们就漫颈了，冬天再出现，一个个灰头土脸的，看了让人心酸。有几棵椴树还在水中顽强地开花呢，可蜜蜂一旦接近，就会大叫着离开，没飞多远，就一头栽进水里，死掉了。

"我说，"他说，"我过去是被村长骂苦了，我也是一个人，爹妈生的，为什么老让他骂呢？人穷志短，马瘦毛长。年年吃福利，那还不被他骂？现在，他死屁了，我突然想，我们应该活过来。他不能让我活过来，我自己让我活过来。"

他的话当然有道理，他吸着烟，阴沉的脸上透出不容反对的信念。他的兄弟一声不吭。

"我是说，这是要人死的活计。"他的女人马桂说。

"你他妈的少放屁。"

"累死人。"女人补了一句。

"干什么不累？睡也累呢。"

炮声惊醒了沉睡的山谷。

有些小小的骚动。石屑和泥块在试探地落下来，从原来的位置飞溅到另外的位置。炮声惊起黑鹳和凤头麦鸡。凤头麦鸡慌乱地振翅时，翅上闪烁的金属般的光亮，带给了人们一些欣喜，并让山谷经年的昏暗消退了许多。

是泥浆，就运到自己和邻居家未种东西的梯田去；是石块，就堆在冰面上，等到雪化，这些石块就会沉到水底。

这是一次浪漫的行动，像一次游戏，他尽量冲淡它的意义，不想多说，笑笑，宁愿多敬几支烟给来看热闹的乡亲，说："冬天没屎事。"

铁匠秦二说："那你可以把泥炭洗白吗？"

王老民只笑，抠着嘴上的死皮，看着风雪弥漫的王家寨。

等他们走了，他还想多看一会儿寨子。那是他先人的寨子，在老爷岩的绝壁之上。可以说，在某些方面，他继承了他祖辈的浪漫心性。比方，一个郎中，为何不选择县城，而偏要到这绝壁之上设堂坐诊？人们的解释千奇百怪，新版《县志》上也没有答案。只说是一代名医，只说是王家寨过去有四层雕梁画栋的悬楼，在夕阳下如蜃景一般。而现在这寨子已经坍塌了，那四层楼已被无情的岁月抹去，只剩下四排巨大的凿孔（插木梁的），空洞地、无望地望着阴冷潮湿的山谷，像祖先们死不瞑目的眼睛。

可是，这里，水下，老爷岩的山脚，曾有一条通往四川巫山的石板小路，就是在这小路上，排列过三十桌热气腾腾的酒席，是大土匪高不留为答谢他的祖父王长卿郎中而摆的，祖父治好了高五年不愈的枪伤。这是何等风光的酒宴与排场啊，这虎狼出没的山谷里，八仙桌一字排开，人们猜拳行令——所有的酒菜、桌椅全是由数百人从百里之外的房县县城背进来的。你还能有这样的风光吗？而且，王长卿还有一个特殊的嗜好，在农历六月初六龙晒衣的日子，用簸箕晒他的银洋。别人若问其故，他说怕银洋发霉了。村长就提过这事，村长说："老民，你抵不了你老爷一根寒毛，老子要是你，早就一头撞死算了。"

落水孔是哪一年堵塞的呢，没有谁能回答，等人们知道是怎么一回事之后，一切都晚了。山上的树砍光了，泥土碎石全被雨水刮下了山坡，是它们填满了那个深洞，深洞中的伏河。

开始的一个月均无怨言，也还顺利。炸药要得越来越多，王老民只好背出了两只羊子，到山下去换炸药。剩下的炸药他是交给兄弟老根的。老根虽言语不多，却极心细。然而，人算不如天算。那天上午老根点了炮，等到洞里平息了，觉得没了危险，便点上松明进去，就在这时，一块炸松的石头恰好落在他的头上，那石头足有脸盆大小，可以想见它的威力。

王老根当即就闭了气，头上血如雨淋，囟门那儿裂了个大口子。这老根到三十多岁，囟门还是软的，好像小儿一般。

砸死人了，就等着王老民回来，洗身装棺。

王老民下午回来，见兄弟如此这般，就找了些救命的草药，熬了汤猛灌，又掐了他一些穴位，没有什么反应，于是背起兄弟，就往山外而去。

他想救活他的可怜的兄弟，兆头又是如此不好，这命若救不活，不是断送在他王老民手上了吗？谁让王老民想这个心思的，而兄弟又实在可怜，不仅三十多岁了还单身一个（老婆在新婚之夜跑了），而且遭受过几乎所有的苦难。比如他打野猪时被猪蹄敲掉了六颗门牙；曾在一九九六年迷路在迷魂垭五天，回来时骨瘦如柴，全身爬满了山蚂蟥；有一次罱泥炭时船绳绊了他的脚，在水底下爬不起来，肚里灌了足有七八斤黑水；山中稀奇古怪的凶兽他都碰见过，他还见过黑乎乎的棺材兽，一头大，一头小，头上写着巨大的"奠"字，像一口活棺。懂科学的人说这种野物是林豚，可王老根回来分明大病了一场，满嘴胡话达半月之久。

　　王老民含泪叫上了儿子胜利和继女小小后头跟着，他一个人硬是背了近百里路没歇一口气。到了房县医院，医生当即给王老根开颅。颅打开时，一股猛烈的白气往外直冒，医生赶快给他推降颅压的甘露醇，又加上脱水剂、利尿剂，均不管用，血肿如常，心跳休止，血压为零。医生只好三针两线缝上脑袋，叫王老民快背回去埋掉。

　　这一天的雪下得确实很大，他的兄弟全身都冷掉了，并且僵硬。但是在路上，他听见了属于他兄弟的那种喘气声。这个他熟悉。这是在第二天的天亮了，他们在山路上整整走了一夜，没吃没喝。他分明听见他兄弟的喘气，回过头问儿子与继女：

　　"你们刚才谁喘了一口气？"

　　谁都在喘气，尤其是害哮喘的儿子，有时喘得蹲在山岩下半天。但是他问的是他兄弟的那种死去活来的回气，他一定是幻觉，两眼已经模糊，困，乏，加上饿，渴。他伸出一只手去试兄弟的鼻子，有了一丝儿进出的气流，他就狂喊：

　　"你们叔叔活过来了！"

　　于是他把他放下，放在雪地上，看他的胸口真的有微微的起伏，喉骨在蠕动。

　　"快给他塞雪。"

　　塞了一把雪在他嘴里。三个人把他的手、脚用扯来的巴茅草包好，王老民就喊他的名字："老根，兄弟，你醒过来呀！"

　　再背上他上路了一段时间，雪就停了，天就开了，山脊上露出了一半橘红一半蔚蓝的颜色，鸟在天空划出了晴朗的痕迹，并留下清寂的、隐忍的叫声。这时，王老民看见他的兄弟也扑棱棱地飞了起来。

　　这绝对是清晰的印象：瞬时便飞走了两个一模一样的兄弟，往林隙上空而去。他猛然想到：这不是兄弟的三魂走掉了两魂吗？

　　先走了游魂，再走了超生魂——就是托生了，兄弟的方向是往四川去的。还剩下一魂：守尸魂。"兄弟呀，兄弟，你就是活过来，不也是一具僵尸了吗？！"

　　这么想，他的心一阵一阵地寒冷，最后的热气遽然间被什么东西席卷一空了。失去了兄弟，他怎么向乡人交代，又怎么向死去的双亲交代呢？

"全是我的错，兄弟。我害了你！"

他一路哭诉，连他的儿子和继女都不知道他为何这么伤心，不是活了吗？叔不是喘气了吗？

女人马桂早已差人为小叔备好了棺材，铁匠秦二也被请来了，负责钉那些扁形的棺钉。他们知道，人死是不可能复活的，王老民之所以要去房县，也是一个程序罢了，以免以后给闲人留下话柄。

可是，王老民还是不肯罢休，他觉得还是要救。他想起竹山县有个郎中，曾在这一带采过草药，有一次王老民与他在山中相遇，谈过一些药理，很是佩服，他决定去找他一试，于是拔腿又去了竹山。

家里还是按部就班地赶办丧事，乡亲们为王老根净了身，换好了衣裳——那一身当新郎官的衣服正好做了他的寿衣，马桂为他纳的过年的新鞋也穿上了。放进棺木之后，乡亲们便把胜利和小小都绑在了门前的楝树上——因为王老根没后，侄儿侄女充当了儿女。风俗就是如此，必须把后代绑在树上，以免他们吵闹耽误了逝者上天的时间。

在秦二钉第三颗钉子的时候，王老民和那个郎中回来了。好一顿臭骂，王老民咆哮着要他们把他兄弟拖出来。那郎中手拿着一把钢针，是一个消瘦的男人，尖脑袋，细胳膊，时隐时现的眉毛，两只委屈的眼睛忽闪忽闪。

"我又不是斋公师傅。"他说。斋公师傅是为死人做法事的。

但是人已经拖出来了，王老民愤怒一阵之后大家都一致地屏声静气，看那个郎中怎么来治这个死人。

神话般的郎中在死人身上又扎又捻，到处插满了钢针，嘿，人就活了，脚筋乱扯，嘴乱歪，耳朵乱动。接着，大家就听见了轰隆隆的脉声，如天上过飞机，如兽群在山梁夜行。

这么洪大的脉可真是少有的，大家喜，郎中不喜，撇着嘴说：

"脉虽来了，不过是秦王的赶山鞭赶的，是个死脉，医书上叫疾脉，疾脉浮而无根，这无根之木，终是一死，鄙人无能为力了。"

王老民说："且慢，既有人气徐来，便有性命三分。这人气旺，脉气定旺，你骗不了我。"

郎中说："诚然，你为王长卿的后人，也是神医世家，俗话说，没吃过猪肉，总见过猪在地上走，什么都瞒不过你。但是，对天发誓，我确实不行了，医术到此为止，再治，也就是这个水平了。明人不说暗话，我不过是个巫医罢了。"然后，伸出脸来，要王老民掌掴。

王老民哪敢打人家行远路而来的劳碌郎中！心想："总算给我把脉拽回了，没有一定的功夫，也是拽不回来这脉的。有了脉，我就来试试，死马当活马医吧。"他吩咐他女人马桂给郎中打四个荷包蛋。心一定，头绪也有了，主意也来了。他猛然记起阁楼的椽子上吊有一包麝香，是二十年的老麝，父亲在世时说过，这是起死回生的良药。他取下麝香，对那吃完鸡蛋正打嗝的郎中说：

"我这儿有一包好麝，不知愿意是否再试试。"

郎中有了暖意，嘴也吃甜了，说：

"是什么麝的？"

王老民说："白麝。"

郎中跳了起来，道："快快打开。"

打开那火柴盒里的小纸包，登时一股奇香弥漫开来，郎中惊呼道："好麝！好麝！"又道："你也知白麝与命门关相配，可以从阎王口里拔牙。早知如此，为何不早点拿出？"

埋怨归埋怨，王老民于是配合那郎中，点燃一支艾蒿，洒上麝香，便灸王老根的几个关口。关隘一一打通了。这样翻来覆去两个时辰，王老根就睁开了眼睛，用隔世的眼珠子望着众人道：

"好大的火呀。"

二

兄弟活了。

兄弟是活了，也是全山谷的人都看得见的，是他王老民把兄弟从地狱里拖回的。兄弟活了，还得继续挖落水孔。他活过来，他就得挖。再说，这山谷有王老根的三分之一，约一百五十亩。当时没分开，与村里订合同也是两人签字按的手印，而且兄弟也没有分锅。只是住——在王老根结婚时，王老民给他做了两间干打垒的石板瓦盖房子，但是老婆却在新婚之夜跑了。什么都不因为，只是王老根说了一句："别穿衣裳睡，别不把衣裳不当粮食。"这个山谷的男人怎么这么小气呀，于是跑了。也许还有别的原因，谁知道呢。但是山谷的人都说，王老根和他们都一样，从小就赤条条睡觉的，山外的女人不懂。就是城里捐来的旧衣服，也没谁敢穿着睡，这么抛洒浪费的。唉，老根也只有这个命了。

老根还是得挖。过了春节，天气转暖了，他们的进展很快。王老根自打伤后，头还是未消肿，还是一个大头，囟门那儿被医生缝紧的头皮中，长出一蓬弯弯扭扭的白发来，没牙的豁嘴显得更深，眼神更直，更木，更高兴，微笑着，口里咂巴着，好像品味着美味佳肴，好像咂着女人的奶子。

他老哥奖赏他，给了他一台收音机，就是在村长儿子矿上抢的。这收音机在这山里听得不甚明白，信号不好，有时候，他用它来听北京的报时信号。很奇怪的是，他只要一拧开，就能听见里面"嘟、嘟、嘟"的报时信号声，总是分秒不差。

他——王老根，总感觉到身上有一团火。

他还说脑壳里有一团火。他敞着怀，休息时仰面躺在冰面上，跷着腿，抱着收音机。在常绿的棠栎树下，留鸟们在纵情歌唱，石楠斜铺着长长的枝条，上面绣着雪层。而他，他的胸膛，正冒着腾腾的热气。

他有使不完的劲儿。

这一次挖孔结束到四月止。第一场春雨来后，他们收拾好镐头，并将落水孔前挖了一条排水沟，将孔洞挖成一个斜坡，以期洪水的力量将洞冲深一些。

这样，又等到十二月份，开始结冰了，水也慢慢退了，山谷的水波成了衣衫褴褛的零星泥沼，他们便又上阵，接着春天的活路再干。

然而，情况并不妙。他们发现，过去挖的落水孔不见了，淤泥、浊水和从山上、山谷间流来的枯枝败叶，又充填了那个孔洞。

这情景是王老民没能料到的。他也曾想过在挖出的孔洞前安一个拦污栅，但是，淤泥如何能拦住呢？它们将流向哪儿？它们只能钻入洞中，成为掘孔者的仇敌。

对此，王老民的兄弟老根是没话可说的，要他挖便挖，什么都不说。王老民把自己瘦弱的儿子也拉入了铲泥的队伍。那么，他明知道继女的"大姨妈"（月经）来了，也不会让她歇着。因为，大家看到，那个叫王胜利的、平时游手好闲并且还要喝上两杯的臭小子，也被他爹牢牢地钉在了落水孔里。

他的女人马桂在那个石板盖顶的屋子里，可以将一切收拾得井井有条，那些人回来有热饭添进碗里，筷子洗得干干净净，然后有热水洗脸，再舀上一瓢泡脚。猪因为吃饱了，在柴草间打着满足的鼾声。但是羊太多，她无暇照料。羊因为怕冷，挤在用木板搭成的高台角落里，又因为拥挤，蹄子掉进了板缝，瘸了。板缝太多，却没有一个男人来修整。她寻思着看能否把羊卖掉几只去。因为它们吃不饱，每天深夜的叫声可怜兮兮，那么尖嫩的、重复的叫声，直往人心里去，跟小娃儿在风中的哭声没有两样。

"那你就干脆说了，不让小小挖便了事。"

她的男人说出这样的话来，没有丝毫商量的余地。

"那就让它们饿死吧。"她说羊。女人暗暗地抹着泪，背着因为太劳累而熟睡的女儿。在这个家里，她们是外人，侵入者。她又能说什么呢？

早晨起来的时候，她就对自己的女儿说："小小，晚上回来的时候，带几把羊草回来。"女儿看着眼睛红肿的妈，她心里清楚，只是不说。

中饭过后有片刻的休息，大家围在火塘边烤泥浆濡湿的裤子和透水的鞋子。小小就出去割羊草。胡颓子黄了，淫羊藿也枯了，羊只能啃吃埋在雪里的草根。她挖着草根，从干硬的石头和冰块下挖出那些草根，并不是容易的事。若是在夏天，她麻利的手脚不到半个时辰可能会割一篓好的红三叶草或是野苜蓿。夏天根本就不需要割草！冬天的野兽多了起来，因为缺少食物，羊若没人照管，出来觅食，就会被野兽当作美餐。她在想着冬天的难事，泪湿衣襟。

"这对我们有用吗？"她这样想的时候浑身就会没了劲儿。王家寨不是她梦想的源泉，那里没有她的激励，她虽然姓了王，那也不过只与一碗饭有关。伟大的母亲，她做出来的汤水饭，渍出来的酸菜，全是她的女儿吃了，她还是一再制止女儿的饕餮，说："够了，饱了，行了。"每餐都这么提醒，仿佛，我们母女是白吃了人家的饭。在那个烟熏火燎的、乌黑的厨房里，猫和毒蛇睡过的渣窝旁、灶口前，火钳和锅铲，永远是妈的工具，她还要喂牲口，剁猪草，煮猪草。莫非我们就是他们的奴隶吗？

"妈，我们走吧。"

有一天，她这么对妈说。妈知道女儿吃不住了，妈摸着女儿红肿的、被篾绳勒出紫印的双肩，还有冻得破溃了的手，说：

"妮子，哪儿是我们的家啊，这儿就是。"

"那我要出嫁，我出嫁了带您走。"

"妮子，你这么高的个头，哪个敢娶你啊。"妈叹气。

"我打篮球去，我找县里的体委去，有人给我说过，我要小舅带我去。"

女儿很天真，可女儿是一心要离开这个令人压抑的、让人如牛马一样的山谷，为娘的就要劝她了。娘说："一切都会变的，说不定真挖穿了，咱们娘俩跟他们王家的人就要享福了。你现在的爹不是说了吗，什么都会有的，以后要住楼房，顿顿吃肉。"

"这是鬼话！"女儿说。

女儿的小舅就来了。仿佛知道她们需要他似的，有一种心灵的感应。他是在邻村巡线走了十几里山路顺便来看看姐姐和外甥女的。

女人的这个弟弟在山外的一个水电站干巡线的活儿，虽说是个临时工，可行头很气派，穿着工作服、绝缘胶鞋，腰里还别着起子和尖嘴钳。

喝酒的时候，他对王老民说："姐夫，我说你们就别挖了。听说这落水孔过去一直通到四川那边，少说二十里路，你能挖到啥时候？"

王老民含含糊糊地说不会堵这么远的，肯定是哪儿的石头卡上了一些树枝，泥巴一去，就堵住了。他说他贴着洞壁听见有流水的声音，肯定水就在不远，证明没有全堵，说不定几天就会挖穿，很有可能的。他说，从一个很窄的夹壁进去，就是一个深潭，不会超过一百米。小时候，我们冬天经常钻进去，到那个深潭里捉鱼，鱼是无鳞的，没眼，透明的，笔杆长，叫洋鱼条子，很好吃。那潭边，总会出现许多人和野牲口的脚印，你抹平了，第二天去看，又会有那些脚印，不知从哪儿来的，都说里头有鬼。后来淹死过一个人，就没人敢去了。估计，就是那夹壁处堵塞了。

小舅子不听这些，他坚持说："离开这儿吧，姐夫，到山下的公路边去，那儿也能喂羊和牛。你懂草药，你摆个草药摊子，比这儿强百倍。"

"你以为我要饿死在这里吗？你姐和你外甥女会跟着我饿死？"

"不是这个意思，姐夫。你要过上好日子，这儿肯定不可能，又不通电，又不通路的。你家祖上当年住这儿，因为他是有名的郎中。"

"我就刨地，饿不死人的，我一样吃腊肉。"

"是饿不死人。"

"我说这儿比哪儿都好，随便抓一把野果就能填饱你的肚子。"

说服不了这个固执的、自私的姐夫，女人的弟弟坚持要把小小带出去，说是要参加县里的篮球队。

王老民不相信篮球队会要这样的蠢妮子，她篮球都没摸过，别人肯定不会要她的，带去就带去吧，她准会回来。他不好驳小舅子的面子，老婆又不是原配，女儿也非亲生，那就只当准她几天假，让她休息几天吧。

这个巡线工临走时对王老民说："我告诉你一个不幸的消息吧，姐夫，这次全国农网改造，也根本没派你们的单，这山谷通电架线，就七八户人家，怎么都不合算。给你两百二还是三百八（伏）的电？架水泥杆还是往树上钉？是牵四个的还是六个（公分）的线？一路线损，一度电要收你多少钱呢？我估计，要通电，那是十年以后的事了，姐夫。"

"我从来就没想要那个尿电！"王老民说，"我还供不了那尊菩萨。不用电灯莫非活不了吗？我没看你们用了电灯会多长一块肉！"

无法说服这个姐夫，巡线员便带着小小离开了山谷。

但是这个冬天奇冷，下过几场大雪后，太阳就没有出来过，于是地上冻起了牛皮凌，所有山峰都变白了，都戴上了厚厚的冰盔。往四围望去，好像一个个巨大的白冢，树及各种植物都被包裹在冰下面，整个世界犹如幪上了一层悲恸的、凄惨的尸布。就有人传话说，老虎下来了，要到山谷寻吃的来了。老虎（和其他什么野牲口）也要躲避山上的严寒。

虎啸果然出现了。

这是儿子胜利说的，那天他到山坡上砍柴，看见一只老虎从老爷岩窜下来，追赶一只麂子。后来，那麂子跳了崖，老虎只好回去了。铁匠秦二也说他见到过，他说的更恐怖。他说那天他从四川卖锄头回来，经过八卦尖时，看见一只老虎在啃吃一条人腿。八卦尖正与四川交界。不过秦二说得也太邪乎了，他说那老虎分明啃的是一女子的腿。有人就说秦二家的床下的确藏有一只鲜红的女式高跟皮鞋，跟有两三寸高。"那么，不是旅游的就是走亲戚的，或是女鬼。"有人总结说。大家就要求秦二把那只皮鞋交出来，并骂他是个老邪货。有人就跑去他铁铺里，搜来了那只皮鞋，果然是高跟，果然是红的，还擦得贼亮贼亮的。有人就打趣说："秦二肯定晚上抱着这只鞋睡觉。"秦二告诉大家说："那虎头上的'王'字，跟老民爷爷过去的药堂幌子上的那个'王'字，一模一样，誊写的。"

他于是示范地用树枝在地上划了个"王"字。大家看着这个"王"字，又看看王老民兄弟、胜利，没有话了。

后来，王老民笑了。他不笑这事不得结束。他笑着说："呵呵，我祖宗来了。"

秦二说："这个冬天你们家里这么多人在山谷里挖洞孔，老虎也没拖吃你们，这不是明摆着的吗？"

"那我也就是老虎啰？"王老民说。

"哪里，哪里。"

"你不就是这个意思吗？那我王家人都是野牲口了？好嘛，小心我吃人。"

大家看见王老民生气了，他果真生气了。山谷里的活儿停了，女儿走了，他正为这事的不顺而烦呢，又听到秦二说出这种狗屁话来。但虎是实实在在的，秦二这老狗日的一只红皮鞋就是证明。

"我倒要去见识见识这只老虎！"

他发了犟，他想赶走这只老虎。他还想看看额头上那个神乎其神的"王"字。

晚上，他蘸着水和惨淡的月光磨着猎叉。空气已经整个被冻住了，到处是树挂哗哗啦啦的干硬的响声，从树林里透出来的寒气好像是僵死的，散发出奇怪的腥味儿。

"你真要去杀虎吗？"他的女人马桂说，边说边往磨刀石上浇水。磨刀石是个废弃的石磴，因为长年磨铁，已经凹进去一块，那石头发出一种沙沙

135

的、削铁如泥的吞噬声。

王老民噢了一声。他磨好了猎叉，进得屋去，又端来一个破碗，那碗里装有羊角七藤挤出的毒汁。他用布筋蘸了往叉尖上抹。抹一遍，用火烤干，再抹。

他的女人当然不会让他去，结果他还是走了。像他这么单薄的人去斗虎，在过去的山谷里不是没有过。虎跟其他野牲口一样，甚至不如野猪，那不算什么。当然，这是在有枪的年月。可他怎么看都不是斗虎的人，薄得可怜的嘴唇，干瘦的下巴，眼睛甚至有白内障，只是手脚还算利索。

他就这么走了，但走了不远，他兄弟王老根就赶上来了。他兄弟倒是很墩的木筒身材，有力，仍然敞着怀，头上那缝过的地方伸出的一撮白发使他看上去像一只奇怪的鸟，像戴胜鸟。他兄弟拿着一把砍刀。其实王老民腰上也别了一把象鼻刀。他对他兄弟说：

"你来干什么？"

他兄弟走近了却不敢靠近，有点害怕的样子，垂手提着明晃晃的砍刀说："嫂赶我。"王老根用手示意。

"回去，回去。"他的话说一不二，留下在那儿徘徊的兄弟，过了一会儿，他再往原路看时，兄弟不见了，回去了。

他现在一个人。

红果累累的蜈蚣刺在路上盘踞着，它们豆瓣似的小叶也全是紫红紫红的，小路的两边全是，它们长着长长的带刺的枝条，呈现出俏皮的、鲁莽的造型。冰瀑正顺山而下，层层叠叠，从上面滑过的风比刀还薄还寒。天空高朗而荒寂，山崖却拥挤着许多属于冬天的植物和景色，枯黄的灌木丛有许多不肯落下的叶子，正在风中有一阵没一阵地呻吟，然后是自己胸腔的心跳与气吼。就这么，他向上攀登，不知不觉已经到了王家寨的山门前。

"我是向这里走的吗？多少年我都没朝这边走了，我故意躲避它？我只仰望它，在夏天，我仰望先人手拿蒲扇的影子；在冬天，我期待着那寨门出现戴金丝猴皮帽的人，女人挽着烧金炭的手炉，环佩叮当，红鞋如莲……可这全都不可能！"

他干脆登上了寨子。寨前用石头砌的平台坍塌了一个豁口，在下边，靠洞子的那儿，堆有一大堆大大小小的卵石——那是用来对付洗劫寨子的土匪的。现在它们遗弃在这里，仿佛抗敌的人拍拍手进洞了，敌情解除了。可是，这些石头明明白白地告诉他：祖先们都是提心吊胆地在这儿活着！扒开羡慕的表皮往深处看，每个人的一生都不是那么轻松容易的。

他陡然为自己，也为先辈的命运而一阵鼻酸，也增加了不少劲儿。在这儿，能听清楚一种从冻僵的栎树和灌木丛间发出的尖锐的声音，是被冰雪长久压榨的不堪忍受的声音，可人却什么都能忍受。

人比万物都更坚强。

他糊里糊涂地就走进了洞子，然后——

他看见了一个兽巢！

他发现了一堆骨头！

他哪还敢细看是人的还是兽的骨头，拔腿就跑，就往岩下跳，顺冰瀑往下滑。

等他下到山谷时候，他不知自己是怎么飞下来的。

三

小小回来的那天，一场大雪降临了。

事情正像王老民的预料——他应该暗自得意了——小小垂头丧气地回来了。

小小看见屋里围着一堆人，在火塘边正在讨论一个很亢奋的话题，每个人都奋不顾身地插嘴。大火熊熊，许多人都争先恐后往火里投柴，仿佛只有投柴让火蹿起来才能把这个话题说透似的。

大家看到小小从野外只身归来，一个个诧异得嘴巴都合不拢，发出抽冷气的"啊啊"声。

"难道你没有闻见外头有什么腥味儿吗？"

小小说没有闻见。

"那是老虎的腥味儿，整个山谷都是！老虎来山谷了，进了你们挖的那个落水孔了，你们正好掏了个虎窝。"

事实上，野牲口对天气是十分敏感的，这证明，更漫长的风雪要来了，这个冬天难熬啊。

想下套子杀虎的人说，这是不能干的事。

想下阎王塌子的人说，这也是不能干的事。

阎王塌子得上百根好杉料和几千斤石头，除非是恨它不过了，才使这玩意儿，把它砸成肉饼。说只是说，就算老虎吃了咱山谷的人，你要砸它，也没木料做那塌子了，连烧木炭的铁匠木、刺叶栎都砍光了，人们在冬天，只好守着半干不湿的树疙瘩烤火，来对付毫无道理的、无赖般的寒冷。

"老虎啊，老虎，你哪儿不好去，为什么偏偏钻进咱们的落水孔呢？你是不是专来阻止咱挖这孔洞的？难道我们做错了？"

好在，一个壮劳力终于从山外回来了——果然不出他王老民的预料。但回来却只能让她闲着，让兄弟也闲着？看到小小脖子上围的一条从山外带回来的白围巾，毛线的，很长，齐了腰，毛茸茸的像兽毛。他想到铁匠秦二收藏的那只红皮鞋，山外的东西鲜艳夺目，让人不能安心。那么，他忽然想到一个念头：必须尽快让小小找个归宿，且是家里人。给胜利也可，给兄弟老根也可。以后遥远的挖孔任务不能没有她！其实这个念头萌生了很久。他只是在想着，那两个——儿子和兄弟，谁能与她匹配。

晚上他喝了很多酒，菜也不少，说是给小小压惊——小小黄浑胆子大没被老虎拖去嘛。

平时，总是女人马桂为他暖被窝的，而这天晚上他却第一次先上床去，钻进那冰凉的被窝。他的女人第一次得到这样的温暖，她甚至感到，在黑暗中男人把家里他睡的唯一一个獐毛枕头也递了过来，然后就是一番少有的亲热。

再然后呢，就是王老民说话了，王老民点燃一支烟，说："我说小小也不小了，胜利呢，也不小了，他们两人……我看……"

"你是说让他们两人结婚？"

"可以先定亲嘛。"

"他们是兄妹！"

"没有血缘关系，怕个么子！你若觉得不合适，老根年纪也不是很大……"

"他是她叔叔！"

"没有血缘。"

"人家要指咱脊梁骨骂的。"

"这是咱们的家事……"

"亏你想得出，你这不是逼我们娘儿俩走吗？"

"我倒是希望你们都不走，一个人都不走，都在这儿……"

女人马桂感觉到这个男人已经中了邪了。她犹如万箭穿心，她在想着这事如何了脱。

"高大、健壮、正常的女儿虽然心不太细，可她也不至于找已经傻得像块石头了的叔辈，况且这叔侄配是多么龌龊的事呀！至于胜利，这娃子她不是没想过，可是这娃子风都吹得倒的样子，如何能与小小般配！就算身高不成问题，我看不出小小对他有什么好感的。因为身体的原因，胜利这娃子已经废了，那还不废？你看，他晚上也喝了好几杯酒，在隔壁房里又哮喘起来了。有时候听他喘不过气来的声音总担心他会死过去。迟早，我看他就会这么喘着走的。"

她听见男人的鼾声，一颗很亮的星在窗外的天空，寒气从山谷，从门缝里，从瓦片间钻进来了，鸡开始叫了。鸡的叫声也显得有气无力，并一声声发颤。

虎呢，还在山谷中发出警醒的吼叫，势如破竹，叫声像一块冰，插进你的怀里。

第二天，山谷里来了几个人。

他们打着两条横幅，一条写着：人民村长人民选，选好村长为人民；一条是：请珍惜手中神圣一票。

这几个人全副武装，只露出眼睛来，眉毛上、头发尖上全是白霜，脚上的泥和雪裹成了树苑一样，看来他们的此行是沉重的。可他们精神抖擞。他们是来为山下二组的方柱子助选来的。

这实在是一个新奇的事情，人们就顾不得老虎的威胁，来看稀奇了。他们知道了山下正在选村长，这是全村的大事，七组的乡亲也不例外。不过照铁匠秦二的说法，谁当都一样。他说："八〇年，陈书记在位，我吃马铃薯；后来是叶村长，我吃土豆；现在若是方柱子、瘪柱子上台，未必我就不吃洋芋了？"

谢天谢地，老虎这天没有出来。

第二天又来了一拨人，是五组霍老四的代表，开宗明义地说他们不是来贿选的。不过，"老四当村长，家家奔小康"是他们的口号。

他们提出的条件还非常诱人，他们说只要霍老四当了村长，他保证负担全村人的所有屠宰税，并将所有十岁以下的未入学和辍学的娃子全送回学校。

这伙人走后，大家还聚集在王老民家里，说他们比虎还厉害，老四上了台，那不把村里闹得阴风惨惨才怪呢，看来老虎下来是有道理的，虎狼当道，莫非要老四坐轿？

"但是，"王老民说，"我们不要怕，善恶都是有报应的。我们不投他的票。"

"那你等着有好果子吃吧。"

"别吓唬自己了。"王老民说。他暗自猜想，肯定还有其他的人来挑战霍老四的，既然是选举，肯定有众望所归的人物会站出来。

他的预料又应验了。

又过了一天，又来了一拨人。大家看到，是高忠老师。这高忠老师过去当过村小学的老师，后来又当过一段村里的文书，据说与老村长合不来，便去贩板栗和香菇了，又听说他现在在巫山与人合股投资了一个景点，搞起旅游来了，也是个不安分的人。高忠相貌堂堂，悬胆鼻，眯眯眼，厚厚的耳朵，稳稳沉沉的传播智慧的声腔，走到哪儿都像干干净净的老师。可他是大土匪高不留的孙子，也就是与王老民祖父有交情的那个高不留，在这伏水山谷里摆三十桌答谢宴的高不留。

"王哥。"进门就是如此亲切的呼唤。

然后他就说：

"我想真干一番事业，想帮咱全村父老乡亲脱贫。不是一个人富，不是一个组富，而是全村所有人富。最穷的七组，应该最先富。为什么？我对这山谷有感情。我爷爷当年虽在这儿胡闹过一阵，可山谷里的乡亲们并没有亏待他，他吃了山谷四年的粮食。他后来罪有应得，可是乡亲们的情义，后辈总是得报的，你们让我为你们服一次务吧！……"

他具体地说到了他的规划。他说老爷岩、八卦尖为扼川鄂咽喉之天险，奇峰翠谷，风景绝佳，应该拿出去卖钱，引资进来。王家寨之险绝不亚于四川忠县的那个石宝寨，若重建悬楼，定为鄂中一绝。听说王家兄弟决意要挖通落水孔，那么山谷又会恢复为百年前的原貌，又是几百亩开阔平坦的土地，再施以配套开发，你们这山谷四月还飘雪，十月又飘雪，夏季如春，还怕少有城里的人来避暑吗？至于道路，从八卦尖向阳坪伐木队的简易公路开过来，也要不了多少钱，谁在这儿办旅游项目谁修路，虽说下山去村里绕了圈，但路过来了呀，以后就有了车，那你又怕什么远呢……

可是，邓道理的憨里憨气的二弟邓道德就说话了，他说："高老师，你当村长了，我们找你办结婚证盖个章，办打工的边防证盖个章，你不也一样收我们一百块吗？你争这个村长发疯了吗？发羊角风？"

铁匠秦二看来是要投高忠一票的，他打了一下邓道德的头道：

"燕雀安知鸿鹄之志哉！"

四

几拨人的"表演"教乖了伏水山谷的乡民，他们才知道过去完全是懵懵懂懂地活着的。他们知道了自己和村长的重要，而且情势非常危急，比打虎的事还危急。大家认为这关系到自家的生死大事，过去有没有村长无所谓，谁当村长无所谓，看来这种态度要马上变过来了。选谁当村长，是让人活还是死，活好还是活孬的天大事儿。当然，一切要以候选人的诺言兑现为前提。

当晚，大家打着火把，吼着山（吓虎的），到王老民家里合计，权衡再三，一致认为选高忠老师为宜。

就在大家在一份委托书上签字画押按手印时，邓道理却签了他投霍老四一票的字，这让大家不解且愤慨万端。

秦二对他说："你三弟的冤魂饶不了你的。"

邓道理却振振有词："道路若九泉有知，也会同意我的选择。"

"这是为何？"

"怕他霍老四报复打击呀，不如做个顺水人情。"他坚持认为，这个村长一定是霍老四了。他说："你们等着瞧吧。"

村里的人虽然未见过世面，但天理报应的东西还是深信不疑的。他们说，老村长都毙了，霍老四以后不毙吗？

这一次看来要让邓道理失算了，高忠老师成了新的村长。

那天，王老民带着山谷十几口选民的嘱托（就是那份委托书），一个人下山去作为代表投票。他记得那一天早晨的雾气很浓，像米汤一样，黏黏糊糊地与他的衣裳和头发撕扯着。他必须分外小心，于是打着火把，因为老虎怕火。

他记得当他走到山上的第一个隘口时，听见了一阵吼声。哪儿来的人呀，这么早吼山！走近一看，全是村里的父老乡亲，他们的衣裳都被晨雾打湿了，他们站在那山嘴上，原来是送王老民并帮他吼山赶虎的。连覃二呆都来了，他虽呆，但嗓子大。

"三五里不会藏虎了，我们已吼过一阵子了。"

王老民走了老远，还听见后头一阵一阵的吼声，那吼声迟迟地不肯离开他，伴随他。王老民走着想着听着，差一点流出泪来。他忍着，心里道："我不会辜负你们的期望的，我一定把人看准。"

他仔细想了想，掂了掂，高忠似乎是个可以信赖的人，首先他当然是想到能有人支持他挖落水孔，高忠理解他。他是一定要把它挖通的，然后，因为有祖辈的交情，他会在山谷的开垦上帮助他。还有，假如真要重修那四层祖上的悬楼（那得多少资金呀！）那真是天大的好事了，何况，他还拍了胸，要修来一条走汽车的路，就冲着这条路，我也不会投别人的票。

他记得那一天乡亲们的吼声穿过浓雾时的朗阔和力量，生活是有滋有味的，吼声中你可以听出他们的幽默、自信、豁达、粗蛮、没理由的快乐。

他记得那一天雾慢慢散了，山冈的雪盔，闪射着炫目的光芒，天空呈现出纯净的灰绿色，光秃秃的树枝也更加简洁地织在头顶。他不怕，他认为虎也不算什么，霍老四的报复打击也不算什么。他于是用少有的内心的欢悦唱了一首很下流的山歌：

姐儿生得矮堆堆，

一对妈妈像秤砣，

白日把给娃儿嗍，

夜里把给情郎摸，

你说快活不快活，

……

王老民下山后，遇到了一连三天的暴风雪，隔在了山外边。

他的兄弟王老根浑身被火烧着。老根睡了两天，又听到山谷里响起了锣鼓和镲子的声音，好热闹，爬起来出去一看，是向三爹在房县杀猪的儿子雇了一个响器班子，来把女儿接走了。向三爹儿子的女儿两岁，为防虎衔去，只好这么连同向三爹，一家人搬出了山谷。而雪下得委实太大，那一路人走得太慢。不过向三爹的屠夫儿子一路走一路放擂炮炸鞭退虎，给山谷带来了喜气，好像要过春节一般。大家屈指一算，还真离春节不远了呢。

王老根焦急难忍，就背着镐头去了山谷。

他是一个没有多少记忆的人，他去，完全是出于一种习惯，一种生活的惯性。在他燥热的时候，他总感到眼前有一些小小的人影，从他脑袋的囟门那儿出出进进，这种幻觉让他更不安。他想吹风，想吃冰，想在雪地上打滚。

他的嫂子马桂当然看见他走出去了。马桂在搂羊草的时候看见了这个人，她想喊他，问他。喊了一声，知这人耳背。她后来就站定了，闭住嘴，紧紧闭着，目送他蹒跚而去。那山谷里的危险正在她眼里加深。如果去一个，女儿小小就会减一分痛苦，添一分欢乐。"去吧，去吧，去吧！"她心中这么坚决地说，像是指挥，像是诅咒。

雪壅住了王老根的双膝，远远看去，就像一个锯断了双腿的怪人，像一团鬼影。就在这时，她猛然看到胜利从屋里冲出来，手拿着猎叉，飞也似的向那个背影狂奔而去，大喊着："叔！叔！"她赶紧闪进羊圈，贴在幽暗的木架子边，羊身的骚味儿和羊屎臭味儿扑面而来。羊也咩咩大叫起来，十几只全叫唤着，她一动没敢动。

胜利披着一块雨布，因为雪还在下，下的是雪子儿，他在奔跑中嘴唇突

143

然碰到了猎叉齿，嘴唇登时麻了，并且干枯了，唇肉和下巴皮发出一阵干裂的撕扯声——那叉齿上的毒性还在。风凛冽地回旋在山谷的冰面上，是从秦岭山脉扑来的风，又匆匆越过山岭，向长江以南扑去。山谷高地上的楠木和猴樟在风雪中呜呜地低咽着，一蓬高地上的大山楂和一蓬雷公藤上挂着的红果在风雪中张牙舞爪地伸出舌头大喊大叫。几只绿嘴雀冒着严寒，在那儿神情紧张地上蹿下跳。而这时，胜利分明看到了一串零乱的野牲口的爪印！

"虎！"

这一声喊把自己都吓了一跳。而冰面上已经没了积雪，只有雪粉在上面滑着，翻着筋斗，四处溃散。

说一声"虎"，虎就来了。

他的叔叔完全没有听见，也不见了，被那灌木丛和一人多高的芦苇丛给遮挡了。虎就在那儿，在苇丛的后面，睁着一双玻璃般的黄眼睛。

虎有点退缩，紧张，伏地，欲跑或是欲扑过来的样子，选择时机的机灵万状的样子。虎是这冰原上的一道温暖、神秘、凶残、随机应变的灵光，斑斓诱人。它又粗又丑的鼻子，宽大的上齿，胡乱插上去的虎须，像个精神不振的中年人。但是它下唇漏涎，腥味儿扑鼻，随时会有传说中的恐怖的冲动。

胜利又要哮喘了——这绝对是破罐子破摔的欲望，他必须克制，由手，到猎叉柄，到叉尖，都是克制的，让喉咙闭住！

虎爪好像黏结在冰上面了，那弓起的宽大的背脊也如凝固了一般。森凉的雾这时从山梁上卷下来，像云，比云更黏，更沉重，像一张吊丧脸。风这时似乎被吓停了，云漫过树丛，漫过天空，占领了所有的天空，在燃烧、蒸腾、跌跌撞撞。

虎的身影好像要被抹去，云要猎杀它，假如云有力量的话。云又像是抚摸它，劝慰它，悄悄地对虎说，你走开，别唬人家一个娃子。在虎嘴的左边，有一张绿茵茵的刀鞘似的厚叶子，正撞着虎须；在它嘴的右边，有一棵在冰上站起来的小树苗，也在碰触着虎的腮帮。都像在解劝，都像挺身而出的小小义士，阻止这一场血腥的弱肉强食。胜利在内心祈祷着，也感激着这些山谷里不知名的植物们，它们霎时成了村里的人，成了他的朋友——全是有生命的了！

在三股尖叉和四只利爪暗中算计着怎样获得那百分之一秒的抢先出击时间时，在僵持时，落水孔突然传来了用镐头掘石的声音，一下，两下，三下……再接着，雷管爆炸了，是十个雷管，或者一百个雷管，像有巨人跺脚、山崩，接着就果然传来了山崩——

滚滚的气浪带着火硝味从落水孔方向冲射而来，掀起钢鞭一样的雪粉，带着滚滚惊雷向老爷岩呼啸而去，攀上了老爷岩的顶峰。山就崩了，是冰瀑和雪崖。几丈高的雪尘柱向山谷回敬过来，如夏日的山洪。

这阵势持续了多长时间？等声音止息之后，胜利的耳朵还在轰鸣，而浑身的衣裳都成条状了。这个站在冰原上的少年，比树还笔直，一动不动。淡黄色的太阳出现了，天空奔腾着漂浮的云彩还是硝烟？

虎不见了。

他向落水孔狂奔而去。

落水孔传来了深邃的、柔和的水声。

他看到了一个深潭，在松明的映照下，碧波动人。

他看到了潭边的沙滩，上面仿佛印着许多人兽的脚印。

他看见了他的叔叔，浑身裹着泥浆，挂着镐头，抿着嘴唇在向他平静地微笑着。

五

"通了？通了，那很好！"

就在落水孔被王老根用一大堆雷管神奇地炸通之后，在农历的二月初，山谷里走来了两个人：一个是新上任的高忠村长，一个是高村长请来的客人。他们一路对落水孔的挖通表示了极大的赞许。

他们的终点正是落水孔和即将成为一片旱地的开阔山谷。

慢慢融化的寒冰正潺潺地向落水孔流去，山谷里表现着初春大病复原的虚弱和新奇。比如春天的地气正在微微上升，草芽开始试探地伸出了，树枝露出一块块青皮。只看到有一枝歪歪的野樱桃在开花，不过十来朵。墨兰与石兰的黄花藏在极不显眼的叶片间，藏在树蔸的后面，几只看来即将最后告别山谷的鸱鹭，文质彬彬，无所事事地缩着翅膀张望着，像些饥饿的高士。那个高村长带来的人看着眼前的山谷，不禁感慨道：

"真是广阔天地，大有作为啊。"

这个人姓金，是来自宜昌的一个老板。他穿着深蓝色的羊绒大衣，一条花格暗红底色的领带，洁白的衬衣领，恰到好处地卡着他的脖子和喉结。他的奔腾而下的鼻子虽然使得鼻梁的轮廓有些模糊，不那么挺拔，可一张很端正的嘴巴弥补了他的缺陷，整体上看起来，是一个不那么令人讨厌的人。

"这全是王组长一家的功劳。"高村长说。

"这里可以搞个狩猎场。"

"最好的狩猎场！没看到那儿有兔子吗！"高村长惊呼道。

顺着他手指的方向，果然看到了几只惊慌的野兔。王老民对他们说："这不稀奇，这儿到处是野兔。"

"好！"高村长说。

"嗯。"那个金老板说。他说："不错，那个是寨子吗？"他指着王家寨。

雪已经化得干干净净，雪本来就崩了。这时，从寨子的洞中淌出来一股瀑布，细细的，像一条白绢，荡荡悠悠地飘然而下，那些巨大的凿孔也因此透出生气来。

"那洞里的泉水是温热的。"王老民介绍说。

"真的吗？"

"冬暖夏凉。现在一定是温热的。"

他们坐了下来。

就在王老民为两个客人拂去石头上的落叶和泥巴时，他们看到了一条很毒的烙铁头蛇，又花又绿，正趴在石头的另一端。高村长说："快打了！"于是他抢先拿起了一块石头，蛇跑了。

"这么早蛇就出洞，不是吉兆。"金老板嘀咕说。

"它冻僵了。这几天暖和嘛。"高村长说。

"我看，我们来共同开发，共同承担风险，不能让我一个人承担风险，谁的钱都是钱，而你们不能一点责任都没有。"

高村长听到这话就跳了起来，一改唯唯诺诺的样子，道："你说谁没有担风险？你没看见他兄弟王老根吗？那——，那就是王老根，一个废了的人，就是为挖这落水孔砸废了。你难道不知道他们挖断了多少把镐头吗？十九把，十九把，全断了，秃了，没了。全是冬天挖的。你能说这不是风险？还有老虎，老虎现在当然走了，可你敢在老虎身边挖石头？"

现在，王老民手头有一份开发山谷的计划书，这上面写有许多诱人的开发计划：主持开发的叫"老爷岩狩猎度假村开发股份有限公司"，他们将修建一个占地六百亩的狩猎度假村，成立"重修王家寨悬楼委员会"、金金生物制品公司、金金绿色食品开发公司（将开发出松子、五味子、鱼腥草根、芫藿、蜂蜜、绞股蓝、桦树汁、香菇、木耳到宜昌乃至武汉各大超市）、野生动物驯化场（主要驯化梅花鹿、果子狸、竹鼠、麂子、獐子）。王老民与他的兄弟每年将得到九百元的补偿，其他被占地的乡亲也有不菲的补偿。

躺在床上的王老民当然有些兴奋。九百元他还真没敢想过，他连一百元一张的钞票也没见过。重要的是：汽车将要进山，路要修了，然后，到深山里度假的城里人将要来了，他们有男有女，有城里人香喷喷的笑声。看吧，山谷将苏醒，山谷将沸腾，灯红酒绿，人欢马叫，甭说几十年前的那三十桌，就是三百桌也不在话下。还将有山歌和民俗表演，将有篝火，将有卖旅游纪念品的，将有擦皮鞋的、洗头的、打台球的，山谷里将矗起一座小镇来，重现当年川鄂古道的繁华与热闹。

"我将死而无憾。"王老民咂摸着他心中的那一股暖流。

就在向阳坪那边悄悄进驻了一支修路队之后，小小的炮声和撬石声就响起了，也是悄悄的，蹑手蹑脚，不张扬，另一些人在修整过去那被雨水和岁月冲断了的运木材的简易公路。这时候，山谷里走来了一个高大的男人。

男人走在苞谷刚刚蹿起茎秆的季节，桃花盛开，金黄色的鸡油菌缀满一路。刚下了点小雨，山中的空气清新爽人，到处浮着温暖的蓝雾，连鬼灯台也擎起了高高的花盏，一种属于春天的、胆大妄为的香气从所有植物和石缝间腾出来，布满了天空。

这人是由小小的舅舅带来的，也穿水电站的工作服，也挂起子和尖嘴钳，还挂着一个移动电话。这人的手像巴扇，大大的脸盘上缀满了褐色的雀斑，粗壮的头发，宽宽的下巴，两手都拎着东西。

到了王老民家，那巨人按小小舅舅的吩咐把东西恭恭敬敬地放到桌子上，计有：酥糖一包，金蝶香烟两条，潮州产的"燕窝脑白金"一提，同样是潮州产的"香港葱油饼"一盒，两段深蓝色的布料，四双绝缘胶鞋。然后便说：

"伯伯，我提亲来了。"

他的嗓子稀奇古怪，使人想起一头蠢熊的吼叫。

"你提亲？"这屋里的三个男人都有些惊诧。

"当然是提亲。"他朝小小笑咧着嘴巴，王老民把目光转向了一旁的小小，他看到小小的脸红了，也因为羞涩笑咧起嘴巴。

他俩的嘴巴几乎一样，他们的个头也如此般配，他们站在一起，如一对兄妹，如天生一对！

那巨人说着就掏出一包烟来，撕开，将烟摊在手上，送给大家。然后便揿燃一个气体打火机，给大家点烟，连胜利的烟他也非常恭谦仔细地点燃了。他看见大家抽了一口烟，他终于吐了一口气。

屋里的气氛很紧张，很压抑。王老民的女人马桂给客人倒茶时，将一杯茶在桌上弄泼了，杯子发出倾倒的瓷音。这女人明显慌张。王老民让来人坐，看着桌上的那些花花绿绿的、参差不齐的礼品，门槛边还站有两个挎起子和钳子的电工，一共是四个人。王老民就说："请坐，请坐。"然后问他们有什么打算。当得到确切的回答是来送聘礼之后，他又问女人马桂有什么打算。马桂说，全看小小她怎么说了。

小小已经跑了。

然后就是吃饭，就是喝酒。那个长得比红毛野人还高的提亲者——听介绍还是山下小阡河水电站的副站长要敬王老民、王老根、胜利各两个（杯）。

因为他们是在一盏煤油灯下喝酒、敬酒的。当他站起来时，厚厚的身影一下子全挡住了从神龛上投来的灯光。这使人觉得他很可能绊下桌上的火锅，烫翻一桌人。大家提心吊胆地吃着饭，小小的舅舅时常在他站起来时为他笨拙的臂肘挡驾。

就在他拍胸保证这儿通电后，他马上又吐出了真言，他终于说出是高忠村长去找过他，因为那个开发公司提出这儿必须先通电，以改善投资环境，于是，高忠村长就把小小说给了他——原来，做大媒人的是高忠村长。

而这一切，全瞒着王老民，小小和她的母亲以及她舅舅早就得知并串通好了。

王老民压抑着他摔杯子掀桌子的愤怒。他今天就算喝死了也要跟这位未来的女婿喝，他要把他灌倒。可他自己先倒了。在倒之前，他也拍了胸：

"行，你把电牵来，我把小小交给你！"

六

山洪如雷贯入落水孔。

王老民站在川鄂交界的八卦尖上，仍能感觉到山腹中洪流涌动的颤抖。贴耳听去，隐隐的雷声遍布在整个大山深处。

他的兄弟捧着一把独活的种子站在他面前。兄弟在整个夏天都这么一副样子跟随他。

电线杆一根根延伸到山谷来了，而兄弟好像也一天比一天魂不守舍了，常常围着老爷岩转圈，撵牛，撵野兔，在山谷里跑来跑去。

"老根，你的命只是这样？"王老民对他说。他想起了给兄弟找点事，就说："你趁山洪来之前，多挖点泥炭贴着，以后就挖不到了，没了。"又说："兄弟，没事听听收音机，等我哪天下山去给你买新电油，要换电油了。"

他的兄弟果然就去挖泥炭，贴在墙壁上。没几天，整个房子的墙壁都贴满了泥炭饼子，连厕所也是。

儿子胜利也不愿待在家了，他常常躲在铁匠秦二的铁铺里，与那个老东西对酒。到晚上，他们就去抓沼蛙，还夹兔子，常常喝得烂醉如泥，唤都唤不回。

也许全家动手开垦这山谷，不让那金老板得到它，就不会有这样的事吧！然而女人马桂躲着他，小小也躲着他。做了亏心事，那还不躲着他！如果一切都将改变，兄弟和儿子也会有女人的，可能将会有更好的、身材更匀称的女人！

不过，他没有放弃在心里暗骂高忠村长，他觉得高忠也不是那么正派的、光明磊落的人。这么想，对高忠的不信任感油然而生，心中阴影层层。"我

149

还得找他要钱去呢！今年的九百块，我要嫁女，我得替女儿置办嫁妆，这门亲事不是你牵的红线吗？"

于是，他就下山去了。

见了高忠，本想找他发一通火的，没想高忠倒把他吼了一顿，说："八字没一撇，九字没一钩，哪来的钱？人家还没开始营业，连房子都没，到哪儿生钱去？他不给我我拿什么给你，拿命给你？"王老民说，那你既然分文不给我，你管小小的事干什么？

王老民心里的想法不好说出口，他想的是肥水不流他人田，想的是伤残后的兄弟甚至还有哮喘的儿子。电老虎有鸡娃子用，电老虎又不能送我一个弟媳妇或是儿媳妇，小小为什么就不能跟我家两个光棍中的一个，那不既少花了钱又亲上加亲了吗？

根子还是在那个从不显山露水的女人马桂身上。这个贱女人！她嫌厌咱们了，她想到山外享福去了，她想吃用电炉子炖的土鸡火锅了，她想睡电热毯了——这都是那个满脸雀斑的副站长在这儿说的。

他一路回来一路倾盆的大雨。山洪暴发了，在他路过修路的工地时听见了山崩的声音。那时候他正在过一座吊桥，就听见一阵天塌之声，红光闪闪，接着就有混杂的尖叫声。吊桥无故地就摇晃起来，差一点把他掀进了咆哮的河中。他忙跑去垮塌的那儿参加了救人。

山谷里洪水汹涌，但是到半夜就止息了，水从落水孔泄出了，泄到了四川巫山。

而早上就听见有人说，落水孔里游出了四只虎，一大三小，浑身湿漉漉的，顺着野草疯长的山谷，去了老爷岩。

虎原来一直在落水孔里！虎与大家相安无事！如果不是夏日的这场山洪去惊扰它的窝巢，大家还完全不知那黑暗的洞府里藏龙卧虎呢。

王老民的胆子就有些大了，他拿着猎叉想去山谷里看看，现在还能看看，以后恐怕就不能进去了。这次下山已经听村委会说那个什么狩猎度假村马上要围铁丝网了，还听说十月份铁定要通车通电。结果他看到，那些灌木和乔木的树干竟没有泥浆，被水冲洗得干干净净，只有一些草茎留在一些树丫缝里，迎风飘荡着，与树梢上生长的云雾草一起遥相呼应。他还在那山谷中发现了一条被山洪冲出来的、若隐若现的石板路！正是这条石板路，高不留摆过三十桌答谢王家先人的酒席，就是在这上面摆的，它的确正在老爷岩王家寨的脚下。王老民用手抚去落叶，摩挲着那些依然光滑的石板，这是被马蹄、行人和"背老二"（力夫）长年累月磨光的黑色石面，在露水的浸润下显出一种深远的魅力来。他寻找着，贪婪地嗅吸着，仿佛石板上还残留有先人们留下的笑声和气味，还留有放过桌子的痕迹。而一些负重的行客，穿着麻草鞋，手拿打杵，弓着背脊从八卦尖下来，又向远处走去，山谷的衰草渐渐遮没他们的身影。他们喘着气，怡然自得地高唱着伤感的山歌："爬了一山又一坡，没见姐儿来接我。不知官府有多远，脚趴腿软只想坐，牛马又能驮几多……"

洪水过后的山谷，是暴烈的太阳卷了泥沼的干皮。没几天，山谷就干透了，沼蛙哭闹的叫声消失了。又下了一场小雨，在早晨淡烟般的雾气里，往山谷看去，突然地上生出了一层野草莓，像神仙撒了一把种子似的；三叶草、江南蒿竟窜出了红花；一棵棵鼠李、棠栎，这些被多年的山洪欺凌、浸泡后扭曲的灌木，突然以一种奇异优美的造型在山谷里舞蹈起来。灰色的野兔忙着打洞，到处是一堆堆颗粒状的浮土。即使有水，那也不过是一汪明媚动人的水洼，像山谷的眼睛，含情脉脉地映着天空和男人似的峰峦。

最后一根电杆栽到落水孔那儿时，王老根剁掉了自己一只手指。

这时候，山谷里虎阚阵阵。

不良少年王胜利有过许多蠢事的记录。他虽然瘦弱，但是个天不怕地不怕的家伙。他曾经在镇上住读时戳破过别人的吉普车轮胎；他曾经给秦二的铁炉里放过一颗生锈的子弹，差一点炸瞎了覃二呆的眼睛；他还在山上移动了猎人的垫枪，结果把向三爹家的一头牛犊的肚子打穿了。这一次，他鬼使神差要去逗虎。他那天在秦二家多喝了点酒，就吹嘘他可以摸老虎的屁股，因为他与老虎对过阵。秦二就胡说道："其实对付老虎很简单，它真要吃你，你只要一把砍刀，用刀背朝它的白额那儿一敲，它就蔫了，比羊还软。武松当年打虎，正是打在了白额上。"这两个老少酒鬼一吹，胜利就敢上阵了。

也许是个偶然。本来那天中午太阳剧毒，胜利从秦二那儿喝了许多酒回来，碰到了在路上树荫下歇凉的老虎。胜利以为是幻觉，揉揉眼睛又不是。事情来得太突然，老虎怎么挡了他的道儿呢？人喝酒了，胆比天大，胜利就说："老爷！"因为他看到了那个清晰的"王"字，就想到有人说这是王家的先人，于是就喊了声老爷。

可是这老爷睁只眼闭只眼没想搭理他。

这老爷还真不吃人，已经是第二次遭遇了，胜利就涎皮了，就又喊了声老爷，还说："你不吃我呀？"像是问，又像是挑衅。

他就干脆躺下来，躺在老虎的面前。也许他确实困了，这炎热的中午，加上酒力，人就会深深地犯困。

老虎见他躺下来，就起了身，就从他身上跨过去了。

老虎走得慢吞吞的，估计也犯困，还没有从梦魇中醒过来，迷迷糊糊。胜利就一把薅过去抓住了虎的后腿。老虎的后腿掸了掸，跟一只猫的动作没有两样。尖锐的爪子丝毫没用力，一点儿也没划伤胜利的手，没有。老虎转过头来时，可怜巴巴地望了他一眼，仿佛说："放手吧。"

这一拽，竟把老虎拽回来了，老虎咋这么没劲儿，老虎也就比一只豹差不了多少，比一头猪还轻，胯里黏黏的，热热的，一排乳头瘪瘪的，毛色也很差，颜色虽然鲜亮，也就比狗多了几条扁担花杠；胡子也比猫硬不到哪儿去，比野猪的毛差多啦。他突然就往虎裆里钻，他说："我吃你的妈妈。"

这玩笑太大了，这超出了老虎的忍耐程度。老虎先是吼了几声，有恫吓，也有乞求，但是后来就变成了愤怒。没有几下，胜利就身首异处了。老虎衔着胜利的一颗头，就往老爷岩而去。

老虎吃了人，眼是红的，并且射出几十米远的红光。那红光一闪，被邓道理的一个放牛的儿子看见了，再一细看，虎叼着一颗人头，分明是胜利的。这娃子丢了牛，就往王老民家狂奔而去，去叫王老民。

小小母女正在擂苞谷，听说胜利被虎吃了，小小操起一把斧头就往外跑去。那老虎许是吃了刚醉过酒的胜利的身子，也似乎醉了，歪歪倒倒、慢慢吞吞地在山道上忽悠。小小飞也似的追了上去，当那老虎回头看人时，小小一斧头，正好击中老虎的白额，老虎晃几晃，就四肢委地，倒了。小小又骑上虎背，照准它脑袋就剁，边剁边哭喊：

"还我哥来！还我哥来！"

那血淋淋的人头突然在一边张开了眼睛和嘴巴，喊了一声："小小，我的妻。"

有一天，山谷里突然亮起了电灯。电灯一闪，从头顶的屋梁上，垂下一个小金瓜般的玻璃东西，闪闪发光，照得每家的堂屋通明，显示出家中的另一种氛围。家有白天的家、黑夜的家、松明子里的家，现在却是电灯里的家。电灯里的家很让人惊异，好像是另一个家，神话中有仙女下凡的家，幽幽闪亮的家。山谷好像一下子开阔明亮起来，那种远古就传下的在黑夜中噤口不语、小心翼翼的姿态，一下子就逃遁了，人们突然想出去，走出门槛，在黑夜中加深的霉味儿、烟火味儿和酸菜味儿，必须趁这时抖一抖，抖落在夜晚的风中。人们不约而同地向外张望，显得有些手足无措。而这时，各种青虫与飞蛾像雨前的蚁阵一样，疯狂地朝电灯扑来，向家里扑来，一时间，兴奋的人们包裹在那些虫蛾之中，到处是，到处都是。人们去扑赶，去打，就是不打，电灯下立马就堆积起了厚厚一层虫蛾的尸体。有人赶快拉熄了电灯。他们知道，这种灯是可以拉熄的，而不需要用蒲扇或吹气或浇水。

个子高大的水电站副站长带着一个三百瓦的灯泡领着一干人来娶小小了。因为车还不能开进来，马也牵不来，他们只好步行。领头的是三个挑夫，每人挑着百十斤的鲜猪肉，一群亢奋的苍蝇紧跟着它们，歇满了扁担和他们的脸。副站长又穿着崭新的西服，胸前还挂着一朵花，花下垂一条"新郎"的缎带，显得精神抖擞，喜气洋洋。

这些人来后，也给小小换上了一套西装，紫红色，也是定做的，刚好合身，也挂上了一朵红绸做的花，花下也坠有"新娘"两个字。这两个人都被幸福笼罩了，合规合矩地笑着。三声铳响，新娘子就要上路了。这时候，有她的母亲，有她的舅舅舅娘陪着。她的母亲马桂已经哭成了个泪人，边哭边唱道：

我的好妮子嘞，你在家好比小羊伴老羊，你走了留下我一个

153

人孤单单嘞！你到婆家要顺婆家的心嘞，你墙上要加土，雪上莫加霜嘞！亲生的娘老子不要紧，人家的父母脚下要小心嘞！人家大声讲，你要轻声应，我的好妮子嘞！金盆打水清又清，你十分性情要改九分嘞！铜盆打水黄又黄，你十分性情要改光，我的好妮子呀……

上了老爷岩，这新娘也哭得更伤心：

我的妈呀我的娘，要莫伤心心越伤，天长日又久，山高水又长，路隔几千里（分明胡扯！），山隔几万匹（完全放屁！），我有脚难走千里路，我有翅难飞万重山嘞，我的妈呀我的娘，我梦里不得两团圆……

等那些人发现转回的送亲人中，不见了王老民与他兄弟时，都已经到了新开的、还未有铺设石子的大路了。

王老民在山谷里死劲地刨着地，他想把整个山谷都翻起来。他挥汗如雨地掘着地，发现前面有个人站着，一抬头，是他的兄弟王老根，还是捧着那一把紫色的独活籽儿。他见兄弟那一副要死不活的蠢样子，突然就来了气，大吼道：

"滚开点，别在这儿撒种！别想撒这儿！"

他的兄弟镇住了，转过身就跑，口里嗷嗷地叫着。

过了几天，马桂不辞而别，留下个话说，下山照顾她已有了身孕的女儿去了。

车进了山谷。

这是又一天的事情。一辆蓝色的小轻卡拖来了大捆大捆的铁丝网。

放网的时候，野兔们闻到了被囚禁的气息，纷纷往外逃，可是它们撞在铁丝网上，当场昏死过去，也有的往山谷深处乱窜。但四面都围上了网，这些野兔们只好乖乖地待在了网里。

三天后，铁网合拢了，进惯了山谷吃草的牛群与猪群，就被隔在了围网外，它们不解地叫着，望着里面随风起伏的牧草。山谷干了水之后，一批批牲畜成了这儿的主人，散步者。牛铃叮当、猪欢羊叫的场面很让王老民激动过一阵，他纵容了牲畜对他草场的践踏。现在，这一切都不属于他了。

山坡上开始挖地基，没几天，一栋栋小巧的木楼的雏形就冒出来了，那些刨得白生生的木胎，透出一股建设的新鲜气息，到处是敲敲打打的声音，吆喝声，号子声，各种建筑材料，大箱小箱像潮水涌入山谷。那儿，灯泡如繁星，瓦亮瓦亮，把山谷照得如同白昼。接着，从外面运进了梅花鹿、獐子、斑鸠、椋鸟、九节狸，并挂出了一个"珍稀动物驯化场"的牌子。

王老民又带着兄弟王老根去了一趟山下，代表山谷里的人去讨要那些钱款，因为盖房，又毁了一些人的青苗，这些都得一块算。他们沿着新修的路往山下走，他们本想拦个车，倒是有两个车从他们身旁经过，但他们根本不停，反而开得更快。

可是，一打听，高村长与那个金老板出差去了。他们悻悻地回来了。

屋里冷冷清清。因为度假村施工，用电量很大，家里的电灯暗得像鬼火。副站长女婿拿来的三百瓦灯泡因为电压忽高忽低早炸了，那暗红的鬼火就惨淡地照着空无一人的房子。

他懒得生火，啃了两个生苕，也给了兄弟两个生苕，然后就爬上了阁楼。那儿的墙壁上，挂有一只虎尾。

就是小小打死的那只老虎，吃了他儿子的那只老虎。

每次他这么端坐的时候，就会揪下一根虎尾上的毛，然后，怀着仇恨，把这根毛用牙齿一截截一点点地咬碎，咽下肚去。仿佛只有这样，才能解恨，才能慢慢地、一次一次地为儿子报仇。

他嚼着虎毛，黑暗中的老鼠出动了，到处响彻着它们奔跑和低叫的声音，阁楼仿佛闹鬼一般——每天晚上都是如此。在老鼠的簇拥中，他向夜晚的山谷望去，那儿尚有些明亮，木屋参差，灯火通明，在湛蓝色的夜空下，那些建筑、铁网，似乎在布置着一个民间故事和传说，让你走进去，触摸到它蕴含的神秘。山谷里有鹿和麂子们惨痛的、迷失般的叫声，芬芳的瘴气已经跃下了山崖，开始在山谷里弥漫。

155

如此美妙静谧的夜晚，终于在第一场风雪来临时结束了。

这一天，冬日的风已经很有些寒意了。很难找的高忠村长却出现了，还有金老板。他们的出现伴随着唢呐和女人的歌声。高忠村长说："今天晚上将要举行篝火晚会，欢迎宜昌和县里的客人，你们配合一下，唱几段山歌。"王老民说老久没唱了，高忠村长说："反正找两三个人来，一个人好歹唱几段，越土的越好，然后，我们就要拦住他们，让他们每人喝三碗酒进度假村，就说是伏水山谷的风俗。"王老民说："我这里没这种风俗，要喝酒到桌子上喝，我敬一个你回一个地喝。"高忠说："那像什么话，那些客人自己想喝什么，也不消你我陪得。就是三杯酒，就是在篝火旁边跳舞，唱山歌子。酒是米酒。"王老民打断他的话说："米酒鸡娃子喝头，要喝喝苞谷酒。"金老板这时说："那让他们喝三碗苞谷酒，他们还没进我的度假村就开车跑了，我的度假村也就熄火了。让他们又有些为难又容易过关，闹个热豁子嘛。"王老民就说，要唱山歌子可以，先把乡亲们的青苗损失费和第一年的土地补偿费付个三分之一他便去喊人。高忠村长说："好呀，老民兄，你脑瓜子蛮灵活。"与金老板一番讨价还价，才答应先付两百元。

晚上唱了些民歌并让客人们喝了拦门酒之后，王老民终于拿到了有生以来的最多的钱——两百元。不过非常遗憾，他还是没能见到一百元的钞票，金老板给了他四张五十的。五十的也稀罕。王老民给了兄弟一张，自己揣进了三张。

除了钱的喜悦外，他还看见了那么多乌龟车，好漂亮好漂亮，还有更漂亮的妮子，一个比一个似天仙。她们与客人一起围着篝火牵着手跳一种甩手舞，金老板向客人介绍说，这是伏水山谷特有的舞蹈。那些客人也就笨拙地学起了这种舞蹈，还有人拿照相机咔嚓咔嚓地把这些场面照了下来……

兄弟王老根没事儿了，他牵着两头牛，把它拴在铁丝网上，就开始围着这网跑圈儿。并没有听到谁的指令，他为何要这样跑呢？

"你不能停一下吗，老根！"

兄弟王老根停不下来，在深浓的雾气中敞着怀跑着。牛因为吃不到网里的草，往往被铁丝网扎着了鼻子和嘴巴，疼得大声叫唤。还有猪，猪在网下面拱泥，也被扎到了，也叫。山谷里面的草太诱人了。

八

山洪成了又一年初夏的噩梦。

落水孔又堵上了。

王老民记得四月底最后崖上的冰融化坍塌的响声。大风迅猛地横扫了刚刚复苏的山冈，那一天白昼像黑夜一样伸手不见五指，牛和羊都在恓惶地大叫，烟幕像一只黑魔的手掌滑进山谷，从树冠和崖畔擦过，山坡上的木楼群在恐惧中发出令人窒息的亮光。不多久，天就开了，天河也开了，滚烫如牛胯的雨水几乎与山洪一起到达，掀起冲天巨浪，万众一心地扑向落水孔和木楼。先是野兔和麂子被掼向空中，再落入山洪，浊浪滚滚。度假村的人分明看见一条破船从泥土里冲出来，顺流而下，卡在了落水孔里，尾随而至的树枝、树叶及杂草也堵在了那里。终于，水往回走了，慢慢地，水开始往上涨，树一截截地变矮，木楼也一层层地变矮。整个山谷在风雨飘摇之中。

"王组长，这是你的山谷，你说你挖通了的，现在全部都完了，我进了你们的圈套，我要告你们，我要找高忠混蛋打官司！"

金老板已经不像个老板了，像一个乞丐，叫花子、疯子、可怜虫。王老民没来得及跟他争论是非，就叫上兄弟王老根去了山谷。

他们看到的那条肇事船竟是覃二呆家多年前失踪的那条船，准确地说，已经不是船了，是一个船骸。兄弟俩跳进山洪里，泅向洞口，拴上船，游回山坡，十几个人下了力拉，只听轰隆一声，船骸拉散架了，几个漩涡，山洪跌了下去，落水孔又通了！

不过，水流得比往常要慢。

再怎么慢，也有流速。第二天，一个在水边看风景的妮子，不慎滑进水中，卷进洞去，没了踪影。

为了找到这妮子的尸体，王家兄弟只好领了任务，怀揣度假村给的一些馍馍，翻山越岭而去。

这一趟走得甚是辛苦，泥多路滑，暴雨不停。走到第二天的下午，走进一道石川，才看见伏水河的水，正从一个山褶里咕噜咕噜地汹涌而出。

伏水山谷的水腥味儿他们是闻得到的，水进入石川后刚好有个回水湾，有条石坝，他们很容易就找到了那个淹死的妮子。

兄弟俩捞起她来，摊在岸坡上。他们找农家借了一把镢头，刨了个坑，将那妮子埋了，做上记号，以便她家人以后能找到。

天气渐渐热了，麦吊杉垂下晒蔫的穗子，狗吐着长长的舌头躲在牛饮水的石槽下喘气歇荫，石槽里的水因为没人换而生了一池的孑孓，散发出被阳光蒸发的臭味儿。

这天中午，有两个人从明亮的山谷里向王老民家走来，走近一看，是高忠村长和嗓音阴沉的金老板。他们两个人都用餐巾纸揩着头上和脸上的汗水。那餐巾纸太差，一见水便烂了，纸屑便沾在了他们的腮帮上，下巴上，显得很滑稽。

"老民哥，送恭贺来了！"高忠村长说。

王老民不知送啥恭贺，一头雾水，高忠村长就说："你得了外孙，你还不知道？"

"我得了外孙？莫非是小小生了娃子？"

"正是。"这两个人就是来拉他下山去小阡河的。他们说，车都停在了度假村门口，便要王老民赶快收拾。

王老民连忙翻箱倒柜找来了一件干净衬衣穿上，又换了双没破的力士鞋，又想往背篓里塞什么东西呢？还有些鸡蛋，就装上了，还有香菇，还有些腊肉，也装上。还……装上了几件旧棉衣，给外孙改尿布去。

把家中的事吩咐给了兄弟，便与他们一同上了"乌龟壳"。王老民有生以来第一次坐这种车，人斜躺在里面简直舒服死了，又有凉爽的山风从车窗外呼呼地吹进来，像有神仙趴在外头给你打扇一样。坐在这样的车里看山，看田，看庄稼，真是美啊，就是这么翻下岩去，摔得头破血流也值。这山哪有这么苍翠？田里的庄稼如何长得如此茂盛？山也美，人也美，羊也美，村庄也美。过去为何没发现呢？

高忠村长和金老板在车上反复给王老民说，一定要在他女婿面前多为他们美言几句，电是一定不能停的，前些时经常停电，电压又不稳。

乌龟车一直开到小阡河水电站才停下来。到了站里，才知外孙都快满月了，也知继女小小生娃时大出血，造成了小中风，一只手不得劲儿了。

那两个人得到了女婿不再拉闸限电的保证后，笑逐颜开地走了。王老民就被女儿女婿留下来多住几日。

有一天，王老民在集镇上瞎转，听到一个熟悉的声音在吆喝，吆喝的是："磨剪子镪菜刀哎！"定眼一看，原来是铁匠秦二，难怪这些日子没见到他的影子，也没听到那铁铺里的叮当声了，原来到山下来了。

王老民喊住他，问原委。他说，地没了，乡亲们的地也占完了，谁也不要锄头镰刀家什了，他待在山谷里喝西北风呀，没法子，只好下山来讨口饭吃。

秦二的腰弯得很厉害，围一个打铁的补丁围裙，戴一顶破草帽。一张沉重的磨刀凳上面，放着石浆沥沥的磨刀石，旁边的一个布袋里，有一些铁东西，也有些拣来的瓶瓶罐罐。王老民把他叫去，在一个小馆子里请他吃了碗葱花素面，还一人要了一杯土酒。喝着喝着，秦二就露出了真相，就要来酸王老民了。他说：

"地没了，路有鸡娃子用？老民，好处你一个人占了，大家都说你有私心。"

"我？没有，我到如今才拿了两百块钱，屁的好处。"

"那就是王家寨你祖上的悬楼给你盖起了。"

"鸡娃子，没个影。死了人。"

王老民说的是那个淹死的妮子，而秦二大约听成了他儿子胜利，便叹口气说："胜利说，他不能把小小让给别人。"

"他说了这话？"

"他说他一定要娶小小。"

"他说过？然后，他就到你那儿喝酒，然后你把他灌醉了，让他去虎口拔牙？"

王老民摇摇晃晃地站起来，直视着秦二，他捏着那个酒杯，捏着捏着，酒杯破了，他还在捏，还没松开手指。鲜血跟酒从指缝里往外流。

"你、你好黑心哪秦二！"

他终于把碎杯子摔了。

秦二慌了，丢下筷子就往外走，边走边说："你误会了老民，这不与我相干，这一切，全是你的错！"

他又听见秦二说："这碗面我谢你，你欠我十七把镐头的钱，我不要了，抵了。"

王老民站在暴热的太阳下，心寒齿冷。"我的错？我都做错了什么？"

九

小阡河水电站待不下去了，那儿没有热量，他们都不怎么理他，女人马桂更加不会回去了，要带外孙，更有由头了。就算没外孙，她也不会回去，那个寒冷荒凉的山谷只不过被她借用了几天，养大了女儿小小，如今，那山谷里的一切，都与她们无关了。那些鸡，还有猪，还有正在生长的洋芋、二茬播种的苦荞，菜地里的荒蓿与香菜，她都没问。电站里电压极端稳定的电灯使得这儿连鬼魂都不敢出现，电站里是转子在定子中转动的声音、流水的声音，还有电流通过变压器时发出的嗡嗡声，很热闹，很干净，很整洁，也很安静。走过一座小水泥桥就到了镇上，天天、时时都可以赶集，想买啥买啥，想吃什么吃什么，吃素面肉丝面加酸豆角包子，热乎乎的。山谷里能有什么呢，不过多了一道铁丝网而已，还有痛苦的、乏味的、缺少营养和人气的生活。

王老民一个人回到了山谷。

他一路在问自己："一切都是我错了吗？"秦二的话振聋发聩，"我还不是想为七组的乡亲脱离那猪狗不如的日子？我错了？莫非我儿胜利的饲虎也是我投去的？"

他想不通。他面对着不再让秦二催债的十七把镐头。在旮旯里，他把它们找出来，加上在磷矿抢的两把，一共十九把，磨秃的十九把镐头，为挖落水孔而耗去的铁、汗水与鲜血。这不，又来了第二十个磨秃的家伙——他的兄弟王老根。

他兄弟的汗褂子破了，露出一个肩膀，对他说："猪钻进铁网里去，被他们用枪打了。"

他们打猪？这些度假狩猎的人把猪当作猎物崩了？

又听说邓道理的一只羊，钻进铁网缝中，被他们当麂子崩了。

邓道理拿着象鼻开山刀去砍那些铁网,砍度假村的那堂皇高大的木门楼,被闻讯赶去的王老民拉住了。邓道理不服,对他说:"里头有你的股,是啵?你这个吃里爬外的黑心肝!"

王老民忍无可忍给了邓道理一耳光,他激动得快中风了,两眼通红,最后说:

"我连儿子都没了!"

他的眼泪哗哗流出来,喉咙发硬,想大声哭,就大声哭着离去了。

哭着回到家里,上了阁楼,对着那根虎尾,狠狠地拔下一把毛来,丢进嘴里嚼着,把牙齿都嚼碎了。

山谷的夕雾在暮色中像浓烟一样涌进门来,涌进阁楼。

家是空的,阁楼上几刀陈年的腊肉、生锈的猎叉。楼下也是空的,长凳、方桌、风车、黄桶、床、灶口、锅、一双鞋子、蓑衣……全是空的。山谷、风、巨岩、寨子、灰绿色的天空,都是空的。

晚上,他看见儿子回家了。儿子头发蓬乱,步履轻盈地进屋,一眨眼就坐上了八仙桌的上端。儿子的双手夹在裆里,头偏着,若有所思。儿子突然哮喘起来,低声喘着,害怕人听见似的。儿子的表情十分难受,脸扭曲了,小小的喉结上下滑动着,他好像应当喝一口水。

"胜利!"

儿子一惊便跑了,霎时无影无踪,只有那绵绵不断的浓雾正成絮团朝屋里涌着,仿佛要把整个世界吞噬下去。

电又停了,完全停了。

第二天听到的是有人在山上剪了电线,拿去卖铜。电线接上后,依然时停时亮。在停电的夜晚,那烛光点点的度假村里,还是有着很热闹的声音,看来,停电丝毫不减那些客人的兴致。

没有谁再来找王老民了,因为这不是水电站人为的原因,原因只是:这个夏天干旱,几个月未下一滴雨,水没了,电也就没了。

终于在一个晚上,大火就燃了起来。山谷里和山坡上的那些木楼是很容易着火的,木头已在这个干旱的夏天晒得干枯,一点火星就会酿成大火。山谷里从来没有见过这么宽广这么高耸的火焰,天空都烧扭曲了,周围的树林

161

也烧得噼噼啪啪。火舌狂搅着，木楼里发出爆炸声和惨叫声。火光中还有一些抱头鼠窜的身影，有男有女。山谷里依然很寂静，除了大火。惊醒的鸟也是沉默地飞撞着，就算被火焰卷进去，也不会叫唤，如一块土坯掉进火海；铁网里的动物跑进了依然凉爽的草丛，远远地、瑟瑟发抖地朝火光张望着，不知道这世界发生了什么。

山谷的浓烟三日不散，这是真正的浓烟，不是雾气。所有的草叶上都覆满了一层黑灰，焦煳味儿在浓烟里格外刺鼻。你若走出门去，回来时，一身烧焦的气味，牲畜也是，仿佛每一个生灵都遭受过深切的火劫。三日之后，烟渐渐散了，可那些废墟上依然冒着白烟，偶尔还会腾起一道火来，又倏地坍塌了。

没了一个人影——那里，那热闹的地方，往铁网里望去，好不容易在一个高地的灌木丛中，看到几只尚存活的梅花鹿，它们面色沉静，耳朵和枝茸在朦胧的晨光里明亮发红。

关于失火的原因就渐渐传出来了，最权威的一种说法是：停电，蜡烛倒了，点燃地毯，然后引发了火灾。另一种切实的版本是：金老板长期拖欠员工的工资，致使人家回不了家，恨不过，一把火点了。听说那个嫌疑人当晚就失踪了，后派出所介入去他老家调查，那人也没回家，从此杳无音讯。

当然还有另一种说法：当地人恨他们不过，牛羊不能放了，就一把火烧了。

不一而足。

一个月后，才来了个五十多岁的山外男人，说是奉金老板之命来守摊儿的。这人已顾不得铁丝网了，铁丝网已千疮百孔，猪啊、羊啊、牛啊，都拥进了山谷，欢乐地饕餮着，叫着，跑着。到处是甜甜的野草莓和插秧泡，是高挑的野山参、醉鱼草，黄蕊白朵，红果绿叶，谁能比它们更绚烂，更火热！

那山外男人只修理了一下鹿舍。梅花鹿白天进入山谷的灌木丛，晚上就会自觉地进入鹿舍歇息——它们倒是真正被驯化了。而其他的，要么先就被吃掉了，要么在大火后逃之夭夭。

乡亲们来找王老民，要他去问问金老板，今年与村里兑现钱款的事。那山外男人说，金老板只怕是一屁股的债了，他人毛咱都没见着，天天躲债。

昔日的梯田、今日的废墟上已无法再播种了，全是石头的高高的基础，基础上铺了一层厚厚的水泥和瓷砖。

王老民有时到那儿坐坐。

废墟上长出了铁线莲，它们鱼骸般的叶子自由伸展，背阴的地方是一丛丛射干，开出了一些清纯的蓝花。走廊、石阶都在，都清清楚楚地撂在荒草中。王老民一抬头，就看见了王家寨先人们留下的那些悬楼凿孔，与这些残败的景色遥遥相对着。砖缝里还有一些酒瓶、饮料瓶和五颜六色的遗弃物。几个"木桶坊"的大木桶，因为当时装满了水而未能烧毁，现在它们依然盛满了水，里面水草丰茂，并游着许多罕见的水生物。

王老民喜欢坐在大木桶旁边，抽着烟。他的兄弟见他成天坐在这儿，背靠着水桶，就奇怪地看着他。他就说：

"嘿嘿，老根，别那么看我，我不会犯神经的，我头脑清醒得很。"

他有时候站起来，把手伸到木桶中去荡，抓那里面的水虫和青藻。

可是，有一次他把手伸进去，就被什么东西咬了一口，踮起脚朝里一看，里面有条绿蛇，正覆在水藻上吐信子。

"嘿，你咬我。"

他就自个儿去找了些大金刀、小金刀、鸡脚还阳草，往伤口上敷。但是第二天他全身都肿了。这绿蛇是条烙铁头，毒性忒大。他知道自己死期到了，就让兄弟把他扶上阁楼，面对那条虎尾，端端正正坐着。

"老根，真是我错了吗？"

王老根听见他的老哥在说话。

"这次肯定是我错了，我放了他们的火，我肯定错了，报应啊。"

过了一天，他兄弟王老根再来看他时，他已经死了，浑身的皮肤是透明的，但还坐着，嘴里含着一把虎毛，一只鼻子被老鼠啃了。

十

小小等她的那只手渐渐能活动之后，有一天突然非常想回伏水山谷看看。

她想念那山谷里的一切，那儿使她成长为一个少女。她坐着水电站巡线的小拖拉机，坐了一段，路被山洪毁了，只好步行。

山谷的雾气跟过去一样，无声无息地从山巅漫溻到地面，整个山谷像被烧着了一般，好像那场早已过去的大火至今还在燃烧。树、怪石、房子都在烟雾中呛咳着，一副难受的样子。过去用树皮打的篱笆歪歪倒倒地站着，黑瘦的身影触目惊心。那些围起来的铁网已看不到了，原来网上爬满了疯狂的葛藤、夜交藤、瓜蒌。一缕西斜的阳光从老爷岩的垭口射过来，横过山谷，突然使得雾霭透明起来，如薄纱一样动人，好像温暖的炊烟！

可这全是假象，这山谷已经没有人了。

大群的牛在山谷和山坡间哞叫着，吃草，牛铃叮当，全是巴山黄牛。

她看见了她的那个叔叔。那个叔叔甩着牛鞭从很远的树林里奔来。他大约听见了牛群的骚动或者凭感觉知道有生人来了吧。他的叔叔光膀子套着一件破了衣领的背夹，鼻子像牛一样翕动着，眼神也是牛的，温顺、麻木，带点儿凄伤，远远地望着她。

他手上的那个收音机吱吱地响着，好像在报着北京时间。

他后来吆喝着牛，天色已经晚了。

那些牛在他的吆喝和鞭赶下向一个方向汇拢，然后很自然地走上了曾被它们的蹄子删改过无数遍的泥泞小路，向村里走去。到了覃二呆的家，她看见有两头牛向屋后的牛栏走去……到了邓道理的屋场，又有三头牛走向那屋场边的牛栏，牛栏空洞洞地张着期待的眼睛……所有的牛都往各自的牛栏走去。而牛栏旁的房子呢？牛的主人呢？房子全是空的！

她到了自己的房子，与自家的两头牛一同归来，垛壁子上贴过泥炭饼的痕迹还在，废弃的杀猪盆歪搁在檐下，鸡笼成了小野兽的窝巢。门口的大背篓、背叉子、破鞋、蒜把儿、虫蛀过的苞谷棒子，都静静地靠在墙上。油纸在窗户上招展，麦吊杉发出浸满风缕的吟唱，隐隐约约，还能听见王家寨子上清泉垂下的响声。

这一夜，小小睡得格外香甜。

早晨起来，她去了她哥和她继父的坟头。那两个紧紧挨着的坟茔，上面有一条脱毛的虎尾，正迎风飘荡着。好像虎还是活的，只是隐去了身子和虎头。

她从落水孔那儿走进了山谷。

山谷是荒凉的草甸和灌木丛，野兔和勺鸡在里面奔跑着，到处是放肆长出来的树根、杂藤，植物的芳香浓得像乳汁一样，阳光寥廓而暖和。就在这时，她突然看见了一片红色茎干的植物，一小片，却分外抢眼。她拨开草丛蹚去，她看到了，在荒原上，有一小片并非野生的独活——独摇草，只有一个牛栏那么大，可地上拾掇得一根杂草也没有。此刻，没有一丝风，它们——这些开着白色小花的独摇草，却在那儿羞怯地、悄悄地、怡然自在地摇动着，仿佛是在为自己顽强美丽的生命而陶醉。

（原载于《钟山》2003 年第 3 期）

跳桥记

公胡子，一个会唱歌的人，喉音很重，音色很好，有一撮黄胡子，是个很有板型的中年人，充满文艺范。可他是一个下岗工人，五十来岁，神色凝重，动作迟缓。虽然有型，但常穿着菜市场买的廉价布底鞋，衣裳宽大无边，皱巴巴，泥点油渍，此起彼伏。

事情发生在秋天。

秋天的武汉雾霾严重，约有一半人咳嗽，医院呼吸内科那儿熙熙攘攘，有点像这个故事的发生地——武汉野猫滩大桥的交通景象。雾霾沉沉，如云雾缥缈，这座高耸的悬索大桥像铺在神话和传说里，伸展到天堂。往下看，就像神仙往人间看，有一种居高临下的气氛，对尘世可以不屑一顾。往下跳，也就是下凡人间，女的像七仙女，男的像孙悟空。

话说这一天，厂区门口有电视台的在办有线电视缴费，但许多老爹爹老太婆在那儿吵吵嚷嚷，说，还交个屁，这里不是全拆了吗，我们不是要搬走的吗，拆了收视费没看完找哪个退去？社区的人就说，自然是要退的。公胡子对这事想起来就着急。住得好好的，要拆，到时还建，还要按商品房补差价，到哪儿筹这笔钱去？再说，拆了等还建房，少说两三年。过一天是一天，但一提起这事就要发疯。一个人喊他说："公胡子交费了。"公胡子无端的火就烧毛了，竖起胡子就跟那人吵了一架，说："老子还看电视？房子拆了把电视摆到马路上看？"别人不理他的火气，说："要你看电视是保护你，这天天雾霾，你躲在家里看电视多好。"

公胡子吃很劣质的烟，这时就咳嗽起来。有老人说，这是什么天哪，像是地狱。咳嗽的不少，大家都咳嗽着在灰雾蒙蒙中围一堆交款，白天跟傍晚没有两样。有一个人悄悄问他："你的伢呢？"

快到中秋了，他突然记起来。

人家问不外乎是这个意思，过节家人要团聚。也不排除是明知故问，揭他的伤疤。儿子不就关在少管所嘛，抓那个小流氓时全厂的人都看热闹一样看见了。

来到超市门口，他看到有散装月饼买一斤送一斤的广告，就买了一斤，共有两斤，沉甸甸的，坐车去了少管所。自己的儿子自己疼。

离婚后，儿子是由他养的。儿子不读书，整天在外头鬼混，没钱给他，吃没吃不知道。但总是吃得好，手上还有不错的手机，也没问是怎么来的。有时给他点钱，他还看不上。但是，有一天，儿子被抓进去了，说是擂肥，就是找学生伢要钱，手机也是抢别人的，还把人打伤了。中年得子，娇惯坏了，后来下岗，管不了了。再怎么，你这小杂种也不能打人家，都是一个伢，都是金贵的。你个姥子养的，为什么事这么凶狠？骨头痒了不晓得朝树上擂几下？

"您郎嘎来得正好，您郎嘎儿子眼睛有问题咧。"所长给他说。

所长一口荆州话，讲得字正腔圆，敦厚幽默，乐呵呵的。

这有什么乐的呢？儿子眼睛快瞎了。

看儿子，眼睛红鼓鼓的。儿子说："打了架。"公胡子赶快问："又在里头打的？""不要说哟！"儿子号叫起来。

月饼是给儿子了。他人走了，儿子的眼睛有什么事，他也眼不见心不烦了。回去喝闷酒，是在徒弟庞中华的小卤菜馆里。有卤菜，也有盒饭，六块钱，任你打。公胡子不好意思，就打了些素菜。但中华给他切了两根鸭脖子、一个鸭骨架。他自己卤的，味道特别好。中华聪明，下岗后没工作了，自己鼓捣，到处学艺，竟然弄出了这一带最叫好的卤菜。要说他最好的还是卤带皮五花肉。他的作料也很绝，有秘方，往卤菜上一淋，那个香味儿！再配上酒。他不卖好酒，散装粮食酒，在宜昌弄过来的。高粱酒、荞麦酒、苞谷酒，没掺一点水。嗯，两根鸭脖子一杯酒好灌，就灌了一杯酒。酒也是中华送的，荞麦酒。喝了酒，心里直翻滚，想屙泡尿回去睡觉，没想到从里面的小包间里钻出两个人来，公胡子一看，躲不了啦，冤家路窄！

王阴鸟和张歪嘴今天怎么刚好在这个地方吃饭呢？今天是个什么日子？老子运气怎么这么背咧？

"喝酒？"王阴鸟说。他很吃惊，张歪嘴也歪着嘴。"小日子过得蛮扎实，伙计！"

两个讨债鬼。

"有没有钱还咧，胡子？"

"是中华送的。"他答，答非所问。

"那中华为什么不送我们吃咧？"

"你们是有钱人。"

"但你不能说不还咧？一辈子不还？也不打个照面？躲是吧？躲一天算一天，等这房子一拆，不晓得你搬哪儿去了，账就没了。你躲得过初一躲得过十五？"

两个喝得桃红李白、五光十色的人坐到他面前。

"鸟啊，你把我杀了吧。"他干脆乞求。

王、张两个人对视。

这时，张歪嘴一句话把他气爆了。张歪嘴嘴巴一扯一扯地说："你骇老子！杀你？杀无血剐无皮，杀条狗还可吃肉。"

这话太伤人。这话哪是几十年工友说的！

"歪、歪、歪嘴……"他把酒杯推一边去了。他站起来。他想豁出去。他的血潮在头上翻滚。一百度的水，一千度的钢，钢水。

"鸟啊，你们究竟想把我怎样？"

"怎样？杀人的抵命，欠债的还钱。不灵光伙计！你说老子们能把你怎样咧？"

公胡子还是没能解脱。"你、你们究竟要么样咧？"

那两个过去的合伙人这时也噎在那里摇头，苦笑，跟眼前这个落魄货说不清楚。

这时，电视里有人在唱歌。想来找公胡子要钱是不现实的，王阴鸟就对电视努努嘴："就给我们唱个《天路》。"

喝高了的张歪嘴手指掸在他眼前，也附和说："可得，可得。个婊子胡子，你要把高音飚上去呀。"

公胡子快哭起来："我没得情绪我怎么唱得出来，你们说吗？"

但债主今天高兴，已经拿起他的筷子敲起碗来，叱喝着："开始，开始，C调呀，唱C调！——清晨我站在——青青的牧场，看到神鹰披着那霞——光……唱哟，胡子！个斑马日的，唱哟！你唱两句，你就唱两句。哎，怎么回事？"

"……"公胡子摆着脑壳不张嘴，泪水唰唰地流出来。

"个斑马的，老子们又没欺负你，出了鬼吧！"

过去，的确是在一块唱歌的。不唱歌不会一起合伙做生意。过去这三个人都是厂里宣传队的骨干。张歪嘴演匪兵。王阴鸟嗓子也不错，但这些年抽烟喝酒，把嗓子搞塌了，说话嘶声哑气，明显中气不足。他还会编词，有一阵子厂里人人会唱的许多词都是他编的。

当年一个小青年进厂，开过火车，开过电瓶车，到现在下岗成为无业游民，眨眼的工夫。三个宣传队员一合伙，买了个旧车。那两个人也开过车。先赚了几个小钱，又添置了一台，就由公胡子承包，当天装了货去浙江海门，车停在厂门口准备第二天一早出发。第二天来看，车与货全不见了，被人偷跑了。货还是王阴鸟垫的钱，而且仗了大意，没办保险。

欠张歪嘴的除这一摊子合伙烂账外，还有几千。是后来张歪嘴去帮一个发小照赌场，也在里面放印子钱。公胡子去过两次，被张歪嘴说动心了，想赚钱还钱。哪能赢回来的？找张歪嘴借印子钱，一千一天还一百。借了三千，到现在已经滚成了大几万。"懒得想它了，没钱，你个婊子养的还是工友，就这么黑心的。本钱三千我还。我不会再赌，再赌剁手指！"

说去年冬。

公胡子带一把刀去找张歪嘴。他是怀疑张歪嘴伙同他人把车和货偷走了的，因为张歪嘴有前科，曾经偷过厂里的铁和汽车轮胎。但这次又没有把

169

柄。他带刀，去了却说："我不是来杀你的，我借不到钱自己抹脖子。"张歪嘴吓得嘴更扯了，说："公胡子，你……你……你威胁我？"公胡子说就一千。张歪嘴松了一口气，说："钱我借，刀子收起。怜你是个遭罪人，加上赌场上借的，你赔我一份的车子钱，加上这一千，一共两万五算鸡巴尿，打个条，几时还？"公胡子说："我就在菜场边摆个鞋摊，除了吃饭，赚的钱全部还你们。没有这么多，顶多一万。不打条，我的命就是条，说话算数。"

公胡子把钱拿上，把刀扔在水塘里了。他这是第一次使用凶器。他发现凶器很管用，这让他很颤抖。他决定把刀子扔了。

他在汉正街进了几箱雪地靴。还真好卖，一天四五十双，低价卖，薄利销，不几天就赚了两千多，还了张歪嘴一千，又去进了十几箱。可是被城管没收了。但问题是，他要回那些靴子时，冬天已过了，要卖凉鞋了。现在，这些雪地靴堆在他的小屋里，长了霉，成了老鼠的乐园，每一双靴子里都可能生过一窝红皮小鼠。他正想着怎么处理，万一开发商进场说拆就拆，那只好当垃圾扔了。张歪嘴来收钱，他要他把这靴子全搬去。张歪嘴说："这卵子靴子二十块钱一双进的，以为我不晓得，里面全是垫的马粪纸，一下雨全烂了，老子再怎样也要穿名牌的哟！"

往下说。

两个债主整他，徒弟中华端来了一盘卤肉，是要化解他师傅公胡子和两个讨债鬼对峙的尴尬。可是，跟王阴鸟张歪嘴吃肉，比吃毒药还难受哪。

"胡子，车和货是不是你阴了，钱存了准备拆迁后买大房子的？"王阴鸟这么说。

"你说什么事？"他听这话气得直抖。

"你别激动。你好说，好说。"王阴鸟先罩住他。

"我自己？你听哪个说的？你今天说出这个人来！"

"肯定有人说。你早晓得咱们厂要拆迁还建，往荷包里扎几个钱哟。"张歪嘴说。

"还说是你偷跑了的咧。"他怒指张歪嘴。

"我？我？……个婊子的，你猪八戒上城墙，倒打一耙是吧？"张歪嘴把烟头直接摁到公胡子的碗里。

公胡子看到烟头落在了碗里，人已经快气晕了，两颗眼珠子嘭嘭往外爆。"人在做，天在看。天地良心，是哪个卖了偷了不得好死。我卖了我出门撞死！诬害我的一样！"

"东西不见了没假咻，你这人嘞！"王阴鸟说。

"你们逼我死啊？"

"没哪个逼你，胡子。要死长江又没盖盖子，你不晓得去跳啊，个斑马的！"

"我就是想跳。人活着有个什么意思呢！"

张歪嘴火来了："你跳咻，还等哪个！这恶躁！"

厂区里到处写着"拆"字，拆字上还画了个红圈。路断人稀，加上雾霾，路灯昏暗。过去这个厂子可不是这样，热闹非凡，灯火灿烂，人来车往。到了下班的时候，多个大门会涌出来一窝窝的人，就像开闸放水，勺子筷子敲着碗，到食堂就餐。每到早上，这路边的喇叭里就响着雄壮的歌声："咱们工人有力量，嘿，咱们工人有力量，每天每日工作忙！……"

这歌声现在突然像重金属摇滚敲响在耳畔，轰轰作响。接着从音乐的缝隙出现了火车更大的轰隆隆的驰过声。公胡子好一阵恍惚。定眼看，走到了厂里过去自建的铁路前。轨道厚重，枕木横陈，但钢轨却没了光泽，像一条蜷曲的黑蟒朝更远的黑暗爬去。

他顺着它走。他走在钢轨上，他歪歪欲倒。他流泪，铁道里直打人脸的枯蒿挡住了他的路。这铁轨通向江边。有什么东西站在前面，蹲在草丛里？！他抬头一看，是早已废弃的火车头，像一头巨兽潜伏在荒草中。"我可是开过你二十多年的呀老伙计！太熟悉啦，哥们！你怎么就趴在这里一动不动，一言不发了呢？"过去，他站在车头上，吹着哨子，摇着小旗子，吆喝人们避开。"轰隆隆——轰隆隆——"，还拉汽笛，"呜——"，开进厂子，整个大地都震动了，吐着几丈高的蒸汽，气势磅礴。火车一响，黄金万两。运煤，运材料，运产品，全靠它。工资高，有劳保，有澡堂，有电影院，有大食堂。大肉包子，肉丝面。满厂子都是年轻人，都是歌声，烟囱里冒黑烟，汽锤男高音。喇叭呜呜，铃声当当。那时深夜下夜班，还是挤在一堆，在路灯下打牌下棋喝小酒，根本就不想睡，根本没睡意……

二

他走到了江边，走到了野猫滩大桥上。

是怎么来的他完全记不住了，是梦游还是迷路，是鬼引诱还是酒精作祟？反正，在灰霾沉沉的大桥上，在车流和江风中穿梭，被抬到云端的感觉突然让他有点清醒了，至少知道自己身处何方。"我是怎样到这里来了的？"冷风一浸，他问自己。

还是不清醒。"……清晨我站在青青的牧场，看到神鹰披着那霞——光……""你把车和货偷了卖了准备买大房子的……杀人的抵命，欠债的还钱……"清晨我站在……""你不晓得去跳啊个斑马的，你跳哟，还等哪个……"

脑子里的声音一钵糨糊。"……噢，"他说，"我是来跳桥的。"他终于明白了。口腔里疼痛，一吸气，这江风硬得像往你喉咙里捅筷子。他听见风在碗口粗的悬索上呜呜哭，还打拍子。筷头往喉咙里捅，往两岸的高楼大厦中捅，往江中捅，往桥面上的汽车里捅。全都在梦游似的。车影憧憧，雾霾像大雾，但不滋润，呛得人难受，眼睛刺得生疼。鼻子痒痒的，连耳朵也痒痒的。一冷，浑身皮肤也绷得奇痒，恨不得用刀刮。公胡子，公胡子，桥底下有什么东西在喊。是女人压低的声音，很亲切，很急切，很神秘，仿佛下面有什么稀奇好看，唤他过去玩耍……

一撮胡子被风刮得缠在脸上，是一种什么提醒，像人抚他的脸，他没想明白。透过缝隙，听到江水混浊沉闷的声音往上翻过来，想是风大了，风浪高了。他有跳桥的企图，可似乎一个人想死的时候，世界并不在意这事。对一个人是大事，对这世界，像一片树叶落下，无声无息。这样想，死也就很平常了。平常心对待，死就没有那么悲痛和雄壮，就是一件翻过去跳了就完了的事。是一件事的结束和过程，就像你上厕所，一泡尿拉了，轻松了，出来了。你跳了，走了，了结了。

那时候，心如止水。人走到这里心里就静了，不想事了。正准备翻越栏杆一跳了之时，扁身时，却看到雾霾里现出个人影来，就在不远。

这是幻觉？这可不是幻觉。仔细分辨，眼睛盯着，分明有一个人缓缓向他这边走来，却又站定了，扶住栏杆。一个女的，失魂落魄……

也是一个跳桥者！

跳桥者知道跳桥者的心理。她那样子，神态，动作，魂已经走了，落江里了。可她也许是因为个子太小——栏杆较粗大，对他虽矮，对一个小女子却是难翻的高山，她有几次将脚往上移，够不到，头探到外面。

又有一个人想离开这世界。他这么想时突然眼泪往外直冒，简直像决堤的洪水，挡不住，流得很畅快。往黄泉路上走，本来没时间了，却碰到一个陪伴。她来陪伴我，我去帮帮她，双双赴黄泉。

穿过雾霾，人就像走在梦里，脚步很轻，像猫爪一样，有几分飘荡，踩在云雾深处的感觉，就像大春走向白毛女喜儿……这情景多么美妙。他甚至没与她说话，像过去在舞台上跳舞一样，托住女演员，来一个高飘的造型。事情很简单，他想做一个类似拥抱的姿势，然后轻松地将这女人托举起来，送到栏杆外头。

他还真这样做了。

就是这样，非常优雅，非常文艺，非常抒情。轻轻举起，轻轻放下。外头有一个栈道，是为检修用的吧？女的像一只猫安稳降落到栈道上，身子骨也是猫的柔，还闻到一股浓浓的奶腥味儿，好像胸部很大……而他呢？他也一个灵巧的翻身就过去了。这斑马的太有意思了，没有恐惧，没有慌张。在这野猫滩大桥上寻死，是要两道工序的。过来了，就没什么好说的，他看到那女的张大着眼睛弓着身子像怕冷似的等着他，乞求他，或者是畏惧他？那就抱呗，抱着跳呗。情绪很连贯。风非常大，呜呜地响，没想到过了栏杆脚下全是风，鼓鼓的风，妖风，把人的热气全抽走了。可向下望，向远望，有一种做人的东西回来了，仿佛叫尊严吧。悲壮，也许是大义。死就是不服，死是崇高的，不低头的。心里哽着从没有过的东西，牙齿咬着，抱着她了，这女的竟乖乖地偎在他怀里了，更浓的奶腥味儿……她为何也绝望不想活了呢？遇到了什么事呢？……没去看她的长相，年龄一定不大，身子软绵绵的，发抖，抱紧，开始准备跳了，"有我在，你怕什么！死不怕！"脚刚跨过去关键的一步，但那女的此时脚却勾在下面钢筋的缝里，一只手抓着栏杆，突然尖声号叫起来：

"救命呀——"

这一声！这是不让人活还是不让人死呀！这一声喊，让公胡子从美妙混沌、鬼魂附体的状态下陡地惊醒，吓出一身冷汗。冷汗一出，人就知道自己在干什么了。但她的一挣脱，又让他差一点跌出栈道，晃了几下，那栈道的铁齿是很稀的，站稳要很小心。当时的情况是，女的张牙舞爪的尖叫让一辆车停下来，迅速冲出两个强壮男人，一个抓她，一个抓他，像老鹰拎小鸡一样三把两下就将他们拽回了花花世界。

这两个人是原省武术队的散打队员，刚教了武术后，过桥回家的。

命不该死。

"嗯，你们有什么想不开的？"警察问他们。

"殉情啊？"还加了一句。掰扯着手指。

"我们不认识。"公胡子说。

"有双双殉情的，死了的，你们是救活的第一对。感谢人家啊！"

两个人没有搭讪，特别那个大喊大叫的怕死鬼女人，现在就低着头，一声不吭，浑身还在瑟瑟发抖，还站在那个悬在半空的栈桥上，吓傻了。

"反悔了，啊？找家人来领回家咻。为什么事想死咧？有的人穷得揭不开锅，捡破烂，睡桥洞，还好好活着，你们遇到什么不顺心的事咻？"

那女的反正紧咬牙关，一字不吐，公胡子也觉得说了没用，也就不说，听警察训话。

公胡子看那女的，还年轻，还灵光，但不像是武汉人。因为惊吓过度，所以惊魂未定，缩成一团，成了哑巴。后来终于问出了她家里人的电话，警察开始打电话。女人口音是山里头的。警察看公胡子那个匪劲儿和一撮胡子，就先不问他，先追问女方。

好不容易从公胡子嘴里挖完了事情经过，警察对他说："她不想死，你硬把她掀到江里，那你就有故意杀人之嫌咧。"

"我还杀人？呵呵。"公胡子说。

"差一点。"

警察是要问出公胡子家里人的电话，或者说换出电话。

"我是铁了心想死的。"

"所以要你家里人领你回去。你有酒气，回家醒酒了再说这话。"

"这点酒，二三两。我清醒得很，我又不是小伢，我想死想活是我自己的事，不需要别人做主。我死又没造成社会秩序混乱，没有侵犯他人自由。"公胡子犟着说这个。

"但是你会给你家人带来悲痛。"

"我没有家人。"

"你先不封我的口唦。你必须把电话告诉我一个。你的身份证咧？"

"死还要带身份证？"

"你反应很快，证明你还没有准备好死去。看你的这个身板，起码要活一百五十岁。"

他们说说笑笑的，什么都讲了，把妹妹的电话也套出来了，公胡子悔死。

只有妹妹的电话了，找遍全城全世界，谁来领他？前妻？不可能。儿子？在高墙里。茫茫人海，还有什么亲人？那个妹妹同父异母，比敌人还仇恨，鬼晓得她是为什么这样恨公家的人，她也姓公，后来改成"工"了，说老子不姓这个婊子养的"公"。悲从心来啊，悲从心来！

为什么那多仇恨杀气？因为她是杀猪佬。过去国营菜场卖肉的女豪杰，手拿大砍刀，砍筒骨龙骨胸骨胫骨肋骨腓骨髋骨骰骨，两只放火眼，一片杀人心，阎王殿的女门神。家丑不可外扬，不请她来要谁来呢？

午夜时分，女屠户来了。只见她腰圆膀又壮，像个黑铁塔，满身血腥味儿，声音似洪钟，一来就啄住了那个女的：

"你呀，你呀，要死不找个好男将搭伴儿，找个又老又丑又穷又脏的老特（头），瞎了你的狗眼！到了阎王那里不让鬼都笑死是怎样咧！"

那女人就像老鼠见了猫一样，进门遭一顿叱喝，更是不敢吭声，看到女屠户手指掸到人家脸上去了，警察就去拉她。

"哎哎，你搞什么事咧？先歇一下行不？"

"领人的，没板眼？不是你请我来的？不然老娘瞌睡都睡醒了。说唦，找我有什么事哟？"她跟警察翻呛，就像是警察的老娘。

"我看你心里没得数，你骇我！这恶躁，是你哥哥啲？再怎样，救起来的是条人命。你就不会安慰他一下？"

"安慰？嘿嘿，我安慰别个，哪个安慰我？喂，是你救她还是她救你？英雄救美人咧！回去啲！"转过来伸手扯起她哥公胡子。

"我跟你回去？回哪里？"公胡子黑着脸说。

"回你屋里啲。我说，"她转向警察，"不管哪个救他，都是留个祸害。你们晓不晓得？他把他老婆打不见了，把他儿子打到牢里去了……"

"是少管所！"他纠正。

"那有什么两样？不都是坐牢！"

"与我今天有什么关系？"

"那就与我有关系啰。我回去了。妈个苕头日脑的，耽误老娘瞌睡，蛮裁咧！"

"你滚！"

"好，你翻，跟老子翻！没事了半夜跟一个乡下女的抱着跳桥，蛮浪漫咧，都这把年纪了，艳福还不浅咧！做鬼也风流呀。"

女人的老公来了，怀里还抱着个婴儿。老远就听见有婴儿哭，没想到婴儿竟然是这女的伢。那男的一进来就像唱歌一样的往高处"啊"了一声惨的，又"啊"了一声不太惨的，见到那女的，就将婴儿递到她怀里。那女的抱起婴儿，就撩开衣裳，把一个乳房往婴儿嘴上贴，那哭得怪碜的婴儿含住乳头就嗯嗯唔唔不哭了，安静了。原来是个哺乳女人，怪不得的！

"你伢好大了？"警察问男的。

"五个月了。怪我怪我，没把她看好，谢谢谢谢谢谢谢了，警察同志。"这男的上唇厚得出奇，像是被鳖咬过的。

警察说："又不是我救的，是别个救的。"又问她为什么不说话，那男的说她就是这样的闷鸡子。那男的问公胡子："是不是你救的？"警察就笑。公胡子语塞。警察就说了，与他没关系。

那个没走的女屠户这时插嘴说："也是个跳桥的，两个抱着跳的，你还没搞清楚！"

这一句，让本来感激不尽的那男将也哑了，石雕在那里，事情复杂了。警察要救火了。警察说："你瞎说什么，你走！"

"我走啊？不是你请老娘来的吗？讲了这么多没见一杯茶，你们派出所对老百姓蛮冷淡咧，是个什么态度？我的的士费哪个出哟？"她随手拿起桌上的一支烟就点燃吸起来，叼着烟，拿出一长条的士费单来送到警察面前。

公胡子烦了，突然喊道："警察同志快把灯关了，你看她什么东西！"

警察也没明白为什么要他关灯，随手就关了电灯。这时候只见漆黑的屋子里，一道荧光一闪，咋咋呼呼的女屠户嘴里露出了一排闪着荧光的大牙齿。公胡子大叫道："看见没有，鬼牙！鬼牙！"

他妹妹慌慌张张掩饰不住，拔腿就往外跑。

这时，那男的拉起那女的也要出去，警察拦住他说："先别慌哟，你还没登记，你叫什么？"那男的说他叫马踩。警察说这是个假名，写上身份证号。马踩说："是真名，我妈生我时被马踩了一脚，踩到了我嘴巴上没看见！"

"你老婆为什么事想不开要跳桥的，伢还这小，你说说看？"

男人马踩却欲言又止，似有难言之隐。

"是不是你打了的？有家暴？"

"没有，我打她做什么！她半夜出来我哪晓得呀？还跟一个男的一起跳，这不是出丑了？我真的不晓得有这种丑事啊……"那个马踩快哭起来。

公胡子赶紧说："我又不认识你老婆。"

那女的这时泪流满面，摇头晃脑，怀里的婴儿好像要掉下来。她男人想把婴儿抱开，女的却不让，死死抱着孩子，突然很激动地说："我不想死，我不想死……"

警察说："你不是救上来了吗？不想死这很好啊，你老公不是领你回去吗？"又对马踩说："她受惊了，回去一定要好好照看她。究竟有什么事情？"

"好的好的。我们没事没事，真的！"

就这样，他们走了。

剩下他一个人——公胡子。警察没管他了，在电脑上唰唰地打着什么。公胡子起身说："那我走了。"警察没抬头看他，还是盯着自己的键盘叮叮当当地敲着字说："好好，回去睡觉，不要想不开。看你酒是醒了。"

公胡子走出去，警察又叫回他："我再问你几句。你们这翻过去的时候，真的不害怕？"

公胡子说："想死的时候，哪还想害怕不害怕，胯子一撩过去就完了的事。"

"你就没有思想活动？"

"思想活动？人都死得差不多了还有思想？不是那女的一声喊，早消失了。"

"瞎说什么，生活这么好，死个什么哟！"

这么半夜三更的在外头，公胡子还是头一次。以前总是喝点酒早点睡了，管它什么不夜城、夜生活的。雾霾比白天小点，灯火辉煌，运渣土的大卡车轰轰隆隆在街头奔驰，总有不眠人。凉风如水，半夜这一个人走就是个游魂，就是死了。公胡子好一阵怀疑自己是不是已经跳下去了。

<h2 style="text-align:center">三</h2>

一晚上的梦，在动荡中挣扎，就像在水里面翻滚。人死一次太累，彻底地瘫软了。他浑身无力，连翻身也困难，在床上不知如何是好。后来听见了鸟叫，还有光线，是白天的，但没有阳光。证明雾霾依然弥漫，没有风，也就只好让雾霾这样罩着了。还有人的脚步声，走廊里有锅碗瓢勺的碰撞声。这是老房子，人们都在走廊里支锅做饭。有人讲话，有雪地靴的霉味儿，一切都回来了。"我自己捡了条命。也许是命不该绝，我得还要继续活下去。换个灯泡，吃东西，找个出路……中华卤菜店旁那一家炸的面窝最好吃，油比较好，内软外焦。一碗热干面，加个面窝，再来一碗豆腐脑。热干面还是徒弟中华做的地道，芝麻酱是正宗的，酸豆角也是最好的，还加了点香油和辣椒酱爆炒。如果有一杯酒，加上点花生米，就太好了。再找点事做，把账还清了，日子还是可以过的。儿子出来，让他学一门手艺，厨师也好，美发也好。已经看过这些学校，三五千，那他就有一技在身。总还是个孩子，总有希望的。昨天的酒还没完全醒，要解酒，必须用酒，以毒攻毒。这法子是哪个发明的？这人在哪里？要

问他害了多少人。但多年来自己因酒没了其他食欲，酒是唯一的食欲。可以一天不吃饭，但不能一日无酒。"

这样就到了菜场那儿，只要了一瓶啤酒、一碗面，加上免费的花生米。正吃着，王阴鸟跶着一双棉拖鞋出现了，手上举着一张报纸，径直朝公胡子走来，喉咙里挣扎出嘶哑的痰音，高声说道：

"胡子，你个斑马日的出名了！"

这一叫，吃东西的、买东西的、卖东西、走路的、认识的、不认识的，全都朝他这边看过来。公胡子手上挑着一绺面正欲往嘴里填，却也填不下了。王阴鸟已经在他眼前指着报纸上一条大黑标题念道："长江野猫滩大桥一男一女抱着跳桥被拉回。野猫滩大桥成自杀者的'金门大桥'。"

> 本报讯：昨晚约 11 点，本市一大胡子中年男人公某欲在野猫滩大桥上跳桥，巧遇另一欲跳桥的外地打工女子，后二人商议一起翻过栏杆跳桥。正双双抱着欲跳时，女子突然反悔，大喊救命，被开车路过的原省武术散打队章先生赵先生拽回。据悉，公某是因为欠债等问题，加上饮酒后精神恍惚而产生轻生念头，女子跳桥原因不明。野猫滩大桥因极像美国旧金山金门大桥，金门大桥是世界有名的自杀大桥。近年在野猫滩大桥跳桥者增多，但两个陌生人一起相约跳桥尚属首例。警察就此提醒大家，珍惜生命，远离大桥。

公胡子的脑袋炸开了，里面蹦出一万个炸弹，在这周围跳跳蹦蹦。要炸死婊子养的王阴鸟！他早晨起来就看报纸，是个蛮爱学习的人？还看得这么仔细！有六十四版，为什么刚好这个消息就让他瞄到了呢？他是不是我生死冤家前世仇人？这要否认，这可不是小事，这他娘的没死成倒落下个笑柄，还让不让人活了！

"你……你怎么证明就是我呢？又没有照片，老子昨晚哪里都没出去，在家里睡大觉。"

他想找个帮腔的人，发现大家都围着他咧着嘴笑眯眯地，等待下文。都是看热闹的。

"呵呵，胡子不想出这个名！个斑马的，你这个姓在武汉还有第二个？你这胡子还有第三个？你欠了债喝醉了还有第四个？你昨天说了要跳长江的，还有第五个？蛮扎实，伙计，说到做到。服你！但这好的运气哪就是你占了？又回来了！欢迎欢迎，热烈欢迎！欠我的钱有希望还了。不要想一跳了之哟，有什么事不好商量的咧，伙计？"

周围的人炸了，在喳喳哇哇议论，在抢报纸。

就像老话讲的，公胡子恨不得找个地缝钻进去。他浑身火烧火燎，快疯掉了，五脏六腑快爆炸了，他要脱身。

"你说是我就是我？好，就是我，跳了又怎样咧？又不是你老特。"

"呵呵，你是硬角伙计。你歌唱得那么好，这下更成'明星'了。"

有人就插嘴说了："胡子，你为什么想不开咧？还真揭不开锅了？"有的说胡子是不是怄气了。好歹有一个说王阴鸟，要他少说几句："胡子心情不好，欠你的钱总是会还的。真逼出人命都下不了台。"

"不是我，你们瞎操些心！"他大声否认说。

他想了想，还是否认。这不能承认，他知道这些街坊工友，每一张嘴都是一个粪缸，要臭死你的，要封住他们的嘴。这乱糟糟、臭烘烘的人堆世界，就是想死，也不得让你安宁呀！

好事不出门，恶事传千里。

这一天，厂区报摊的报纸一抢而空，人们奔走相告：那个男高音跳桥了，是跟一个年轻女子一起跳的，没死成，被救回来了，上报了。这人没什么事啊，很正常的，怎么一下子想死呢？还有一个女的……

什么样的议论都会有的。公胡子把自己关在屋里不出来了，耳不听眼不见为净。他买了一袋子馒头包子。有人敲门拍窗的，不理它！特别是些不相干的人。

到了傍晚，有一个人在外头大喊："公胡子，给你提酒来了。"这声音一听就是工友老腻子。老腻子过去是宣传队打响器的，锣啊，鼓啊，三角铁啊，镲啊，铃鼓啊，响板啊，木鱼啊，沙槌啊。老腻子下岗早，一个女儿在东莞打工，他一个人住。他住十字路口的矮平房里，在自家窗台上装了个小喇叭，每天播放歌曲，许多人都被他吵烦了。

老腻子送酒来，是把咱当难兄难弟。再者，他敲门是乱拍的，不开会把门拍烂的。门打开，老腻子胡子拉碴、跌跌撞撞、失魂落魄的样子，就好像跳桥的不是公胡子而是他。公胡子在他的面前，突然地，找到了一点点活下去的理由。他在想："像你这个样子，我才不会活了。"老腻子笑着提着酒点他的脸，哈哈说："我怕你在屋里一根绳子挂了。"

酒提着不放下，公胡子不知道是不是送给自己的。当然是老腻子喝的高粱酒，塑料壶装的，两斤。盯着人酒看是不争气。那老腻子说："给你倒一杯酒压压惊。"

他随手拿起个杯子，拧开酒壶，咕噜咕噜地倒了一杯，再把酒壶盖上，还是提在手里。"不能给他开门的。你这叫花子一样的人，原来是自己顾不了自己的人，为何来安慰我呢？"

"你要死，不能自己去找死哟。"

他那什么高粱酒也没心思喝了，虽然酒的香味儿在勾引他。在想与这位老工友喝上几口，说点贴心贴肝的话，但是他说："老腻子哥，我没有想死。你听谁说的？我这两天好好的，哪个放屁哟！"

"算了算了，你还给我们老街坊打马虎眼。又不是没人看到，你妹妹半夜三更把你领回来的。"

这是谁跑到那野猫滩大桥派出所去探听消息了？谁这么无聊？这些下岗的老家伙们，没事可做，就爱打探别人的这些烂事来消磨时光，活该下岗……活得像老腻子这样了，还要无限"关心"他人的事。

公胡子好难受，一杯酒吞进去又在眼眶里打转。"你、你还是到你姑娘的东莞享福去吧，吃了咸饭操淡心是为什么事咧？"当着这种人哭没啥意思。虽然没有死成，但这一跳，也突然明白了好些事理，好些事情的理突然也就顺了通了。

老腻子僵在那里，不知哪句话说错了。瘪着嘴望着，望着含了他高粱酒的公胡子。

公胡子终于将含着的那口酒吞进去了。喉咙里一条线地火烧下去。老腻子好可怜，也许他是好心。他是个好人。可是好人为什么这么可怜又这么讨厌呢？

过一会儿，还没安神，又一个拍门的，死拍，喊"胡子，胡子咧"。这声音是孙太婆的，应该叫师娘的。"唉，太婆啊，你何必来看我呢？"开门，老太婆没恶意的，她又在哪儿听到的这些鬼话？

"伢咧，你还好咧？"

"蛮好的，蛮好的，太婆。您这是……"公胡子发现她手上提着鸡蛋，用一个垃圾堆捡的小篮子装的，给他的，有十多个。过去吃过她老人家的鸡蛋，说不要不要，吃一个八九十岁孤寡老人的鸡蛋，那不遭天雷劈！

"您坐下啦……看这屋里，坐的地方也没有……"

孙太婆伸出手来摸着公胡子蓬乱的头发，心疼得像看自己的孩子。可孙太婆没孩子，老伴儿也就是公胡子的师傅，锅炉爆炸死的，孙太婆一辈子就吃老伴儿的几个抚恤金。她在厂区围墙边的狭长空地上刨松了种些蔬菜，还围了一块养几只鸡。"胡子伢咧，你瘦了哟，心里不舒服哟？"

"您把鸡蛋拿回去自己吃，好太婆，好太婆，我哪能吃您家的鸡蛋！"他不想跟一个八十多岁的老人说那些说不清楚的事。

"你这伢嘞，我又没有什么东西，几个鸡蛋我吃不完，帮我吃下不行？"

"真的我不能吃的，太婆。"

"什么事都不要往心里去，过一天得一天。我都过得蛮好，难道你比我这孤老太婆还不如呀？我这鸡蛋是五六只鸡生的，我还不是提了到菜场卖的。几只鸡不晓得是不是在还债，每天都有双黄蛋的，给你提的全是双黄蛋。吃我的蛋听我这老不死的一句话，不到万不得已，千万不要走那条路……"

公胡子又不高兴了，"太婆，你不要听人瞎传，我没有什么事，您不要信"。

"我不是听他们在我那厕所里说的吗，我耳朵还灵的。我也不相信，心里惦记你，就说来看看你。你师傅生前你对他好，他去世也是你操办费心。再怎么，我也要看看你的，只要我不死……"

那个厕所是乡村式的两块板子搭在一口破缸上，是孙太婆为了浇菜地蓄肥的，可说是臭不可闻。就是这种地方，也有人在议论我的事……

恨不得把鸡蛋砸了，不是出孙太婆的气，是恨这世界。

　　"不能出去，心里郁闷。我又没做什么坏事。但这就见不得人了？"到了晚上，想买个灯泡，灯坏了很久。可几个徒弟来看他，什么也没说，要拉他去中华馆子里喝酒。事情传开了，不然他们这些徒弟平常是见不到人的，肯定是中华跟他们说了。那就去吧。教过他们开电瓶车、火车，还教过他们唱歌。切了一堆卤菜，没说别的，心照不宣。师徒永远是师徒，虽然这位师傅活得蛮栽，心疼地看着他，劝他喝酒。这次是二十多块的关公坊，扯些很远的话，网上的，听来的。车堵不堵，地铁挤不挤，哪个江边钓起来一条九十斤的鲇鱼。再就是有人找到了一个话题，要师傅将胡子剃了，说剃了精神些。有人说不要剃，这是师傅的标志，师傅因为歌唱得好，这胡子绝对是加分的，根本不像是工人，是音乐学院的老师。如果打扮好点，到街上回头率肯定百分之百。然后有人就劝："师傅，你喝啦，你吃菜。"公胡子对这气氛有点把持不住，问小张怎样，问小李的生意怎样，都不敢多说，怕触到他的伤心事，唯恐多说一句话，唯恐多说一句厂里的话，还唯恐扯到家庭这个话题上去，都扯野棉花。这事总是要说的，在这些徒弟面前还装个什么！他喝着喝着就大哭起来。这一哭，气氛就不对了，大家就劝他，说："师傅不这样，不这样哟。你是不是喝多了难受？"

　　中华卤菜店里的秋蚊子也怪，只咬他一个人。中华给他赶夜蚊子，打扇。公胡子越哭越伤心，伏在那油腻桌子上浑身抽搐。中华对大家说，让他哭，哭出来了好受些。说，师傅活得也很累，主要是车丢了货丢了，放牛伢赔不起牯牛，加上师娘跑了，儿子又折磨他，人有时候确是承受不了。

　　可徒弟们没有办法帮他，都没有办法。就凑钱，凑了几百块钱，看师傅不哭了，情绪平静了，抬起头来，就把钱给他。可公胡子不要，他望着这些人，陌生的一样，一个个望着，很慈祥地望着，像是要把他们一个个记到心里。这望得他们也不好意思了，说："师傅，有好日子的，我们这些人以后总有人会发的，发了养得起你。"公胡子摊着两手说："我又不是个残疾，我不要你们养。"他说："你们放心吧，我公胡子不会就这么死的。"

　　"有人嚼舌根子，您家莫要怕。"

公胡子站起来决然地说："我怕个卵子！"

四

要活下来，他给自己说。他起身走时，他们又怕他有什么事，中华说："师傅是不是回去？"因为他往另一边走的。公胡子就说："我去买灯泡。"中华就抢先跑去给他买了支节能灯。这灯光温暖。中华选的黄光，节能灯特别亮，还节能。他躺在床上，想先把这晦气的大把胡子剃了，糊在嘴边也不舒服，沾汤带水的一副脏相，别人以为自己装文艺，其实是长得太快，人懒了，不想修理了，由它去。

走进剃头铺，那个郊县黄陂来的师傅很高兴地给他围上乌黢麻黑的围布，说："你剃什么咧，你这么好的胡子，很好看咧。"

"剃了。"他说。

"赌气？剃了不好长咧，冬天一到，这胡子、头发长得慢哟。你反正是出钱，我反正是找头剃。拐子（大哥），我下了手就没得了的。你是不是怄气哟？听说前天晚上怄了点气？……"

"怄什么气？"

"呃……呃，"面对这人变脸了，剃头师傅语塞了，"我是瞎说的，那全剃啦？"

"不全剃找你做什么事？"

"那光头？"

"你快点下手。"

这人因为啰唆，割破过几个人。这时就听有人喊：

"师傅手下留情！"

公胡子歪过头一看，喊话的是工友毛师傅。

"跟我走！"

公胡子正好趁机脱身，跟着毛师傅出来，仍不明就里。

"有什么事？"

"你是闲得蛋疼。跟我搞事去就没那么多歪心思了。老子整天忙得喘不过气来，哪有心思想死活呀！"

有活儿干了。没想死的时候没人叫，现在关心的多了，好人处处有。

一夜轻松，没有噩梦。

"是的，我要重新生活，我有心也有力，这不算什么。老子活了五十岁，就活腻了？"

早晨就被毛师傅喊醒，跟他去了。路上才告诉他，他与人合办了一个小化工厂，村里的人经常来嚼叽扯皮，要他去帮站站。"我要的就是你这部胡子！"

这活儿！

果然有当地农民用车倒土渣在路上。最不习惯的是，一进入那个化工厂就有刺鼻的气味，而且不到半天身上就开始痒起来。毛师傅送来了墨镜，自己看镜子里戴墨镜抱着膀子的人，加上那茅草胡子，就是个打手坯子。这化工厂气味难闻，黄水翻腾，黄烟弥漫，有机器运转的声音了。这让公胡子有一个幻觉，仿佛回到了过去的工厂。很想哭，喉咙发硬。机器保养得很滋润，地上会有各种混乱的电线，有各种开关、按钮、配电盘、钢索、吊车、叉车、扳手、钳子、锤子，这真的很好，一切似乎又重新开始了。

可是，有严重过敏的他浑身发痒，起红疹子，抓得皮肤破溃还是不止痒。有保安给他皮炎平搽，搽完了还是痒，再用有人给他的风油精，渗得疼死。这可活受罪，受不了咧，毛师傅生产的什么东西呀，这么大的毒。

结果保安与农民打起来了。毛师傅吓得不敢出来。公胡子没有动手，他借口身上痒，提前开溜了。

晚上去找过去的厂医何胖子。何胖子看了，眼睛鼓得像灯泡，嘴唇发出嗒嗒声，说："胡子，你这是怎么搞的哟？"公胡子说："你说咧？我又不是医生。""你到哪里搞的？""毛师傅他们的化工厂，刚做一天，痒得不行。""化工厂啊？"但何医分明怕跟他的皮肤接触，像避瘟疫似的，赶快戴起手套，生怕传染了什么，"你这也怪，过敏啊？怎么这么严重！我行医几十年还真没见过，看你抓得血淋淋的咧！"他的眼里就是性病、梅毒、艾滋病……

"给我按过敏打，死了我负责，又不要你负责！"公胡子说，带点哀求的意思。

"说是这么说，我不负责？那是痒，这是……"

"就是过敏，你以为我是艾滋病是吧？"干脆说出来，你他娘的鬼鬼祟祟，还会到处瞎讲去的。

"我不是这个意思，胡子，我是说，身体是自己的，一定要爱惜啊！"

"我两年不晓得女人是什么味道了！"

"是的，是的，你还是要到大医院查个血。"

"我查什么东西呢，你说！"

"查了放心些，家里也安全。"

"我就一个人。"

"病没查清楚我不敢下药，胡子，有个什么事，你我都担待不起。"

公胡子只好坐两站车到远处的药店去买药。一说，人家就明白了，就开了些药膏，搽，当即痒就好多了。不就是皮疹吗？弄得如今谁都怀疑我做了不洁事，只因那张报纸。谁知道他们是怎样传话的？死不成，还让我活不成了……

但脸上已经折腾得不成样子，红斑和累累血痕。

毛师傅打电话要他再去，他说了十个"不"，"不害死我了"。

"人到丰都走一遭，要脱层皮的。"有人见了他的脸，这样说。

看着他走进来，有人就兴奋起来了，纷纷招呼他。他真的成了明星。

"到这里坐。"有人老远就丢了一根烟给他，还上了火，这在过去是没有的。献哪门子殷勤啊！他是想吃个盒饭。

点火的人是有意图的，这就说了："胡子，你当时想真跳还是假跳？你有死的心？老子还真不信。站在那桥栏杆外头时，不吓死？你胆咋这么大啊，伙计？"

苍蝇和人都围上来了。

"听说，"一个喝小酒的酒糟鼻子说，"野猫滩大桥有个野猫精，一到晚上就上桥勾引人往下跳。有人用手机拍到那个野猫精抓人跳桥的录像，网上搜得到，一到起雾的时候，个婊子野猫精就出来了……"

　　大家愣愣地感叹。有人就问他："胡子，是不是真的？你看到野猫精没咧？"

　　他不回答这个，他低头吃饭。

　　"看你脸哪，是不是被野猫抓了的，吓人！"

　　这一说，食客们都来看他的脸，跟看西洋镜一样。

　　"那个一起跳的女的肯定是野猫精，害你的，哪这么巧？胡子你要戴个观音菩萨避邪咧！"

　　但一个老者说："这是扯卵蛋的话。哪有什么野猫精！"

　　"哎哟，想不开，活着不好吗？"一个剥着卤花生的说，"喝点小酒，吃点小炒，打点小牌，睡点小觉，再好喝的人参燕窝汤，不如老子的弯骨藕汤好喝。"

　　大家说对对。"个婊子的千把块的烟，还不是这么长，不到一分钟就烧完了，没意思咧！……"

　　他们这么兴奋地说着，看到公胡子鼓着腮帮子嚼着饭扬长走出去，抬起头来泪流满面呢。这胡子？！……

　　抓破的地方感染灌脓了，只好去打吊针。"这就是我寻死的惩罚吗？活过来真要脱成皮，真像他们议论的去了丰都？"

　　望着让人发疯的针剂，后悔去给毛师傅当打手，这是报应。他躺在输液床上，细细地理思绪，理活下来的头绪。不能东一榔头西一棒子，要活，就先应该把这些雪地靴处理了，当垃圾清理了也行，看着人就霉。做点什么呢？有人给他提议开个歌唱班，绝对赚钱，能招收得到学生吗？再者自己没理论，天生嗓子好，就这点优势。如果赚不到钱，儿子的眼睛……你如果跳了，什么儿子、眼睛是另一个世界的事了；现在没死，事又回来了，你还得面对。是啊，没有消息，得赶快去看看。哪个不想治呢？再怎么是自己的。就算他是个不争气的伢，那人家的伢瞎了瘫了痴呆脑瘫是不是也要养一辈子？

　　想想这些年的生活，已经死了心一样。鞋子没洗过，皮鞋没擦过，地没扫过，床单睡半年翻过来再睡，裤子上到处是油，衬衣领是黑的，这就是他目前的生活状态。一个人家庭生活失败后，会让他的精神彻底垮掉。而一个人生活的动力，是来自精神而非肉体。老婆是怎么走的，他从不在意，没有"珍惜"这些概念，一切都随便了。车与货不见后，他一下子蔫了，王阴鸟和张歪嘴三天两头找上门来，他心烦，对老婆也不客气，寻岔子打骂，摔碗，二两闷酒从早喝到黑。老婆不能归家，为了躲他发酒疯和王阴鸟他们的逼债。她回娘家去了他还安逸些，不拦，让她去。感情有没有？这个年纪就是过日子，不讲感情。穷家小户，哪那么多感情因素！别人介绍，匆匆见面，大龄青年，不敢挑剔，说个"不"字的权利也没有，只要是个女的，只要不是老菜薹，只要一男一女成个家。他公胡子虽然会唱歌，但人闷，不灵光。不然会"剩"这么久？三十五六，人家二十七八。瘸腿的老特，文盲的姆妈，一个姐姐在新疆。就这么，结婚了，旅行结婚，去了趟新疆，吃了几天的羊肉葡萄干，看了伊犁河谷天山马，看了帐篷和戈壁，回来有了儿子。也不能帮丈人家里一把，也不能让她吃香喝辣，听说她过去谈过朋友堕过胎，那是人家的过去，他也没资格追问。

书上说，你想谁谁就在想你。想到这事，前妻上门来了。

来是干什么的？难道良心发现来看他，向他慰问死里逃生？也许人家是来会过去街坊邻居的，还是办什么事的，根本不知道你是死是活。那关她什么事呢？她难道还每天看六十四版的都市报？这么爱学习？她可从来不看有字的东西，电视除外。

但事情没那么简单。你看她英姿飒爽，满身格斗状态，眼里没一丝同情，只冒着赶路过后的热汗和怨怼。

"活着，啊？"她说。看着他，还不是那个胡子拉碴、衣领黢黑的栽麦子霉货！

这话说出来就噎人，让他不好回答，心一下子又冷冻了，嗖地掉进冰窟。

她竟提了几个鸡蛋来？太阳从西边出了！当公胡子开门看到前妻出现在这个门口，欲进不进的时候，当一个人脸在幽暗的走廊像一个大瓷盘照亮他的时候，当前妻的表情是那么僵硬和不好打理时，当两人都分外尴尬，当突然愣在那儿，公胡子竟想哭。他想哭，那些鸡蛋。只一瞬，他哽着喉咙不让哭，把哭意压下去。因为，哭是不可能的，他虽然有这种冲动。不可能再在这个人面前哭，虽然，他只会碰到眼前的这个人想哭一下。

"你……"他还来不及想好说什么,因为从鬼门关回来,人是另外一个人了,有些吃惊兴奋而不知道说什么。这怎么可能呢?永远走了的,自己将她打跑了的。她声称是打跑的,但他喝多了酒根本记不得了,打是打了,心里有苦处,只好拿老婆出气,他承认。

她是欲进不进的,但还是进来了,进来就马上撇清,撇得一干二净:

"我是给孙太婆拿衣裳来的,我老娘的旧衣裳要我拿几件过来,你莫要想错了,她给了我鸡蛋。我怕坐车撞破了,你煮了可以给毛子拿去吃,就这。"

很干脆,说了。站着,没想坐。也没看看这位死去活来的前夫现在过的生活,狗窝也好,天堂也好。对这些都没有兴趣,基本是死了心。她就说,往刀口上说,痛恨、嘲笑、愤怒,都行。她能承受。

"他不是吃鸡蛋的事,他眼睛快瞎了。"

"这我不管,儿子交给你了。公胡子,我早就听说黄胡子骚,你这一腮巴的黄胡子,我现在才明白,什么狗鸡巴的车不见了,货不见了,全塞尻眼里去了。"

"你说这话?你今天是来吵架的?说话要有根据。"

"根据?你不是跟一个婊子抱着跳长江了吗?钱花光了,啧啧,看你的脸!啧啧,烂的!性病烂死的!"

"我在毛师傅的厂里过敏抓的。莫要胡说,老毛病又犯了。你就不能说句好话吗?你就这张臭嘴专程跑来臭我的?"

"噢,你上班了?能开工资了?好呀,我是来拿钱的。"

"钱?你没想给我烧点纸钱?"

"你又没死成。"

他大吼:"我这不是跟死掉一样吗?我跟死有两样?"他就想朝她吼。

前妻不怵:"好,你是死人,你一边去,你是鬼魂,我来清理遗物,把房产证拿走的。"

"你没有这个权利!"

"鬼不要说话。"

"老子还不是鬼,你发哪门子疯!"

"公胡子,如果你跳了,你还要这个房产证卵用呀?死了不就一个两百块钱的刨花板盒子一装完事！我不是来跟你嚼筋的。"她拉开前夫没打开的窗户，眼睛这才对着他，好多年没这样看他了，她的眼睛很哀怨，很沧桑，一个苦女人，也老了，生活到头了。公胡子心里一阵剧痛。

"这房子——我要赶快过户到伢的名下。"

"为什么事？"

"不赶快就是别的骚女人的了！再跑出来个伢，野伢，跟毛子抢？拿啊，拿出给我，没听见？！"

她去扯那遮住了光线的旧窗帘，那是她曾经自己做了挂上去的。一起去挑选的，现在已经旧了，很旧了。她什么都能做，还有个缝纫机，她一看就会，说节约一点是一点。挂窗帘时，她没站好，从凳子上摔下来，腰疼了半个月。他突然想到过去。他本来想发火，与这个女人狂吵一顿的，他却进了房间，把房产证、土地证找出来，丢在桌子上。他还把门钥匙从裤腰里取下，他想把上面那个跟了他几十年的挖耳匙取下来，但那个钥匙圈生锈了，无法掰开。他只好作罢，与两证一起放在桌子上。

"我不会带走什么的。"他说。

这很干脆，这让她难办。她听得真真切切。她站在那里，低着头，有点想哭的样子。言下之意不是要再死吗？又是断头话。怎么会这样呢？为什么会是这样？她现在环视了一下这个曾经温暖也曾经让她惨叫的小屋，过去是一些年轻的单身工人住的，一间住五六个，没有厕所，没有厨房，但当年结婚时分到这一间，是多么的开心和幸福。这里有幸福！是的，这里有新婚，有伢的出生，有坐月子，有看着伢爬，看着伢长牙，看着伢喊妈妈爸爸，也看着工厂垮台倒闭，工人四散，看着一切变得衰败，自己变老，看着在这个人的拳头下生出仇恨和离意，看着家散了，看着伢坐牢……

"你还是想死？那……王阴鸟他们的钱呢，找我？"她指着那两证。

"这个你不管，我会了断的。"

"你死活与我没关系！威胁我啊？！"女人突然提高嗓音，把难以置信的嗓子喊破一样，似乎要唤醒对方，"你打我这么凶狠，个婊子的，活着为什么不狠咧？就没活路了？人家拿刀子逼你跳了？啊？你说呀，个婊的，没鸡巴卵用！你把打我的力气用上三分，也不会活得这么裁唦！大男将好意思跳！丢不丢人，啊？！"

之后沉默。她也许想，达到目的了，反正她要这么说。

她看着他走了。他只拿了一包烟、一个火机。他双手哆嗦，步履蹒跚。

他走了很远，走到靠近工厂后院堆放破铜烂铁的地方，一棵大梧桐树下，点燃烟，狠狠抽着，大颗大颗的眼泪流下来。没有哭，甚至不伤心，就是流泪，止不住。没有人看见他，他在这僻静的角落，尽情地流了一把眼泪。开闸放水，他自言自语地说。

在外晃荡到了天黑，他知道他无家可归了。但还是摸黑回去看看，门是掩着的，进去拉开电灯，钥匙还在桌子上，只是两证没有了。

五

到了少管所，公胡子心里想着："这一生好歹给儿子留下了三十几平方的房子，也算是一笔遗产。我住狗窝睡桥洞也不要紧，儿子还小，犯点事不怪他，对我没感情也没事，总还是我儿子。我生的没给他好的教育和好生活是我无能，怪谁呢，怪自己。"

所长见了他就说："好，好，太好了，正准备去找您郎嘎来的您郎嘎就来了，快筹钱把儿子送医院，等不得了，不然眼睛真要瞎的。"

公胡子心里紧张，被带去看儿子，哪还是儿子？右眼肿得像包子，牙齿惨白，嘴上全是死皮。所长说，眼底出血水肿，角膜坏死了，要换角膜，不换就成瞎子了。

"您郎嘎儿子多大？"

"你这不是有登记吗？十六了。"

"唉，还小啊，明年出去十七。还要谈女朋友的。要您郎嘎筹钱，怎么这几天消失了呢？"

他不好回答。他问："要多少钱咧？"

"一两万恐怕够了吧。"

"我哪来的这么多钱？"

"我瞎了你养我？"儿子这时在一旁叫起来，声音震天，一肚子愤怒，"管不管我的？"

"老子没管你，打得还少吗？"

所长哈哈笑，说："管不是打，你们家长爱得不得法。靠棍棒底下出孝子，这套老办法不灵了。孩子出事，还是教育的问题，家长负有不可推卸的责任呀。"

公胡子说："所长大领导，我承认没管好他，你也没管好他们呀。"公胡子心里颤抖着说出了一句他非得要说的话。

"快把房子卖了哟！"儿子声嘶力竭地喊。

儿子怒号的唾沫向他喷来，他没有擦。他后来走了，他对所长说："看来，我是彻底地失败了……"

郊区的公共汽车那个颠啊，人又多，车又少，挤上去了，没坐的，在人的胳肢窝呼吸狐臭。看窗外，灰色的景致，破烂的房舍，垃圾堆满的沟塘。"我怎么救儿子？我刚被别人救起来又要救别人，想解脱解脱不了……"车上广播说希望大家保管好自己的贵重物品，依次下车。他坐下来了。看着司机那兢兢业业的背影，忽然想，过去的那种想一死了之的想法是不负责任的一时冲动，就是死，也要把家里人特别是自己的伢安顿好，或创造点财富，留下点什么。太匆忙了，他庆幸又回来想这人间事：比如应该把儿子交给中华，让他跟他学卤菜手艺，有个饭碗。万事有个交代，那样匆匆忙忙死得不明不白，儿子不知以后怎么活，死了还遭人议论，让人瞎呱，成为别人狂欢的对象，背个污名，太不值。你死了，街坊邻居同事会兴奋几天，终于给他们贡献了一个谈资，言必说死者，好像活着的人比死人优越。几天就销声匿迹了，谁会怀念你？只有亲人。"可我因为没给亲人什么，连亲人也不会怀念，我凭什么要死？现在，我应该做点事，好多事，一是让人改变对我恶劣的看法，二是老子就是死，至少也要是个英雄。比方在车上抓个小偷，拿出刀子将我捅死了，见义勇为，这样死不就可以让儿子得一笔抚恤金吗？"债就没了，一举两得，儿子的眼睛肯定保住了，还有余钱生活。嗯，就是这样的。

这个想法非常圆满，让他亢奋，立即行动。他忍不住在车上搜索，因为郊区的车听说是很乱的，因为进城的人多，有些是揣着钱去打货的。但是，几圈下来，没找到可疑人。有什么老人晕倒、孕妇生伢的事也好，只要撞到，我会全力去帮人家。求张表扬信，这也不错，周围的舆论就不是现在这个样子了。

一路靠站，一路丢下乘客，人也快下完了。病人没有，小偷没有，天下太平。再静下心来想着到哪儿找钱而不是还钱，怎么让儿子去医院让他把眼睛保住。

下车就到了东湖边，有许多游人。他现在最热切的是希望有人落水，最好是小孩。或者有难度的施救，把一个人推上岸，自己没了力气沉入水中……

他坐在湖边，往人多的地方坐，盯着紧挨水边的人、玩水的人、小孩。

这样坐了一个下午，完全没有这种机会，什么也没发生，世界太平。他想，这种好事也轮不到我，真是人的命背火呀！

"我应该找谁？找亲戚借钱？这是不可能的了。找单位？没有了，没有领导和组织的人在关键时刻好茫然。找找社区？他们可能为你的低保说说话，但我们没有资格吃低保。"

没有人可找，这就是他的现实。想到这里，绝望又一次漫上来。现在，绝望的情绪会顺着内心的一条很熟悉的通道涌上来，这个绝望多么顺畅地再次出现。无助。是的，无助。

他还没到厂里，王阴鸟就跟上来了，躲都来不及。他想躲开他，越快越好。他走快，王阴鸟走快；他走慢，王阴鸟走慢。他老远看得到王阴鸟的阴笑。他跨过铁路，想走入横七竖八的菜市场，但是，在上台阶时心急，一个趔趄，王阴鸟抢上来扶住了他。

"胡子，你过点细吵，急个什么事，抢火？"他盯着他的脸看，"胡子，你烂成这个样子了？"

"我不会死的！"他这么喊，一点底气也没有。

"那就好，那就好，你死了我可什么也没有了，我不拉你拉哪个吵，我要保护你，我恨不得在你门口给你站岗。"

"鸟啊，你跟着我为什么事咧，有钱会给你的。你晓得我儿子眼睛快瞎了，你若同情我不要让我再去跳，你借点给我。"

"啊？再跳？你吓我！你儿子不是在少管所吗？"

"眼睛坏了。"

"哎，你总找理由，到底还是不还的？你一年还个万把块我也好想些哟。不行，你把房子抵给我跟张歪嘴，我看马上要拆了，你不能就这样拖呀！找个中介把价估估，你说行不行？这么拖，翻脸了不好。要是真像你说的，你再去一跳，我们到阴间找你去？找你伢？你伢毛子又是个不成器的，不晓得关到哪一天。又是眼睛瞎了，你怎么这么栽哟，胡子？我说的是真话，不是逼你，你这套房子，你是保不住的，还是老话，欠账的还钱，杀人的偿命。你盘给我们，你还可以找点钱租个房子再搞点生意……"

"你们打我房子的主意啊！"他突然浑身发冷，牙齿也稳不住了，"不该，不该……"他喃喃自语，"我公胡子来人世走了一遭，就这点东西留给伢的，你们不能挖我的菀子，鸟啊！"

"哎，胡子，再怎么说，欠债不能不还哟。看你是从鬼门关回来的，没说什么。"

"我直接告诉你吧，鸟啊，我现在是两手空空，房子你来晚了，我前妻下手比你早……"

六

他在想找谁借钱。"为什么我总是找人错钱？我从阎王殿爬出来就是为了继续找这个世界上的活人借钱？"这多少有点滑稽。

当他说儿子眼睛快瞎了的时候，他知道这是让人讨厌的。但因为喝了一杯，他还是在中华面前说了。没想到中华去他收钱的抽屉里拿出一扎钱来给公胡子，说："师傅，拿着赶快去给他看。"

这钱是不能要的，这让公胡子硬着脖子推过去老远："不是找你错钱的中华，一点点钱没得用，我是说说，怪我这张臭嘴。"

"为什么我会成为一个负债累累的人，又不赌不嫖，一个好人，老实本分的人，吐口涎水都怕把蚂蚁淹死的，怎么会走到今天这个地步？"他没想明白，已经死过一次还是不明白。

其实他已经隐隐在朝那个方面想了，就像王阴鸟说的，把房子抵押估价贷款。房子不能抵押给王阴鸟和张歪嘴，一抵押全部是他们的了。银行，他知道，时间太长，差不多要二十天个把月，来不及。只有找一家贷款公司，靠得住的。这个方法就能匀出活钱来救儿子。

他是在想换钥匙环时想出的点子，也就这个房子了。他过天桥的时候，看到许多挖地脑壳（摆地摊）的，突然想换个钥匙环，人应该有点新鲜感的。这个冲动的出现对他来说是山崩地裂、翻天覆地，也顺理成章的。一块钱一个，新的，锃亮的。吊在裤子上的那个几十年，成为文物了，锈得像是垃圾堆里的，但他从没有想换。看看别的（过去哪注意这些呀），钱夹（要不着），身份证夹（一块钱三个），鞋垫（难道鞋里的垫子不要换了吗？那个臭！一块），挖耳匙（新的，一块），指甲剪（两块，我的那个剪子剪不动了，锈了，指甲剪得缺头凹脑），针和扣子难道不要买一点？黑线白线，针买大的，裤裆破了，拖鞋也破了，就几针的事，从来没想到缝一下，就这样敞着裆去见阎王。这么看着，买着，发现小摊上的东西全用得着，一件不能少。"唉，我过去的生活！"

再继续想。

儿子是最大的事。这么多钱，只有房子。趁拆迁之前抵押，拆了卵都没抵押的。如果我两万加利息还不了呢？那时已经拆迁，你贷款公司要什么？还建房？八字没一撇，你也不敢出售。到时我总会赚到两万块钱的，大不了还是卖雪地靴。冬天四个月，一月赚三四千吧，也就到手了。这么想清楚了，突然很轻松，头脑也清醒了。怎么原先没这么想呢？还是恨，恨意充盈，不会低头。活了这么大年纪，到死了，还没学会这个。

他的妹妹在菜市场里张着鬼牙，高捋袖子，非常专业地重复着每天的残忍动作。

这个妹妹，是差一点被他扼杀了的一个生命。后妈有习惯性便秘，还有严重胃气胀，开了大瓶的酵母片和泻药在家里。酵母片是甜的，趁父母不在家就偷偷给她嚼，三四岁的伢以为是吃糖咧。要喝水，就把泻药碾碎了放进水里。这伢，整天就是拉，那还不日渐消瘦，瘦得像三寸铁钉？后妈是个凶狠角色，常常不给公胡子饭吃，还用手拧他的肉，隔着衣裳拧，不让他父亲看见。但是，公胡子的冒险竟然没让后妈发现。每到夜里，拉得嗷嗷叫的鬼牙妹妹被父母送到医院打吊针，少年公胡子就会格外轻松，呼呼大睡，梦里唱歌。止泻，不打针，就吃药。鬼牙妹妹犟，不吃，父母就用火钳撬开她的嘴。她还是不从，就呼天抢地地哭，哭得眼里全是血，看不清东西，栽跟头，长期发育不良，身体畸形，一口鬼牙越来越亮。后来，公胡子觉得太过意不去，生了些恻隐之心，才停止了这个恶作剧。但恢复后的妹妹非常霸道，经常欺负公胡子，甚至骑在他头上拉屎拉尿。后来终于顶替死去的后妈去菜场了。

走到这个菜市场，连他自己也有点不解。要她去帮前妻说说房子抵押，还是找她来借钱的？鬼使神差！

"你跑这里搞什么事？"近似男将的声音，喉咙像一块磨刀石。

"不是找你错钱的。"他这么说。还想说什么？"就找你要个电话。"

他就这样改变了来意，就要个电话。他发现在这儿凶多吉少，市场的血腥味儿让人直作呕。

"告诉我菊红（前妻）的电话。"他说。他什么也不想说了，越快走越好。

"凭什么要告诉你？复婚？"鬼牙用血淋淋的手背抹了一把鼻子。

"毛子眼睛快瞎了。"

"瞎了关我鸡巴事！"

这就是她的回答，一个姑妈的回答。

"就一个电话。"

可能是扒累了，鬼牙不看他，停了手中的活儿呼呼喘气。她应该去洗手，然后拿出手机。他原是想自己反正是要再死的，要活人的手机号码有什么用呢？如果鬼牙态度好点，他会提在家想好的那两个请求。

手机号码她极不情愿地报出来了，证明她们之间多有来往。

"你先前，究竟给菊红说了哪些话？"

"好事咧！说你走桃花运，死的时候找了个野猫精。"

"你说我在外还有伢？"

"有桃花运，再有个伢，有钱养咧，这有什么稀奇咧！"

"你狠，你是狠角，咋回事咧，这么损我……"

"你反正掉得大伙计！"鬼牙说。

"我掉哪样？你说下看？我偷了抢了？……"

他还能说什么？这时卖菜买菜的眼睛都到这边来了，他得赶快离开这血雨腥风的地方。

刚迈开步子，"噗！"一个塑料袋丢到他脚下。

"给你几只吃饱了再去跳哟，个苕货！"

是鹌鹑。他没有要，他吃不进。

他一路在想，这也许是报应。谁叫他小时候把鬼牙往死里整呢！人在做，天在看，活该，活该！

谁在唱呀，巷子里。

"黑皮牙膏，一挤一飙。骑马嘟嘟骑，买糖糖吃。小明像个苕，吃饭不用瓢；小明的头，像皮球，一踢踢到黄鹤楼；小明的妈，真邋遢，洗脚的水，搭粑粑。一哈子哭，一哈子笑，两个眼睛放大炮。好哭佬，卖灯草，丢到河里被狗咬。咕噜咕噜锤，咕噜咕噜叉，咕噜咕噜三娘娘，管金叉……"

没有人，心里的，这是小时候的歌，他与鬼牙妹妹两人唱的歌。他感觉他有严重的幻听，耳边总是有歌声。儿歌，民歌，少数民族歌，都有。

七

当他给前妻说儿子治眼要一两万，想将房子抵押贷款时，话才开头，前妻就把电话挂断了，她不让他说。

再发短信，说不是他用钱。

没有回信。半夜有一条回信，但早上起来才看到："就这点能耐。"

"还有三条路，一是把我杀了剐肉卖钱，二是去抢银行，另一条你懂的。"他回信。

"休想打房子的主意！"她回信。

抵押贷款不见得房子以后就不是她的了，这道理能给她说通吗？前妻没有文化，不讲道理。你跟她怎么也说不明白，不会拐弯。再者，别人不信他，以为他是要还赌债、吸毒或是给别的女人去的。一次跳桥终生冤枉，说什么也没用，没一个人相信你。加上穷，没尊严，也没信誉。

公胡子伤心地坐在老铁轨边，雾霾在眼前枯萎的蓬蒿间流窜，铁轨像两截被斩了尾的大蛇，消失在朦胧的沉雾深处，不知去向何方。

儿子在少管所，与人生隙，你少管所没责任？

去找所长！

他想好了。就这么，最后一条路了。不能忍，不能退。退也就是一座野猫滩大桥了！伸起头做一回人。老子死过一回的，还怕个什么？这世界一切的一切也不怕了。想开了就这回事，到头来不都是一把灰！所长也是一把灰，局长书记也是一把灰，有的灰都没有。"如果我跳了，到哪儿找灰去？浪到江边，野狗啃了，你怕他们，他们也怕你。我早是个鬼了，我怕人？死要面子活受罪！"

他突然想到要拿上那张报纸，好歹留下了一张，这有用。

"是这样的，所长，我是死了的人，说白了，一是逃债，二是儿子的事我没法筹钱，所以走了极端，好在命大。我没给你讲，蛮掉底子的，今天如实说。如果还是要两万块钱，我只好转去再二次跳了……"

开门见山。

所长愣了一下，很认真地去看报纸，翻来覆去，时不时朝公胡子扫一眼。

公胡子再唐突地来了一句："我今天没准备在你少管所跳楼……"

所长听到这话，扔下报纸，挡着窗户，"公师傅，公师傅，您郎嘎冷静，莫干傻事！"

公胡子心里想笑，他就说："自己的伢本来应该自己负责，但伢是在所里面被人伤的呀。"

"真的假的？"

"我伢给我说的。眼睛都要瞎了我还不说就没机会说了。"

"你说的我们立即调查，是真是假现在很难说。查出是真的，不怕二进宫！"但是，所长话锋一转，"您不要太信儿子说的，我们这里管理非常严的，应该不会出这种事。"

所长又说："我们调查，我们调查，好不好？"他送客了，他把报纸给了公胡子。

公胡子还能说什么？公胡子拿着那张报纸出来，因为所长已经起身，要送客的表示。

所长已经将他"送"出了办公室，说让他去看看儿子。

儿子出来了。那只眼睛用纱布蒙着，根本不看他。

他不知道给儿子说什么好，心乱如麻。他的办法想尽了。

"我说了把房子抵押，你妈不干。"他说。

儿子不吭声，看着脚下。他一只眼睛，很疲劳的样子，不想看他。

他也很疲倦，有一种从头到脚的疲倦，他感到自己真的死了。这个儿子，他把他引到这个世界，他死后还管这摊子烂事吗？他真的死了，儿子知道后会是一种什么表情呢？他会不在乎，有时会想到他。但儿子瞎掉了，会在没有父亲之后，重新做人。学盲人按摩。他那一辈子就这样过了？他要让儿子跟中华学卤菜。他要安排好的，一定要中华答应。他想哭。

他跟儿子什么话都没得说的。儿子好陌生，他甚至害怕这个自称是自己儿子的少年。他有了胡子，光头，穿着监狱衫，脸上已经有轮廓了，满身戾气，眼露凶狠。过去，这少年却是怕他这个凶恶的父亲的。当然更早，他们父子有笑声，儿子骑在他头上，在三十平方米的房子里走来走去，让儿子头碰上门框，咯咯发笑。他更记得在儿子七八岁时，一次偷了他五块钱逃学去游戏机室玩游戏，背后书包里的书呀，一个几十块钱的任天堂游戏机呀，包括笔盒都被游戏机室里面的小流氓偷走了。回来那一顿好打，把他绑在窗户上，脱了裤子用衣架抽屁股，准备抽死算了。屁股肿得像南瓜，血藤子横七竖八，几天不能坐。下手这么狠，也不知为什么。想想还是单位破产清算，人失了魂，心烦，迁怒于孩子。有过忏悔，夜深人静之时。但儿子不听话，打是应该的，但不该下手这么狠。现在，他"死"而复生，"死"后回来，看到这一切，看到这个孤苦无依、瞎了眼的少年，他已经长大啦，成为武汉小流氓啦。心里一阵阵扯疼，像一把针刺在心尖上。

"我今天来，是想要所里对你的事负责，把你送医院去。你是在里面出事的，不管怎样，他们脱不了干系。"

"你把我说的讲了？"儿子抬起头来，一只眼里聚集了两只眼的愤怒与生气。

噢？你这小子胆只这么大，关进来就怕了！老子想告诉你，没有什么可怕的，树怕倒起，人怕铆起。想开就这么回事。

"说了。"他淡然地承认。

儿子气得拉长脸龇着牙好半天说不出话来："你，你，你！"

"我说了我负责。"

"你是要我死吧！你怎么不跳桥死了，死了还好些！你晓不晓得出去我就没命了？！"

"老子天天拿刀跟着你。"

"你去死！去死！"儿子跳着脚回头跑了。

他坐在那儿。他一动也不想动。

儿子愤怒叫嚣的声音还回荡在空空的少管所食堂里：

"你去死——你去死——"

"嗯。"他说，他心里说。

走到街上，很虚，满街都是儿子的喊声："你去死——你去死——"

没准备坐车，就这样恍恍地信马由缰走路，丢了魂一样，僵尸一样。

天渐渐黑了。这是一个雾霾朦胧的秋夜，但人们并不在乎，因为已经习惯。何况这是大啖小龙虾的季节，叫什么油焖大虾。那个辣，就是让人胃痛嘴烂的。一个个在马路边上摆开架势，啤酒白酒轮番上，一堆堆人们嚼碎吐出的龙虾壳，在大街小巷堆积如山，满街的油腻溜滑，满街催人泪下的辣味儿，也勾引人们的口水。公胡子在想，这些人的胃口怎么就这么好，总是吃得兴高采烈，食欲狂飙？而灰霾在他们的酒桌上旋转，笼罩，他们咋就这么开心，这么熟视无睹呢？

走过破烂肮脏的巷子。修自行车的、擦皮鞋的、无证诊所、发廊按摩店、卖甘蔗荸荠油炸臭豆腐的。一个城中村，房子密密麻麻横七竖八，到处跟他的工厂一样写着"拆"字，一派混乱。打工的农民、大学毕业的屌丝、游手好闲的村民、乞讨者、搞传销的、捡破烂的、偷窃的……

顺着雾霾不知怎么走进了一个小店，店主比中华还热情，也是武汉人，都用武汉话搭腔显得很亲切，老熟人似的。一瓶毛铺老酒，一盘虾球，一碟免费的花生米，够了。外面，漫天的雾霾依旧，灰尘滚滚，管它呢。

人喝舒坦了，也喝晕乎了。在雾霾中腾云驾雾，好不畅快，就跟梦游没两样。好几次，差点撞上了汽车、摩托。脚上一溜，踩上了一堆狗屎。如今城里狗屎成堆，到处是"地雷"。

恍恍惚惚的，听到一阵喇叭里传来的歌曲，以为是耳边的幻听，但再听是真的，到了厂里，歌声是从老腻子的窗台上传来的。

他想着一件事，脑子虽然迷糊混乱，但死死记着一件事，今天千万不要忘了，常常在屋里记得，走出门就忘九霄云外了。这就是托付中华，等儿子出来，一定收下他跟他学这个卤菜技术。他不中用的师傅就这个儿子放心不下，别的没啦。

刚到中华卤菜店门口，手机响了。手机铃声非常亲切，让他刹住恍兮惚兮的思绪，清醒过来。是前妻？肯定是的！

"喂！喂！"

不是。

一个陌生男子的声音。

"你找哪个？"以为是推销的，一天到晚骚扰。

竟然是那个肥嘴马踩。

"你找我什么事？我没在厂里。"他答非所问地说。

"我看见你了！"

抬头一看，马踩就出现在他的面前。"他是怎么找到这里的？又是怎么找到我手机号的？"

公胡子一只脚就迈进了中华的店里，他凭直觉来者不善。因为马踩那张被马踏过的天生肿嘴藏着祸心。

马踩飞快地拦他不让进，他感觉公胡子要避他。但公胡子身板很大，一扇门一样。中华晚上在灶上忙，没有食客。

"拐子，我跟你谈点事，你跑什么？"

"跟我谈什么事？我不认得你。"

"看你说的。"这马踩明显精神萎靡，好像有满腹的委屈。

中华看到喝多了酒的师傅跟一个人拉拉扯扯，感到事情不对，就撩起围裙揩着手过来，对马踩说："你是哪个，在这里有什么事？"

公胡子赶紧摆手要中华莫管，说："晓得的，你去忙你的中华……"拉着马踩就到一边去了。

他不能让马踩说出他是那个跳桥女人的家属。这事早就了结了（或者也没了结，还在传……），这事他不愿提起，不要跟任何人扯上跳桥，这事是噩梦，说起来会打牙嗑，不自在。

路上没什么人，一个老太婆在打扫卫生，捡垃圾的流浪汉在翻垃圾箱。

马踩那张肿嘴在幽暗的路灯下像一个漏斗，黑乎乎地对着他，没有铺垫就大声质问他：

"拐子，你是怎么认得我老婆的？"

"你是什么意思？我哪个认得，你吓老子！"

"那你是不是跟她说了，我们一起往下跳？"

"才好玩！你老婆想死，我不帮她一把！嘿！"

"拐子，你说这话就不好听了，我实话告诉你我老婆有产后抑郁症，你晓不晓得？她是趁我没注意跑出来散步的，你差点儿害死了她。她本来跨不过去，你把她掀过去的，你这一多事就完了哟，拐子，她真的完了你知不知道？好害人呀，她现在问题严重，一惊吓，本来蛮多奶水的，这下奶水回转去了，一滴没得了，儿子饿得皮包骨头，又不吃国产奶粉，吃进口奶粉又吃不起。我老婆住到医院里了，一惊吓病越来越重，我哪有钱给她治呢？医院天天催款，我天天急得吐血。我们是打工仔，好可怜，一年混个肚儿圆都不容易，一分余钱都没有，你说怎么办，拐子？"

马踩把双手摊到他面前，是不让他跑的，双手因激动不停地抖，唾沫从厚嘴里喷出来，像虫子乱飞。

"与我有什么相干哟？你这人真好玩哟！"

马踩不示弱，盯紧他："不找你找哪个？那你说。医院要赶她出来，回家你管啊？她老在那儿大喊大叫，水、水、水、水……水都不能喝了。看到水就摔杯子，看到吊水的瓶子就要砸，要扯，拔针头……她已经疯啦，她哪是去跳桥，是散步加上雾霾太大走迷路了！你说，拐子，你真害死人啊！你自己要跳你跳，还拉个女的给你陪葬搞什么事咧？拐子，我怎么办咧？我的娘呀，我都不得活了，我陪你去跳桥算了……"

马踩哭哭啼啼哇哇啦啦，扯着公胡子，从口袋里掏出一把纸，是医院的账单，硬要塞到他手里。

公胡子马上明白是什么，他哪敢接，一接就一屁股屎了。马踩一把鼻涕一把泪哭着，硬要往公胡子怀里塞，公胡子只好躲闪。

"哎哎哎……你莫赖到我，你神经病找我敲诈，你找错了人……"

公胡子嘴里发苦，心里更苦，心乱如麻。"我去寻死哪晓得有你老婆也在那儿，她明明往栏杆外翻的！……但他也猛然想起那个晚上的鬼魅氛围，雾霾蒙蒙的，就像梦里。他内心也感觉有了一丝怀疑，如果她只是扶着栏杆呢？当然，那个桥没有人行道，从江这边可以有一个通道，但他老婆从哪里上桥的？这本身就很疑惑。但是，只要是想自杀跳桥的人，总有办法上桥……这人长得怪，究竟是不是人？他老婆是不是人？是不是传说的野猫精？他就是野猫精的男人，男野猫精，缠上我了，或者他们就是一个野猫精，要来害我的，一忽男，一忽女，甩不掉，挣不脱……"

"你个斑马的滚！你搞错没？找我？你究竟是搞什么的？！"

他吼，他要摆脱精怪的纠缠。他恐惧，他伤心，他感到是不是如老人说的，自己身上火气太低招惹了邪秽东西？这个人，越看越像鬼怪，是从江里跑出来的，黏糊糊的，在这雾霾笼罩的晚上，野猫精又现身了……

"我是搞什么的？我是卖酸豆角的。抵赖啊，拐子，派出所都有笔录的，我不害你！"

还"派出所""拐子""笔录"，个斑马养的，你学人的话，学武汉腔，你这水里的妖精，脸跟死人一样的……

"你究竟是搞什么的？个斑马欠铲吧？啊！"他狂吼。他要跑，但已经被马踩逼出了很远。他也有意离中华的店远些，以免让闲人听见看热闹。

"你讲狠，拐子？"那个人也吼，一点不怕他。

"你想搞什么？个斑马，朝我凶？你吼哪个？啊？你刚才吼哪个？"

"你怎么不讲道理哟！"对方的声音也越来越大，越来越恐怖。

"这么，让街坊工友听到，还不知我又在做什么呢。"好在这是晚上，好在这个厂里没有了什么生气。他希望此时不要出现人，最好是不要出现认识的人。把他引到哪儿说呢？中华店里？不行，一下全都知道了，没意思。围墙边？孙太婆种菜的那儿，有个敞开的茅厕的、臭熏熏的那儿，要怎么样了断就怎么样了断，是鬼也不怕。

他这么想就开始往那边移动。他压低声音给他说："我们到那边去说话，不要在这里发飙。"

他心很虚，从来没这么虚过，但也似乎没有退路。硬着头皮就是一条路——那儿黑咕隆咚，靠近长着齐人高荒草的废弃铁路，但这没有办法。

黑暗的夜，黑暗的夜啊！这是什么时候啊？为什么没有太阳？为什么没有很多人？为什么没有高音喇叭里的歌声？

耳畔幻听的声音始终没有出现，嗡嗡作响的是一些耳鸣，是脚下的布鞋摩擦水泥路的粗糙的噪音。

"拐子，你跑什么吵，我们一起跳桥去算了，我也不扯了。我戴了绿帽子你以为我不晓得。我老婆手上是有钱的，她贴金养汉了，跟别个花光了，然后被野老公拉着一起去跳桥……"

"报上说是'巧遇'，是'陌生人'，你个婊子瞎编。"

"哇嘿嘿，我没编，你没给警察说实话，一口假话。你好歹毒，我儿子咋办？咱们可以私了，住院的钱算你给，以后我不找你了……"

"你要多少钱？"

他问这话的时候想到的是冥钞。眼前是个野猫精，要的是冥钞。冥钞老子给你烧，只求你放过我，全烧一万元一张的。哪里找什么住院的女人，在江里咧！全是哄我的……

"我算了下，要八千多块，单子全在这里……"

公胡子不能收，他要推脱，那些纸条谁知是不是阴间的东西，等他回去一看全是冥钞也说不定，沾这个晦气的，他不能。他已经被这个家伙逼到墙角去了，他的后头就是孙太婆蓄粪的厕所，臭气熏天的厕所。他已经靠近了那个小门，有半截破红布的门帘。他踏到了那个臭烘烘的缸沿，踩到了污水，他马上要被这个家伙挤倒在粪缸里了。

"滚，你想诈老子！"他喊，他调整身子。

"你蛮凶咧！你把我害惨了，你有多狠哟，拐子！我们现在一起去跳桥算了，我不想活了！"

这人黏上他了，他快要站立不稳了。这人的头拱他，是要让他吃屎的，让他一脚下踏空……

"你好恶躁，个婊子养的嘎巴子野猫精！妖精！"他在扶那个摇摇欲坠的茅厕柱子时抓到了那块红布，顺手就把它缠到了这个人的颈子上，缠了一圈——他要站稳，只能死死拉住，甚至两只手都拉住了。他再狠狠拉，像给绳子打结一样。红布薄是薄，但扯不断，非常结实。只有几下，那刚才恶躁喊叫的人就嘤嘤呜呜不出声了。"你拼得过我，个婊！"他是个工人，他很有劲儿。他终于站稳了。他哈哈大笑起来，看到这个人在他的面前贴着他慢慢软下去，歪倒在肮脏的茅厕门口。

三天以后，在看守所里的公胡子得到通知，他的儿子被送进了医院。儿子得救了，戴着脚镣手铐的他，终于睡了一个安稳觉。

（原载于《北京文学》2014年第6期）

鳖群出没

一、夺金的脚沐浴在鲜血中

暴雨把夏天打得东倒西歪。暴雨如注,在夜晚,四处是哗哗的水声。鱼是好东西,谁都想把鱼一网打尽。鱼能吃,能卖钱。因此这里那里,到处是火把、人声。

夺金蹚着水,披件蓑衣在暴雨里走。他走田塍,好几次都差点掉进沟里。这天,他拿着的是七齿渔叉,很沉手。当他赶到水声的汉口那儿时,发现已经有个人像棵树站在那里叉鱼了。那人抢在了他前头。

不用看脸,夺金就知道是黄泥保。这真奇怪,心一跳,必定是黄泥保。夺金每当叨念别撞上黄泥保时,黄泥保就会出现在他面前。夺金试过几回了,夺金有时候就无端想到黄泥保,有时候看见一摊粪、一个牛蹄窝,也想到黄泥保。夺金与黄泥保没任何关系,不是朋友,也不是仇人,可夺金就喜欢突然想到他。

夺金怕他,这夺金知道。夺金从心眼里怕他,正像郎浦村里的许多人怕黄泥保一样。黄泥保往人家晒干的鱼上撒尿,往别人养鱼池里倒农药。黄泥保缺乏管教,他爹是个纵火犯,最爱纵火,他爹的人生乐趣就是点火烧别人家的东西。后来他爹狠揍了他,说:"黄泥保,你什么都可以学,只是别学你爹的这一手。"于是黄泥保长大后没学他爹,干上了别的坏事。黄泥保经常进派出所,经常被放出来。村长老韩说,黄泥保大法不犯,小法不断,是十足的乡痞子。

夺金想走，他想到另外的地方弄鱼去，哪儿都有水声，可黄泥保用渔叉的竹竿儿拦住了他。黄泥保站在汊口的另一边，黄泥保说：

"夺金，你莫走。又不是我一个人的鱼！"

黄泥保的眼真毒，那架势就像候着夺金一样。黄泥保是个神秘的家伙。

于是，夺金只好站在黄泥保对面了。

他们两人现在都出手狠，把叉深深地刺入鱼腹。都嘿嘿地叫唤着。没鱼的时候俩人端着渔叉对峙，似乎随时都有可能向对方行刺，把对方了结。人有时候端着铁器在那儿，就有了八辈子的仇恨，真怪！

"给我陪个伴儿。"黄泥保说。他说话笑眯眯的，怎么听都不像个恶人。可他叉鱼的时候总喜欢把叉往夺金的腿缝里穿来穿去。

那一夜贼怪，夺金不愿叉鱼，鱼直往他的叉齿上撞，夺金把鱼一个一个丢进鱼篓里。

后来夺金不动叉了，黄泥保却说："夺金你叉呀，叉呀！"黄泥保却总是把鱼叉飞，黄泥保见不到鱼。他只听见水响，就是发现不了鱼。

后来，黄泥保空着竹篓。他摇了摇竹篓说："夺金，我到那边去，那边鱼多。夺金，你慢慢叉。夺金，你是好样的。"

闪电撕裂着天空。夺金看着黄泥保走远了，夺金明明看见黄泥保消失在一条田塍上，钻进了远处的芦苇丛。当夺金重新叉鱼的时候，他的脚突然被叉。夺金感到那种疼痛从来没有过，既不像蛇咬，也不像刀划。夺金的本能使他号叫起来：

"嘿嘿，我的脚！脚——喔嘿——"

夺金抱着脚跳，夺金倒进流水里。夺金爬起来一跛一跛往村里跑。弄鱼的人不少，都不知道发生了什么事，跟着号叫的夺金赶。赶到亮处，看到夺金的脚沐浴在一片鲜血中。

"你们给我把鱼看住，我叉黄泥保去！"夺金抱着脚喊。

有人按住了他，说得弄药。有人说来不及，先用尿潎潎，男人的尿止血。立马就有人掰开裤子，掏出肉枪来尿，尿液直往夺金的脚上去，空气里弥漫着一股尿骚味儿。

又有几个人接着尿，边尿边询问黄泥保干吗又夺金的脚。夺金说不出，夺金说明明看他走了，怎么又上脚来了呢，完全不敢相信，这家伙真鬼。夺金说："我没得罪他，不过我知道迟早得被他弄这么一下。鬼知道是什么原因，反正迟早得有一下。"夺金说，好了，这日子终于来了。夺金说，真不敢相信。但大家相信黄泥保有来无影去无踪的本领，这小子干坏事没一件重复的，他从不把一件坏事干两次。在这方面，他有惊人的想象力和创造力。

"自认倒霉。"那些贡献了尿的人说。他们扶起夺金，在暴雨中把他送回了家。"不能跟他撞上。"他们总结说。他们总结了一条对付黄泥保的最佳办法：惹不起躲得起。

那一夜暴雨如注，郎浦村的人都听到从夺金家传来的号叫声，整整一夜。

二、这人真不要脸

早晨，夺金的媳妇把夺金用鸡公车推到镇上去，给夺金治伤。

早晨阳光灿烂，湖上一碧如洗，暴雨和暴雨中的事似乎只发生在黑夜里，与白天无关。

夺金坐在车上，他显得很不自在，他的脚包着许多布筋，他看着路旁的荒苇，时不时拧紧眉毛。

"哪天让黄泥保的媳妇也这么推着他去治伤。"夺金说。

"你莫犯邪。这事了了，只要没伤着骨头。"他媳妇说。

"谁先犯邪哪！这郎浦村只许黄泥保犯邪？"

"都犯邪就出大难，夺金你不犯邪就是了。"

这么说着时，他们突然看见从一块芝麻地里走出了黄泥保。他们看见他正提一串鱼也往渡口走去。

"两口子上街哪！"黄泥保跟他们打起了招呼。黄泥保提着一串死鱼，黄泥保并不想避开他们。昨夜的惨案与白天无关，好像也与黄泥保无关。

这人真不要脸！夺金的女人在向夺金使眼色，她怕夺金下车来与黄泥保拼命。可夺金用眼瞧了黄泥保一眼，夺金说：

"是，上街。"

"天气真好，我弄了串鱼去卖了。"黄泥保说。他竟然与夺金的车并排走起来。他没朝夺金的脚看，就像夺金没伤脚一样，黄泥保大大方方地与夺金拉家常。

路不好走，有泥泞，夺金的女人推车有几分吃力。夺金和他的女人都希望黄泥保走掉，黄泥保怎么好意思跟他们一起走呢？

黄泥保见夺金的女人在泥泞中溜溜滑滑地择路，便说："嫂子，我帮你推夺金。哟，夺金你一条汉子，你怎么啦？"

"没什么。"夺金说。他咽着干喉咙。

"伤啦？"

"没伤，狗咬了一口。"夺金说。

现在黄泥保推着夺金，夺金的女人跟着黄泥保，手帮着黄泥保提一串死鱼。

"镇上有戏看。"黄泥保说。他故意卖力地推，喘着气。

"喔，唔。"夺金说。

"《田裁缝相亲》《柳二姐赶会》，好看哪！"黄泥保说。

"是吗？"夺金说。

"翻眉鼓眼吹猪腿，忍气吞声哪翻大肠……都是好戏文。"黄泥保唱了起来，黄泥保实在不要脸。

"你先走，你停下。"夺金喊，他听不下去了。

"我推你嘛。我喜欢边推边唱。"黄泥保说。他还是停了下来。

"我要拉屎。"

"我等你拉完了我再推。"黄泥保说。

"我媳妇会推。"

"这就不够味儿了，一个村的人，夺金你不领情。"黄泥保说。

"你还言情！"夺金说，"你走，这儿没你的事，那边渡船要开了。"

"好，那我走了。夺金，我先走一步。"黄泥保拍拍手，接过夺金女人手上的死鱼，去追渡船。

"嗬！"等黄泥保走远，夺金笑了起来，"我不犯邪了，椿，你来推我。"

他女人叫椿。

椿拣起推车把上的皮绳套在肩上，重又推起夺金。

夺金说，"伤脚的不是我，叉脚的也不是他，椿，对吗？"

椿说："夺金，你犯邪了。"

夺金说："没事一样，犯什么邪，我不疼了，又不是伤我，我唱段荆州花鼓戏。"于是夺金学着黄泥保的破喉咙唱起来：

> 翻眉鼓眼吹猪腿，
>
> 忍气吞声翻大肠，
>
> ……

三、二十只公鸡正大打出手

鸡飞狗跳，荒苇风拍打着村子，水汽在树尖上浮动，夺金拄着拐杖在街上转悠。街上没什么人，他听见远处有沉闷的渔梆声。一些人家的台阶上用席子晒着一些白花花的小鱼，到处是嗡嗡作响的苍蝇。夺金是躲开他女人椿的看守跑出来的。他微笑着，看这宁静的村子，看野狗。接着他就看到了黄泥保他爹的那二十只公鸡。

夺金站在那儿，他靠着拐杖，太阳把他的影子投到那块被柳树站满的坡地上，很长很长。

二十只公鸡正大打出手，疯狂殴斗，一片片羽毛在坡地上横飞。

黄泥保的纵火犯爹放了一辈子火，后来他洗手不干了，缺少了刺激，于是他想出另一个办法：他养了二十只公鸡，一只母鸡，每天，二十只公鸡为争夺唯一的母鸡便战火纷飞。于是，老纵火犯在他的晚年找到了新的乐趣。

夺金吞了吞喉咙，他保不准黄泥保此刻会躲在树后，或者匿在哪口池塘的蒿蓬间，黄泥保什么事情都做得出来。

"咯咯咯咯……"他唤鸡，他小声地唤着鸡，他用手示意，他从口袋里掏出一把碎米来，撒在脚前。米是他早备好了的。

鸡没过来，鸡在为爱情而拼命。闲着的两只鸡早已是肉冠滴血，蔫不拉叽，对碎米没兴趣。

"咯咯咯咯……"夺金一如既往地唤着。他瞅瞅坡北面那栋房子，他只看见了一堵山墙，就因为这，他下不了决心。

他怕鸡怪叫。他瘸着一条腿。

他想的是像串鱼一样把二十只鸡串起来，用柳条串，一只手十只。他躺在床上就是这么想的，现在当他下手时，手却软了。

他在坡下面唤鸡，老半天，总算有只鸡向他脚下奔来了。鸡横着头，竹叶般的爪子下得贼轻。夺金举起了拐杖——狠狠一家伙下去，鸡就会没命了。夺金想让鸡离近一些，这时他盯着脚下的鸡，他发现有个影子正压在他的拐杖影子上。他抬起头，是黄泥保的爹。

他爹一对死鱼样的眼珠，每一条皱纹都没了水分，干巴巴地刻在脸上。

"嗬嗬，夺金。"他爹说。

"唔，好鸡，这是您的鸡？"夺金说。

"它们闹。"黄泥保的爹说，"它们打打闹闹。你举棍做什么？"

"这是拐棍，我脚……被狗咬了。"夺金说。

"喔，嗬嗬。"黄泥保的爹驼着背，他开始撵鸡。他把鸡朝家里撵，他边撵边拾着那些金黄色的羽毛。

"夺金你莫打我鸡。夺金你记恨哪，我年轻时放过你家的火，你家那次糍粑都烧熟了。现在我不放了，你莫打我鸡……"

夺金看着这个老纵火犯拿着一把羽毛跟在鸡群后面走了。夺金站在那儿半天，后来他猛地一下把拐杖放在膝上折断成两截。他抱着腿疼得一屁股坐在地上。

他吸着冷气叫唤时，讨厌的黄泥保从东边湖滩上明晃晃地出现了。黄泥保浑身湿透，背着个罾鱼的麻罩，腰上的大竹篓边走边颤。

"夺金，我扶你起来，"黄泥保说，"多可怜！"

"你走你的。"

"我扶你嘛。看这些米，"黄泥保指着地上说，"这些米，鸡也不吃。"

黄泥保这家伙真阴，他把刚才的一切都瞧见啦！

黄泥保在笑着，眼睛朝地，眉毛却一挑一挑。

四、他洗着黑暗的叉齿

黄泥保笑着回到家里去，他高兴的事很多。他一肚子杂碎。

他爹坐在荆篱下，用一根响篙唬鸡。鸡又在龙争虎斗，生气勃勃。因此，他爹脸上流光溢彩。

黄泥保给他的纵火犯爹请了个安，他爹见黄泥保水淋淋的，扳过鱼篓看，一眼见底，火就来了。

"在家待着，没见你弄一条鱼回来。"

"我凭什么要给你弄鱼！"黄泥保见他爹一辈子被火熏红的眼睛就像条鱼，爹是条鱼，是条红眼鲤鱼。"凭什么？老子是你爹。"

"你吃鸡吗，你这么多鸡？"

"不许这么说，遭雷打的杂种！"他爹骂了，鸡是他的命根子。

他进了屋找个泥碗喝了碗水，他朝屋内暗处瞄寻，他在找媳妇。

"操你妈！"

还在那儿。那是他的媳妇波兰。波兰蹲在墙角里，波兰过去不蹲。波兰嫁到黄家后，黄泥保外出就要波兰蹲墙角，黄泥保总是昼伏夜出。波兰说："干吗让我蹲墙角？"黄泥保说："要你蹲就蹲，莫问为什么。"波兰发怔。波兰蹲在墙角后总是发怔，后来波兰就有了病，蹲是蹲，但要骂人。波兰十分漂亮，鹅蛋脸，有红是白。波兰是个美人坯子。

"嗬嗬。"他跟他爹一样地这么笑，他不恼波兰的叫骂，他揭开锅盖时发现锅里没热气，就有些恼了。

"操你妈。"墙角又骂。

"你骂哪个？"黄泥保反诘道，"我娘死了几十年，你操哪个！"

"我操鸡鸡。"波兰说。

"鸡鸡？我是鸡鸡？"黄泥保的嘴唇都气乌了，他想应该给这女人一耳刮子。他上去揪住女人的头发，往墙上撞，撞得咚咚直响。

"操你妈，操你妈，操你妈个小舅子的……"

后来，女人骂得没声了，只有出气没有进气。黄泥保放下女人，转过身碰倒了一件器物。定眼看时，是那把渔叉。"真他妈的晦气。"黄泥保说。他想得把它洗洗，那上面沾有血迹，血晦气。

于是，他拿起渔叉去了水塘。

他扯了把水草洗着黑暗的叉齿。他看着水中自己被波浪分割的脸，七零八落，也像被人叉了一样。可人家叉了人家有女人推，让男人坐独轮车，咯咯吱吱，屁股扭得像水一样。他想到自己的女人却整天蹲墙角，说昏话，顶个屎卵！

黄泥保洗好了渔叉，却瞅见他爹正在打瞌睡，头叩得像舂石碓。那些骚鸡公也打累了，在沙窝里打盹。

黄泥保看着手上那洗得乌亮的叉齿。黄泥保没想那么多，他信手掷出渔叉，鸡来不及叫喊就高挑在黄泥保的肩上了。

黄泥保在塘边弄了些泥把鸡糊起来，然后又扯了张荷叶，把鸡包着，再用水腥草一缠，他想吃叫花子鸡。

他到不远的芦苇荡里弄出了火，三把两下就把鸡烤熟了。他把泥剥下来，鸡的香味儿全往鼻子里灌。他扯着鸡腿说："喔，比鱼好吃。"

他吃过之后将鸡骨一点不剩地捡起来包好，放进裤兜里。

他绕了两个圈子，来到了夺金家，掏出那包鸡骨悄无声息地扔进院子。

他回去打着饱嗝对他爹说："鸡不见了，找夺金去。"

他爹说："我知道，他来打过我的鸡。他腿瘸了。他记恨我年轻时放过他家的火哪！"

他爹边说边数他的鸡，后来他终于大喊起来："鸡呢？我差只公鸡！我的宝贝鸡，哇嘿嘿……"

"你不要找他，他有这个。"黄泥保把渔叉往他爹面前一竖说。

他爹不喊了，张着嘴，隔着叉齿愣看黄泥保。

五、风中

夺金在院子里用猪血浸网。他把网放在脚盆里搅动，他瘸着腿，样子显得很吃力。

黄泥保的爹这时闯进来了，他爹进门就说："夺金，我找你拼命来了！"

213

夺金吓了一跳，夺金双手沾满了通红的猪血，说："拼命？您找我拼命？"

"你赔我的鸡，你捉了我的鸡，杀了我的鸡，吃了我的鸡。"这个老纵火犯便在院子里四处寻找，掏鸡笼，看鼠洞。后来，他一下发现了墙边的那包鸡骨头，立即抓起那包骨头欢呼起来："嗬嗬，找到了，找到了，夺金，赔我鸡！赔我公鸡！"

"不是我吃的，我没吃。"夺金说。

"骨头都在这儿哪。夺金，你记恨，几十年了，我放火那阵你还在你娘怀里吃奶。"老纵火犯翻着松弛的眼泡挤出泪来，"嗬嘿，我的鸡你死得好惨哪！"

"我没吃！不是我！"夺金说。

"走，找村长去，找村长评理去，让大伙儿看看，是不是我家的芦花鸡！"老纵火犯说着就拉夺金。

人老了有时有把蛮力气，夺金被他拉得趔趔趄趄，况且他腿疼，他只好被拽着往外走。

"不是我，鬼知道是哪个！"夺金被这情形弄懵了，他细细一想没别人，是黄泥保。老杂种，是你儿子哪！他心里说。那时突然起风了，风潮推动着满湖芦荡，一个老家伙拖着一个瘸腿的年轻人往湖沿走。

"见村长去，见老韩去！"老家伙吼着拖。

"你弄错了。我跟你走，你摸扯我衣服。"年轻人说。

两人拉拉扯扯，引得一条野狗跟在后面看热闹，时不时跳上树墩吠几声，树上的乌鸦也呱呱乱叫。

后来扯累了，老头跌坐在荒苇中，年轻人也跪倒在芭茅上。但老家伙的手仍没放，仍拽着年轻人的袖子。

"上哪儿去，你说，你上哪儿去？"夺金白了脸噎着呼吸问。

"上、上老韩家、家里去。"黄泥保的爹说。

"早过了，到乱葬岗来了。"夺金说。

"乱、乱葬岗给你爹说，为什么要记、记恨我？"

"不是我，我没吃鸡，我半年没吃鸡了。"

"你、你拿拐杖打过。"

"没有！"夺金高喊。他怕黄泥保的爹是聋子。他忽然记起黄泥保还说过米的事，他发现这事儿很难说清了。黄泥保真坏，这家伙真坏，脚上的叉伤还在化脓哪！

风呜呜地刮着，芦苇哗哗直响。

"你说怎么办？"夺金有些绝望了，他看见黄泥保的爹有气无力地拽着他的衣裳，万一他一时闭气死在这里，就是人命。他要他的命做什么，他找的是他儿子！"你说嘛，怎么办？拉也拉了，我腿疼哪！"

"你赔！你赔！"

这老家伙快睡过去了。完了，一睡过去就麻烦了。

"我找黄泥保去，我找你儿子去，我要他来赔！"他在风中喊。

"你赔，你赔！"黄泥保爹的眼睛无力地直翻直翻，光见白不见黑。

夺金猜想此刻黄泥保肯定伏在四周，于是夺金举起双拳在风中大喊："黄泥保你出来！你爹不行啦！"

夺金梭巡了一周，夺金看到芦苇里果然有一些奇异的征象。

他想把老头的手掰开，他不能老让老头把衣服拽着，他掰，他发现老头的手慢慢地冰凉了，硬了。

死了！黄泥保的爹的手没热气了！黄泥保的爹至死也没放手，他太爱他的公鸡。

夺金呆了半晌，他脑子里空白一片，他不知道怎么办。终于，他喊出来了："黄泥保，你爹死了！"

在风中喊叫，谁都听不到。

手是掰不开了，死人的手你休想掰开。

夺金不能不管，况且夺金的衣裳还被老头攥着，老头死了也没饶过他。

夺金只好抱起黄泥保的爹，瘸着伤腿一步一步向村里走去。

"黄泥保，你爹死了！"怎么喊，黄泥保都没出来。

六、大红棺

木匠们手拿锤子，往木头上楔榫。刨花堆满了一地，像冬天水边的泡沫。

刨花中间的那口大红棺有人在给它上漆，红彤彤的油漆焕发出光芒。

"夺金，你得吃点东西。"椿用围裙揩着手喊。

"我不吃，我不想吃。"夺金在外面说。他蹲在红棺旁边，他头发凌乱，一脸灰色。

经鉴定，黄泥保的爹不是他杀，但与夺金有关，死时他还拉着夺金的衣裳。经村长老韩判定，夺金得赔偿一口棺木，不然村里就不管了，由夺金与黄泥保私下了结去。夺金说："我不赔，与我无关。"村长说："事情的起因是你吃了他的鸡。"夺金说没吃鸡。村长老韩说："那院里的鸡骨哪儿来的？他爹为什么单找你？村里几百号人单找你总是有原因的。"夺金说事情的起因还不是鸡。村长说："那就是他爹年轻时放了你家火，要向前看嘛，安定团结嘛，那些陈年老账。"夺金说这也不是起因。村长说："另外的起因我也听说了，你说是黄泥保叉了你的脚，却没有证据，没证据的事就莫说了。就这么定了，你们不服我就不管了，其他的事不要提了，埋死人要紧。"就这样，夺金得给黄泥保的爹做棺材，当孝子。

四条汉子抬着红棺给黄泥保家送去。黄泥保家的治丧气氛清淡，几条挽幛在门口摇摆，稀稀落落的鞭炮声。

"棺来了！"老远就有人在那边喊。

夺金跟在棺后，他看见前来接棺的人抢去了扁担，直往屋里抬。

"这就对了，这就对了。"村长老韩走了出来，"让夺金喝两杯去。"

夺金没喝，他和那几个抬棺汉子站在院子里。

有人在麻罩里捉鸡，十九只公鸡都关在里面。宰鸡人高举着菜刀，捉一个，在手中削一个鸡头。血在宰鸡人的刀下飞溅，宰鸡人满身血腥。

鸡头全盛在一个盘子里。

"入殓！"有人喊。

那些人一起吆喝，把黄泥保的爹放进夺金赔偿的棺木中，十九只鸡头也放进棺木中，作为陪葬。

封棺了，钉子往里面钉，八颗棺钉狠狠地扎了下去。

然后是送葬。乡亲们看见黄泥保和他漂亮的媳妇波兰走在前面，看见黄泥保东张西望，就像是别人死了爹一样。经过街上，许多人从窗户里探出头来，或者站在门口。他们看见夺金一瘸一拐地走在送葬的队伍里，就说葬礼最值得看的只有那口红棺，而红棺是夺金给做的。

一路的人唱着丧歌，往芦苇深处走去，老鸹在杂树上乱叫。

"黄泥保，我想再给你家赔口棺材，我愿意。"夺金后来在那堆新坟上一个人这么说。

七、夺金挑着黄泥保的长裤

夺金的伤好了，他的脚看不出跟过去有什么两样，他往外走去的时候脚步很稳。他对他的女人椿说："你好好在家守着，你别出去，我要试试我的渔叉，我的渔叉都生锈啦。"他从门旮旯的一堆渔具里寻出那把渔叉，就出门了。他的女人椿说："夺金，咱们什么都认了，咱们少长了根肠子，你只叉鱼，别叉什么祸哪。""瞧你说的，"夺金临走时说，"我当然是叉鱼，我这样的人还能叉什么？还敢叉什么？"椿说："也是，我认准了你，吃亏是福。"

夺金是有名的叉手，村上的人都知道。夺金除了叉鱼，摸鱼也在行。数九寒冬，夺金伏在腰盆上跷着脚在湖底摸冬眠的鱼，一摸一盆，十多斤的大豺鱼也能摸上来。夺金叉鱼叉过一条五十斤的青鲩。

夺金在早晨闻到湖风里的鱼腥味儿。他每天早晨闻风就能闻出有什么鱼群，鲶鱼、青鱼、团鱼鲂……然后他估算出方位，驾小船去湖上，准能丰收。

几只小船泊在浅水中，用竹篙插着，小船跟倒影一样安静。鱼栅排列在水里，有白鹭歇在鱼栅上，早晨的太阳在鱼栅外荡漾，水中一片嫣红。

他顺着湖中的土埂踏上了一条小船，那是他自己的小船。

他蹲进舱里舀出渗漏的水，然后用渔叉一撑，船就顺溜地向远处的苍蒲中驶去。

他试过了，他的心没跳，黄泥保没跟上来。他想，第一步是弄点鱼卖掉，把做红棺借的债还了，然后把叉掷向黄泥保。他不能亏别人的账，那样他会不安的。

夺金的叉有七齿，别人的只有五齿，夺金的七齿叉重约五斤，那是他祖上传下的。

这天，他碰上了鲶鱼群。鲶鱼卖不出什么好价钱，他还是全力使叉，不到两个时辰，已有半舱鱼了。

他把船划到对岸的小镇。刚到码头，鱼就被鱼贩子抢光了。他数了数沾满鱼鳞的钞票，不错，照这样下去，不出十天就可还掉红棺债了。

他背着渔叉上了岸。沿湖的一条街上，到处是卖鱼的人，街面上臭水横流，苍蝇展翅。

他感到心跳有些异样，立马就有人喊他。

"夺金，夺金。"

是黄泥保。黄泥保抽着纸烟，站在几个鱼篮中间，提着两只鳖。

"走，吃鳖去。"黄泥保不由分说，拉着夺金就走。夺金在黄泥保面前从来都感到像个伢子，夺金是郎浦村有名的叉手，可他总觉得矮黄泥保一头。现在夺金被他在镇上拉得拖叉而走，糊里糊涂，他想起他爹拉他时的情景。

等他跌跌撞撞被拉到一处站定喘气，才看清楚是个席棚酒店。他们已经走出镇子了。

"你让我走。"夺金说。

"你得吃鳖，夺金，你吃了再说。"黄泥保说。

黄泥保把酒杯推到夺金面前，黄泥保夺过夺金的渔叉竖到酒幌底下。夺金说："我不吃你的鳖。"

"记恨我哪，夺金，你恨我爹，可不能恨我，夺金兄弟。"

"你心里清楚就是了。"

"喝酒吗？"黄泥保给夺金斟酒，黄泥保一口干了，说，"夺金，兄弟看你的了。"

夺金说："喝就喝。"夺金把酒喝了。

"夺金，你吃鳖。"黄泥保说。

"唔唔，我吃了做什么去，黄泥保你说？"夺金红着眼问黄泥保。

"你想做什么便做什么。"黄泥保说。

"我要叉人。"夺金说。

"夺金兄弟，这就不对了。"黄泥保说。

"我吃你的鳖，我得替你办事，我替你叉黄泥保去。"夺金说。

"黄泥保在哪儿？"黄泥保说。

"他在我裆里。"夺金说。

"你先喝酒，在裆里还怕跑掉了？"黄泥保说，"你先喝，我替你捉黄泥保，我也有两个黄泥保。"

"是吗，是吗。"夺金啃鳖，他把酒倒在调羹里，"我喝汤。"

后来，夺金吐着酒气。夺金拉住黄泥保的手，说："你认为我喝醉了？黄泥保，我认识你，烧成灰我都认识，你今天跑不掉。"

黄泥保说："我不是。"

夺金说："今天你总得让我叉点什么。"

黄泥保说："我把衣服给你叉。"

黄泥保脱下他的长裤，挂在树上，转眼就溜了。

夺金比比眼线，抓起渔叉就朝那件长裤上刺去。他刺裆，他刺中了。他高挑起长裤背着叉就走。

深一脚浅一脚，找到自己的船。东一下西一下，划回郎浦村。

那时候日落云平，他叉着黄泥保的衣裳，沿着村子走了一圈。他对大家说："我叉黄泥保的衣裳。"

回到家里，等他清醒后，发现卖鱼的钱一分也没了。

八、北洋说他怕硬的

黄泥保在街上走的时候，有人对他说："夺金叉你的裤子，他的七齿叉挑你的裤子玩儿，说他叉的地方刚好是'肉枪'那儿。"

黄泥保只是笑，他吃着烟只是笑，说由他去，他疯了。别人说："没疯，醉了，喝成那样了，人就不能少喝点骚尿吗？"黄泥保说："也是，我就不喝骚尿。"有个人插嘴说："黄泥保，你得当心点，你不喝骚尿，叫你吃屎的日子在后头哪！"

黄泥保看这人，是村长老韩的舅子北洋。北洋说话直，北洋是个不信邪的家伙，他仗他姐夫的势。他专养鳖，他这么说的时候，是有所指的。近几天，他的鳖跑了不少,鱼栅被人弄了,既不是水豚也不是香狸,十有八九是黄泥保。

黄泥保看着北洋的时候,北洋也看着他。北洋冲天头发,他翻着一对朝天鼻子看黄泥保。

"我的话没错,"北洋说,"我的叉虽没七齿,也是五齿豪杰,黄泥保,你莫这么看我,你让我给你赔棺不是!"

黄泥保说:"北洋,我不跟你犯邪,各走各的路。"

黄泥保跳过街上的臭水沟,钻小巷走了。

"他怕硬的。"北洋说,"我捉住偷鳖的,我把他往泥里踩。"他又说:"叉裤子有什么意思,要叉就叉真蛋子!"

黄泥保听见北洋大嚷大叫的这些话了。黄泥保在一棵枸树下眯着眼看湖上。他看见夺金在湖滩修船,他瞅了半天,没见着那把七齿叉。

黄泥保抹了抹脸,悄悄地从篱笆旁潜行而去。

"我怕硬的?我才不怕哪,夺金的七齿叉是个害,北洋看你找硬的去。"黄泥保捏块石头来到了夺金屋场上。

夺金的媳妇椿在晒网,她把网铺在一棵矮橘树上张开来晒。椿是个标致的女人,椿的屁股好看。哪天把她弄了,黄泥保想。他弄女人没什么本事,可见了女人就爱胡思乱想。"她怕硬的。"他想起北洋的话,他认为这话适合女人,于是他怪笑了一声。笑了一声有些失态,办法也来了。

椿听见了草垛边的猪叫,椿以为有什么野物拖猪,猪还小,是狼是香狸,都能把猪吃了。

椿往草垛跑,黄泥保便闪进了夺金的屋里。

他很快就在门旮旯里找到了那把好叉,他很快就不见影了。

晚上他把叉插到了北洋的鱼栅上,他把叉当作一根竹竿,他说:"北洋,我跟你用叉换两只鳖。"于是,他顺利地用舀子舀到了两只鳖。

他做这些的时候,北洋的渔栅里一直有灯亮着,月亮也亮着。

九、鱼栅那儿

早晨,几个人正在修补鱼栅,他们站在水里,几只白鹭也站在不远的浅

水里候着食。有个人发现了很长的一根竹篙,他把它抽出来,结果他惊叫起来:

"是把渔叉!北洋,你插的渔叉?"

北洋凑过去看了看说:"不是我的,这是夺金的七齿叉,夺金把叉放我鱼栅上做什么?夺金偷我家鳖!"

"夺金怎么是这种人!"

"夺金应该去叉鱼!"

"鱼能卖出鳖的价?"

几个人七嘴八舌地议论着。北洋把叉拿到岸上,北洋坐在水边摸着锋利的叉齿。

与此同时,夺金正在寻找他的渔叉。他在屋里屋外找,他问他的女人椿。他认为是椿给他弄丢了。那可是一把好叉,喂养了三辈人,夺金不能把它丢失了。

他的女人椿也在找,甚至翻草垛,摸塘底。

"你给我把它找回。"夺金对他的女人说。他的口气很凶。

"我没见你的叉,我没拿叉。"椿哭了起来,她觉得她受了委屈。

"我的叉,我的叉!谁见了我的叉吗,谁看见了?"

夺金满村问,他见一个问一个。他不能没渔叉,他还欠人家的债,赔棺的债,他得弄鱼还债,养活自己的老婆伢子,这把叉使习惯了,再弄一把别的叉,他肯定什么都叉不到,他也就不是夺金了。

夺金看见湖下有几个人在修鱼栅,他跑过去,他往土坎下跳。他跑到那儿看见北洋站起来迎他,手上拿着一把渔叉。

"我正准备给你送叉去。"北洋说,"你把叉插在我的鱼栅上了。"

"叉,这是我的叉!对,是我的。"夺金张开双手,他希望北洋把叉给他。

北洋摇摇头,北洋耸耸肩。北洋说:"你可有些忘性,你只记得弄我的老鳖。"

"我没弄,我不知道渔叉是怎么到你手上的,我满村找哪!"夺金说。

"唔,喔,那就是我拿了你的?"

"我没这么说。你不会拿我的,这事有鬼。"

几个帮北洋修补鱼栅的人这时也从水里爬上来,问究竟是怎么回事。叉

221

又没自己长腿，郎浦村就爱出怪事。

"我知道了，"夺金说，"我知道是怎么来的。北洋，这事我给你弄清楚。"夺金夺过他的渔叉就往回跑。

"夺金，哈，你算个屌好汉，小心又赔大红棺材！"北洋在那儿挥着手喊。

十、女人吃鳖在兴头上

黄泥保的女人波兰在吃炖鳖，鳖在锅里咕咕直响。黄泥保的女人波兰坐在灶前，火光映红了满张脸。

北洋大摇大摆地进去了，北洋知道黄泥保夜不归家。他走进去对黄泥保的女人波兰说：

"吃鳖呢，我收鳖壳。"

北洋站在灶后，把锅盖揭开来闻了闻，唔，糯米饭。他等着这女人的回答。

这女人吃鳖在兴头上，她吃鳖裙，糯的，米饭也是糯的，做黄泥保的媳妇真幸福。她端着筷子瞧了一眼进来的北洋。

"黄泥保要我不管事。"波兰说。

"我收鳖壳，给你钱，给钱你扯花衣裳去，扯凡呢丁。"北洋说。

"哟，真的？真的，我就告诉你，鳖壳他埋在了树下，多啦！我们天天吃鳖。"波兰说，"那有什么用？"

"噢，噢。"

北洋顺着波兰手指的方向，他看见了那棵树。

他从墙边操起一柄缺口锄头，蹲下去挖。

一个，两个，三个……都在，都埋在那儿。北洋敲打着鳖壳上的土，他把它们收起来。然后他把土复原，看起来就像没挖过一样。

"北洋，你有劲儿，你真能挖。"波兰说。

"要不要我挖你？"北洋说。他盯着女人的上衣，他看着这个又蠢又漂亮的女人，嗯，那两坨肉还真不赖。他的手痒了。

"北洋，看你，雷公不打吃饭人。"

"我有劲儿，我挖你。"

"操你妈，黄泥保知道了要打死我的。"

"我又不啃你肉去。挖一次，你还是你，我还是我，不留印。"

"北洋，你说给我钱，你说说看，给多少钱，你挖我的鳖壳。"

"我给钱给你扯凡呢丁。"北洋说。他把她抱住就往里屋走，他被这个女人的蠢话弄得情不自禁了。

"你们这些男人，做什么事也得等我把饭吃完……"他发现这个女人很有味道，蠢有蠢的味儿。他狠狠地做，他听见女人狠狠地叫唤，蠢女人没什么顾忌，所以想怎么叫就怎么叫了。女人"哎哟，哎哟"地叫唤了一阵，竟然睡着了。她不管北洋了。北洋爬起来就有些后悔，他知道误了事，他的鱼栅又会被人弄了，鳖也会跟黄泥保跑了。

北洋拍了拍女人的臀说："喂，波兰，我对你说，明早要黄泥保到村长手上取钱去。"他敲打着鳖壳。

女人惊坐起来揉揉眼睛，似醒非醒地点点头。

十一、村长老韩坐在中央

村长老韩坐在堂屋中央。他坐在中央，手抱铜炊壶，吃口茶吃口烟。他显得悠闲自在，他的面前摆着那些鳖壳。他玩弄着那些啃得溜光的鳖壳，然后把它们丢在桌上。

夺金来了。夺金进屋就说："村长，你要我赔棺，北洋要我赔鳖，这都是黄泥保搞的鬼。黄泥保吃鸡，黄泥保吃鳖，他偷我的渔叉陷害我，他三番五次，你管不管？"

"你看看这些壳。"村长老韩说。

"那不是我吃的，我没吃鸡，没吃鳖。我见了黄泥保在镇上卖鳖。他家不养鳖，鳖从哪里来？"夺金说。

"喔，夺金，你先坐坐，我看盗贼哪里逃。你消消气，你等戏看，我不信没有王法。"老韩的确像个村长，他运筹帷幄。谁见了他那副样子，都觉得是依靠。

后来，北洋也来了。再后来，黄泥保就来了。黄泥保看着堂屋中央的老韩，他和他对面坐着。他瞄瞄那些鳖壳，他不吃惊。

"讨钱的。"北洋说。

"北洋，你要我来我就来了，我不缺几个钱，你莫诈我。"黄泥保说。

"你卖过鳖！"夺金作证。

"开我的斗争会哪，我不怕，村长在上，村长是大家推选的，会主持公道。"黄泥保说。

"黄泥保，你莫狡辩了。黄泥保，你还是条汉子吗！"村长老韩板着脸说。

"发火哪！"黄泥保嘀咕说。

"好汉做事好汉当。"老韩说。他站了起来，他指着那些鳖壳："你把它吃了，不要你赔北洋的。我这么断，你服不服，不服我不管了。"

"我吃壳？我吃鳖壳？"黄泥保高声叫屈，"我怎么吃，我会噎死！"

"院子里有磨，黄泥保，你磨着吃。"

"他们不吃让我吃？又不是我的鳖。"黄泥保这么喊着，还是套上驴套，村长老韩掀开磨，把鳖壳放进磨齿。"你推呀，你还不快推？你不推村里不管了。"

黄泥保快哭起来，他吊着眼沿着石磨转圈。

北洋和夺金看他推。黄泥保把它们扫进一个大陶碗。黑不溜秋的鳖粉，现在被黄泥保端着。

"还磨蹭什么，吃呀，吃鳖粉呀，滋阴壮阳的！"老韩在一边喊。

黄泥保的嘴逼进碗里，黄泥保像吃炒麦粉那么吃，黄泥保吃了两口，抬起头来看大家，满脸是鳖粉。黄泥保往肚里咽。

大家看着快出什么事了，果然，黄泥保哇的一声，吐啦。

十二、 芦湾子有扯秧草的人

"这事儿玄乎了。"夺金的女人忧虑地说。她听说了村长家黄泥保吃鳖壳的事，她对夺金说："你不该给他们作证，你糊涂了。"

"我不怕。"夺金说，"不止一次了，黄泥保害我。我想横了，北洋不怕我也不怕，我跟他黄泥保没完哪。"

"你不是北洋那号人，你不是黄泥保的对手。"

"女人家莫管男人的事。我叉鱼去，我养活你，你莫管就行了。脚上的疤还在哪，还白赔一口棺材。"

夺金背起他的七齿叉，卷着裤腿，一个人往村外的芦湾子走去。他闻了闻风中的腥味儿，他感觉湾子里有鱼群。芦湾子那边有扯秧草的人，有人在唱薅草歌，唱得千回百转栖栖惶惶的，没听清词儿，不过也肯定就是那些"哥"呀、"奴家"呀古代的男女私情话。

他蹚着芦苇往湾子走，突然他看见有个女人在捉青蛙。那女人捉蛙像蛙，一跳一扑，学着呱呱的蛙叫。

是黄泥保的女人波兰。这女人可是从来足不出户的。

"喂！"他喊。

"哪个！"波兰伸直腰，她眯着眼看太阳里的夺金，"你是哪个，你是北洋？"

"我不是北洋，我是夺金。"夺金说。

"我知道你不是北洋，北洋见了就要挖我，嘿……北洋是个坏家伙。"

这女人抿嘴笑着，这女人笑起来脸上全部是内容。夺金没有时间欣赏这个蠢美人，他要叉鱼还债。可他还是有些吃惊地问："你捉蛙做什么？"

"我没吃的，黄泥保两天不归家了，我只好捉蛙吃。"

"他两天没回家！"

他看着这个女人，两手都是泥巴。于是，他从腰袋里拿出他的两个发饼，递到波兰手里。

波兰接过发饼就往嘴里塞，饥饿的波兰！

波兰把两个发饼全送进肚里，她舔着舌头，她感激地看着夺金。

"黄泥保究竟去哪儿了？"夺金问。

"我不管，"波兰说，"从今以后我不管了，他揍我，他说把我连船一起卖到湖南去，他说我是内奸。"

"他卖船？他哪儿有船？"夺金想了想，他说，"你跟我来，我还有发饼。"

于是，他带着波兰绕了个弯路，他想看看自己的船。走到湖边一看，船没了影，泊船的那儿只剩下一根系缆的桩，桩上歇着只水鸟，人一来，水鸟吱的一声飞走了。

"我带你找黄泥保去。"夺金说。

"我跟你走？"

"我们乘渡船去。"

夺金在前，波兰在后。他们经过北洋渔棚的时候，夺金走过去对编竹帘的北洋说："黄泥保把我的船划走了，我带波兰找他去。"

"你带波兰？"北洋说。

"他不给我船，我不给波兰。我把波兰卖了再买条船。"

"对！"北洋说，"在路上别傻，这女人吃多了鳖，欠挖。"

"我不干那种事，我只要船。"夺金说。

"你这傻逼，我借钱给你，住旅社挖去。"北洋爽快地借给了夺金一把票子，他说："上路吧。"

夺金握北洋的手，夺金拍北洋的肩。他嘱咐北洋给椿说说，就说他夺金带着波兰作人质寻船去了，要椿回娘家住几天。

波兰站在那儿不知道两个男人说什么，她喊道："你们两个哪个带我走？"

夺金示意她启程。

北洋在渔棚前喊："夺金路上别客气！"

十三、路　上

寻找黄泥保要回渔船的艰难路程开始了。

湖是湖南和湖北的，要在这大片湖区寻找一条船和一个叫黄泥保的人，无异于大海捞针。

茫茫湖水，莽莽芦荡，苍苍蒿蒲。这是第二天了，他们还在路上。他们沿着平阔的湖滩行走，已经进入湖南了。他们看到了一些涂着桐油的铲子渔船。湖南的渔船涂得金黄发亮。湖南人是些爱整洁的人，他们的渔船精巧得像些玩具。

头顶上有云影，细细看时，原来是两棵野木樨树。夺金坐在一条裸根上，他吃着发饼。波兰在水边喝水，她站起来时，捧着一串菱角藤，她在藤上一颗颗摘着菱角，把它们放进嘴里。

"黄泥保在哪儿？你说，你说。"波兰撕扯着菱角藤，她的脚走破了，她抱着脚。

"我不知道他在哪儿。你的脚我瞧瞧。"他走过去，让她把鞋脱了，细细查看她的脚趾。

"你给我揉。"波兰说。夺金迟疑了一下，他还是给她揉了。他揉着女人的脚，他看着女人白细的脚踝。但是很快他就把头扭向一边，他看滩渚的鹭鸶和野鸭。

他们接着上路。他背着那把渔叉，女人空手，他们两人一前一后，拉得很远。空气又潮又闷，没一丝风，他们两人都不说话，只听得见气急声。

"我操你妈！我要吃鱼！"波兰在后面喊起来。

"你得走！"夺金转过头命令说。

"我不走！我不走了！"这女人说到做到，腿一委就坐到地上，"我要吃鱼！"

夺金看看天色。看不到什么，云上来了，云把天遮住了，天阴了。"我拖你走。"夺金说。他的口气有些软了。

"你背我走。"女人说。

他想了想，他不能背。他没办法，只好拿着叉到湖边去碰运气。他又到了两条半大鲫鱼。他抬干枯的浪渣架起来烤鱼，女人走过来缩着鼻子说真香。他把鱼烤熟了，都给了女人。

"真香，真香，比鳖还香。"黄泥保的漂亮的蠢女人说。

夺金在一旁抽着闷烟，他看烟在眼前一丝丝消散，远处响起了沉闷的雷声。

"快跑！"夺金一把拉起吃鱼的女人就往前面的一个老苇场跑去，那儿有许多苇垛。雨点砸下来了。这女人的确蠢笨，跌跌撞撞地拉不动扯不动，还嗷嗷地叫喊。

雨点变成了雨瀑，两人在乌天黑地中奔跑，他们看见了前面有个苇棚，他们钻了进去。什么都淋湿了，从头到脚。雨在棚外下着，夺金看看门外疯狂的雨，雨扫荡着外面的苇垛，地上雨泡串串，泥水汹涌。

"你把衣裳拧拧。"他对身后的女人说。

女人坐在守苇人的稻草铺上，窸窸窣窣地摆弄着，夺金没朝后看。

"夺金，你帮我拧，我没劲儿了。"

夺金回过头，他看见波兰赤裸着上身，朝他递来衣裳。那两坨奶子像一道电光闪在苇棚里。

"你莫不好意思，夺金，你又不是童男。你拧呀，拧呀。"女人高声说。

夺金只好拿过女人的上衣，拧着雨水。然后他把它抖开，晾挂在门楣上。

"夺金，你过来。你真没意思。你说呀，你要什么？"女人在床上喊。

"我什么都不要，我只要我的船！"夺金怒吼起来，棚里传来了女人的嘤泣声。

后来，雨住了，星星出来了，蛐蛐的叫声响成一片。

十四、惨遭殴打

他们继续寻找。

这是另外一天，他们来到一个渔岛上。那是很大一个渔镇，到处泊着船，看起来很热闹。于是他们被渡船载到镇上，探问一条湖北的船和一个湖北的人。

真热闹，的确热闹。波兰被那熙熙攘攘的人流吸引了，四处观看，走走停停。两边的店铺林立，什么都有。夺金背着又扫视每一个人。他发现他的心跳了起来，快蹦到嗓子眼，这是不祥的预兆。他不想见到那个人，可他得要船，他寻找了两个省是要抓到这个人，然而他真不想见他，那一张脸谁见了都恶心。

他猛一回头，看见了在一个铺子里吃卤花生的黄泥保。他大步走过去，跑上台阶，冲进铺子里，一把抓住黄泥保使劲摇晃。

"我的船呢，姓黄的，把船给我！"

黄泥保被晃得晕头晕脑，他半天没反应过来，他满口塞着卤花生，他得把它们咽掉。他吞咽最后一下时，他看见了朝这边过来的波兰，他的漂亮的蠢媳妇。他有些惊讶，眼睛翻白。不过他的眼珠子一出现就开始滴溜溜乱转。

"你不把船给我，我就不把波兰给你，就这么，咱们一人换一船。"夺金拉着波兰的膀子，他把她拽到身后，这样他就把胸膛对着黄泥保了。

听到吵架声，看热闹的湖南人就围了过来。

夺金把黄泥保的路挡着，他以为他会夺路逃跑的。黄泥保没逃，黄泥保的贼眼滴溜溜一转，冲上来就拉住了夺金和他身后的波兰。他拉住一男一女两个人，他向看热闹的人群诉说道：

"各位大伯大婶叔叔嫂嫂们，这就是我家贱人，她被这个男人拐出来了。他们私奔了，我找了他们三个月，今日才抓住……"

"不是，各位，他偷了我的船，我才带他女人……"夺金分辩着，可他的分辩声马上被人打断了，淹没了："拐人家堂客哪！"

"流氓！"

"扭送到派出所去！"

"揍他，跟人家堂客私奔，得往头上浇粪！"

"对，浇他的粪……"

立马，他就被人扭住了手，被一伙人推搡着跌下台阶。许多拳头伸过来，捶他，用脚踩他，踢他。那些陌生的湖南人气愤了，他们不能容忍这号的人，家家都有堂客，想想自己吧，怎么能容忍？

"我不是，我不是，他才是贼……"

夺金号叫着，他抱着头，他捂着肚子。渔岛怒潮，愤怒的人把他踩了个稀巴烂。

那时候，他已经被拖了很远，拖到街尾了。

他睁开眼的时候，看见有几个苍老的老人在远处的短墙那儿看着他，两匹野狗在他旁边舔着血，夺金的血。街尾很静，许多树纷纷落着叶子，那是风吹掉的，是湖风。他试着爬起来，他看到不远的树边有口池塘，他故意迈着很稳的步子，故意像没被人打伤的轻松样子，到池塘里洗洗自己脸上和身上的血污。

他洗着，等他洗完了站起来，看到他的那把七齿渔叉插在岸坎边。一定是哪位在暗处的好心人捡来给插在这儿的，渔叉总算还在。

他有点想哭，他抱着自己的七齿渔叉想落泪。后来他向渡头走去，他把渔叉当拐杖拄着。他一个人孤零零地离开了这里。

十五、对！渔叉还在

夺金循着来路往回走。

他在那个躲雨的茅棚里足足睡了两天，身上的伤痛才慢慢消失。他拄着渔叉行走。他终于看到了他的郎浦村，在无声的湖烟中，那是他的村子。

他去找北洋。他对北洋说："我被人打了，船追不回来了。"

"这还得了？夺金，你是为我作证弄成这样的，走，找我姐夫去，让我姐夫治他！"

他被北洋扶着来到村长老韩家。

老韩吃着火焙鱼，怀抱酒杯。他看了看夺金的伤势，他说："真不幸，伙计，看有没有内伤。伙计，你吃火焙鱼，你喝几口酒，酒是活血的，你再怎么穷都得备点酒在家里，一餐抿几口，你得提防，伙计。"

北洋说："姐夫，你莫说了，现在你别劝他喝酒，他没心思喝酒，喝酒得要心情，你现在得想办法治治黄泥保，一个人也不能这么嚣张。"

老韩说："舅子，你说我怎么治？船他卖了，捉奸捉双，拿贼拿赃，没有船在这儿我怎么治？再说，有船也难治，船不是鳖壳，我不能让他吃船，那你说怎么治？没治！"老韩叹了一口气，他摇摇头，把剩余的酒倒进口里。

"没了王法！"北洋说。

"你让哪个来断都这样。"村长老韩说。

"夺金，你就叉了他，既然这样，你也得毒点。"北洋对夺金说。

"不可。"老韩说，"你叉了他，你真叉了他，你得抵命。欠账还钱，杀人抵命，自古就是这个理。"

"就剩一把渔叉了，就这把叉。夺金惨了，姐夫你发个话，你不能坐视不管，你是父母官。你不管，我帮夺金磨叉去，我们偷偷地把他叉了，谁都不知道，抵命，抵鸡巴命！"

"不可，"老韩说，"我反对。身为一村之长，我不能放纵舅子行凶。"

"行啊，姐夫，我不行凶，你也别当帮凶！"北洋拂袖而去。

"好了，现在亲人反目了，夺金，都是为了你哪。"村长老韩叹着气说。

夺金从村长家出来，他喃喃自语地说："北洋的话没错，就一把叉了，就这把叉了……"夺金想想他不能老这么下去，他不是个窝囊废，他的腰板挺直了。他攥紧那把用了三辈人的渔叉，他觉得他还有些亲人。渔叉就是亲人。对，渔叉还在！

他觉得伤全好了，天高地阔。这都是一刹那间的事。

十六、一动不动

村外的沙洲上，是些晒刨花鱼的场地。许多渔民把这种小鱼成筐成筐地晒成淡干子，运到沙市、汉口去卖。远远望去，一地白花花的刨花鱼，犹如雪野。

空气里弥漫着一股半腥不臭的干鱼香。这几天，夺金天天在湖边嗅那股时断时续的气味。他抓不住它，可他嗅出来了。

晒干鱼的人躲在沙坎下席地而坐，他们吹着牛。这时，他们看见夺金从太阳最明亮的地方而来，他戴着斗笠，握着渔叉，跳下沙坎往一边走去。

"夺金。"他们喊他。

夺金回过头来，朝他们露齿一笑，他的牙齿很白。

"夺金，听说你在湖南嫖婊子被打了。黄泥保说的。他喷屎屎，我们不信。"他们说。

他们的声音很大。夺金站在一蓬沙棘边，他点点头，又摇摇头。

"你走路。我们不信！"那些晒鱼的人喊。

"他做什么？"晒鱼的见他把鼻子对着迎面来的风，大多不解。晒刨花鱼的多是些不懂鱼性、不识水情的半瓢子渔人，他们只会在沙坎边吹牛。夺金突然大跑起来，他飞快地往村外跑，往东边的羊角汊跑去。

"他杀黄泥保去了。他追杀黄泥保。"那些吹牛的晒鱼人肯定地说。

"放屁！"

吹牛的晒鱼人听到声音，沙雾就从他们头顶上落了下来。他们的头上脸上顿时蒙上了一层白沙。他们吃力地睁开眼朝沙坎上仰望时，说话的是黄泥保。黄泥保的脚在他们头上。一只脚有十个人的头大，脚像天一样长。

"我知道他干什么，"黄泥保在他们头顶说，"他在找大鱼群，他晚上烧香。什么能逃过我的眼睛？他弄了钱去湖南嫖婊子。"

脸上蒙沙的晒鱼人望着他，愤怒而平静地望着他，没有答话。他们中间没一个人想说话。

"瞧你们的刨花鱼！"黄泥保说，"瞧，你们的鱼。"

那些爱吹牛的人一动不动，还是那么愤怒而平静地望着他。

"实话说了吧，我到处都是朋友，追我的人迟早被踩个稀巴烂。"

"滚！"人群中有人发出了怒吼，他们的喉咙里咕噜咕噜地滚出了老虎一样的低低的声音。

"滚远点！"他们齐声说。他们的嘴里吐着沙子，那是黄泥保用脚砺下来的沙子。他们觉醒了，他们知道应该怎么对付恶人。

后来，他们看见那个人从头顶消失了。他们还站在那儿，脸上沾着沙子，面对着刺眼的阳光。

十七、鳖群出没

少有的鳖群出现在羊角汊，百年难遇，只有夺金才能发现。即使它们出现一百次，谁也发现不了。夺金是个优秀的渔人。当他在异乡遭受无辜的毒打之后，发现自己的嗅觉空前灵敏起来。他想，这可能是自己的鼻腔完全破裂的缘故。在以前，夺金无法嗅出鳖群的腥气来。

羊角汊没鱼，渔人根本不来。

夺金没有船，他站在水里，他一个人站在那里。

湖水突然沸腾起来，千百只灰鳖时起时伏。

夺金差一点忘了使叉。他有些发痴地看着那儿翻滚的水花，他把什么都忘记了。这样的情景真让人难以置信。现在他把叉掷出去。他单手掷叉，叉像一道利箭射向水面，扎入水中。他慢慢地把叉拖过来，一只张牙舞爪的鳖就穿在叉齿上了。他把它放入腰上的长布袋子里。他在水中疾走，像一只长脚鹭，他身手矫健。用叉刺鳖，必须准确刺中它们的头部，这对夺金并不难。只要鳖有头，他就能刺中那儿。

他发现了一只老鳖，一脸盆大的甲壳，通体乌黑，那是只百年老鳖。

老鳖深藏不露，老鳖在一群灰不溜秋的小鳖中间，这都是夺金用鼻子嗅出来的，他看到了那在水藻中间的老鳖，那种鳖壳。

他在水中跳跃。

鳖群没向他进攻。他知道这是他没惹老鳖，但他得捉住老鳖。不是为了钱，而是为了复仇。鳖不是他的仇人，可他得复仇。

他回过身看看远处滩涂尽头的树林，他嗅到了一丝贼的气味，那是黄泥保的气味。他笑了笑，他的嘴边竟然出现了一个酒窝。这真是奇怪。

"我得把它叉到。"他心里说。他在积蓄力量，他知道，如果他叉住了，他就会大病一场。他好像有这种预感。后来他叉了，他把叉掷了出去，他把所有的力量都绑在渔叉上，叉飞了很远，一直扎进深深的湖底。

他有些站立不稳了，他攥着绳子，他生怕绳子也飞了。他开始收绳，绳带动叉把，把带动叉齿，七根森冷的叉齿上紧紧啮咬着一个庞然大物。叉齿决不松开，叉齿紧咬着牙关，它不会放过老鳖。

他凫着水向岸上爬。他奋力地拉着。

他爬上了岸，老鳖也拖上了岸。沙滩上留下一道零乱的深槽。

他平躺在沙滩上，滩一览无余，滩很大，天上飘浮着朵朵白云。

他听见湖上发出了一种奇怪的声音，一种恐怖的声音。

十八、他想睡觉

村头的老石磨下许多人围着那只老鳖。有几个人用树棍戳鳖的嘴，让它张开牙齿咬住。他们看着老鳖的凶相，不停地议论，不时发出啧啧声。

夺金被拥到石磨上坐下了，他看见椿往这边跑来。

"哇哟！"他的女人椿见到那只鳖快昏过去，"这真是，这像什么哪！"

有人说："椿丫头，还不买烟给大家吃！"

"好好，我去买，我去买。"椿马上往街上的铺子那儿跑。

北洋来了。北洋来了便跳上磨盘抓住夺金的衣领指着鳖说："这是什么？"

有人笑着说："这是鳖呀，北洋，你养鳖的人连鳖都不认识，真丢人！"

夺金又闻到了一阵紧似一阵的鳖的气味，从羊角汊吹来的气味。他有些支持不住了，他想睡觉。

"夺金，你一定要告诉我这是什么妖怪。"北洋连声说。

"你帮我抬回去。"他对北洋说。

后来，人散了，北洋没走，他一定要夺金告诉他这鳖在哪儿叉的。他说他也有叉，他不信他弄不到这种鳖。他说他养了五年鳖还没见过这样的鳖，这才是真家伙。夺金什么都不讲，他说："我不能害你，北洋，我说了你就完了。"北洋说："你真小气，夺金，你变得小气了，咱们是朋友，你不能一个人独来独往。"夺金说："好兄弟，这是不能说破的秘密，这不是小气，这与小气无关，你能叉到鳖可你的性命要紧，一切都晚了，我告诉你你现在动手晚了，一切都晚了，我不能害你兄弟。"

这天晚上，夺金拿出十只小鳖煮汤，十只鳖少说也有二三十斤。他让椿放在一只大锅里煮，在院子里架木柴煮，他们在锅里放了两斤生姜一斤葱梗，他喊大家来喝鳖汤。后来，许多人都来了，村长老韩也来了。他看见黄泥保的女人波兰也来了，波兰拿着一个空碗。他让大家盛鳖，他还备下了一罐高粱酒，让大家畅饮。

这天晚上，整个郎浦村都弥漫在一股鳖鱼的香味儿里，街上到处都是人影走动，人们敲着碗，咂着酒，歌颂着夺金的叉技，把他演绎成一个神话中的英雄、一个举世无双的伟人。

夺金什么也没吃，他想睡觉。他推开窗户，嗅吸着羊角汊吹来的气味。他拿着他的渔叉，悄悄地躲开人群，从后门走了。

十九、金色的月光镀着那把渔叉

他远离人群，现在他等待月亮升起。

奇怪的声音，恐怖的声音。

他不是听到的，是闻到的，用鼻子嗅吸到的。他想睡觉，可他得站着，他必须看清这一切。

他看清黄泥保来了，趁月亮升起之前，黄泥保也背着叉偷偷地来了。他像一只香狸，他的动作异常灵巧。不愧是黄泥保。黄泥保向滩下跑去，他弓着腰，他端着叉。他的准备装鳖的布袋子拖在身后，像一条尾巴。

奇怪的声音，恐怖的声音。

黄泥保没有听见，他无法听见。

黄泥保向湖中跑去。

黄泥保的四周溅起的水花，在月光下像火焰。

黄泥保看到了沸腾的水面，夺金也看到了，比白天的情形更凶、更烈。

奇怪的声音，恐怖的声音。

黄泥保的渔叉向那些沸沸扬扬的地方叉去，他白天把什么都瞧见了，他学到了叉鳖的技巧。

黄泥保的身子却在矮下去。

黄泥保的手惊慌失措地挥舞。他的叉不见了，不在手上了，叉漂流在水面。

黄泥保黑色的头颅时沉时浮，他似乎在喊什么，可夺金听不见。

恐怖的声音，奇怪的声音，拥挤着、啮咬着，咀嚼着，越来越猛。这夺金听见了，他只听见这种声音。

后来什么都没有了，沸腾的水花向远处漂去，漂进月光深处。

奇怪的声音，恐怖的声音，都不见了。

"喂，夺金！"

夺金惊回首，他见是北洋。"你！"

"我都看见了，夺金。真好看，今夜的确好景色。"

"可惜鳖群远远地走了。"

"是吗？"

夺金想睡觉，他太困了，他对北洋说："我想睡觉。"

于是他睡了。金色的月光镀着那把渔叉，那把倒插在软泥上的渔叉。

他睡得很香。

（原载于《太湖》2020 年第 2 期）